TABLETTES

ANGLAISES.

De l'imprimerie de WEISSENBRUCH,
Imprimeur du Roi.

Bourse de Londres

TABLETTES

ANGLAISES,

FAISANT SUITE AUX TABLETTES ROMAINES

PAR SANTO-DOMINGO.

BRUXELLES,

H. TARLIER, LIBRAIRE-ÉDITEUR.

M DCCC XXV.

AVANT-PROPOS.

Un des écrivains qui s'est le plus signalé récemment dans l'art difficile de plaire en mordant, c'est sans contredit l'auteur des *Tablettes Romaines*. Sa peinture de Rome moderne est un de ces coups de pinceau hardis qui décèlent le grand maître, et c'est à juste titre qu'il a pu s'écrier : *Et moi aussi, je suis peintre.* Peu d'ouvrages ont eu un succès aussi prononcé et aussi soutenu. C'est à tel point que les libraires seraient tentés de dire à un auteur, quand ils le rencontrent : « Monsieur, faites-nous donc des Tablettes romaines, » comme ils disaient dans le temps « faites-nous des Lettres persannes, » lorsque l'illustre Montesquieu eut lancé dans le public ce charmant ouvrage qui conserve encore aujourd'hui toute sa fraîcheur.

Les Tablettes Romaines de M. Santo-Domingo, et les *Tablettes Parisiennes*, nous ont inspiré le désir de publier une suite à ces deux ouvrages, si bien appropriés au goût de la généralité des lecteurs, en donnant, sous le même

titre de *Tablettes*, des peintures de mœurs
de différentes nations, puisées dans les écrits
les plus estimés en ce genre. Nous commençons
par les *Tablettes Anglaises*, dont les sujets nous
ont été fournis par quelques bons écrivains,
notamment par les auteurs du *Diorama de Londres*, de l'*Hermite à Londres*, etc. Il n'y a que
peu d'années que nous possédons sur le peuple
anglais, des détails que l'on pourrait appeler
domestiques, et nous les devons à quelques
hommes de lettres qui ont eu depuis la paix la
curiosité de franchir le bras de mer, ce terrible *strait of Dover* qui a tant taquiné le moderne conquérant. Nous espérons que nos *Tablettes Anglaises*, en attendant celles de plusieurs autres peuples non moins intéressans à
connaître, produiront le salutaire effet de diminuer cet engouement qu'on appelle *anglomanie*,
qui se renouvelle de temps en temps pour une nation qui a sans doute des droits à l'estime et même
à l'admiration des autres, sous quelques points
de vue, mais aussi des droits qui sont loin d'ê-
tre aussi exclusifs que certaines gens voudraient
nous le persuader. Il ne faut que voir les héros *en
déshabillé* pour dissiper beaucoup d'illusions.

TABLETTES

ANGLAISES.

ARRIVÉE.

> Quelle autre cité, s'écrièrent-
> ils, en voyant la fumée qui s'é-
> levait au-dessus de ses murailles,
> quelle autre cité fut égale à cette
> grande cité!
>
> *Apocalypse.*

Un jour mon ami Amirau vint me voir pour
me décider à effectuer un voyage projeté depuis fort long-temps, mais d'une manière vague.
Après avoir combattu pour son pays, Amirau a
quitté l'épée pour la robe, et la théorie pour le
code. Avocat à la cour royale de Paris, il s'est
chargé plusieurs fois de la défense des causes
politiques; dernièrement, il prit si fort à cœur
l'intérêt d'un de ses cliens, qu'il se fit interdire
pour six mois; il était donc condamné au repos,

1.

moi je n'avais pas grand'chose qui me retînt à Paris; le plaisir de voyager avec lui me détermina presque autant que le désir de voir l'Angleterre.

L'expédition de nos passeports retarda notre départ de quelques jours. Le mien fut prêt tout de suite : cela n'est pas surprenant; ni les commissaires, ni le préfet de police n'avaient entendu parler de moi avant cette époque. Celui d'Amirau éprouva plus de difficultés. Enfin le conseil de discipline intervint auprès des autorités, parce qu'il calcula, dans l'intérêt du licencié, que pendant que la parole lui serait interdite, il pourrait composer des mémoires à consulter et se mettre encore plus mal dans les papiers de la cour.

Nous partîmes enfin; et, au bout de trente-six heures, nous fûmes en Angleterre.

Et vite! et vite! dis-je à mon compagnon de voyage, en l'aidant à descendre du lit où les angoisses du vomissement l'avaient confiné; venez saluer le rocher de Douvres et les côtes de l'Angleterre. -- Que le diable l'emporte avec tous ses paquebots! me répondit-il d'abord; et cependant comme la douleur n'avait pas tout-à-fait amorti sa curiosité, il monta avec moi sur le tillac où la fraîcheur de l'air et la modération du roulis le mirent bientôt à même d'observer à son aise ce qu'on découvrait sur les côtes et ce qui se passait auprès de nous. A bord tout était plus vivant et plus animé que de coutume : les manœuvres se succédaient avec rapidité, les matelots chantaient pour les exécuter avec ensemble, tandis que le capitaine jurait dans son portevoix. Ceux des passagers (et c'était le plus grand nombre) qui rentraient dans leur pays après une absence de trois ou quatre ans, avaient oublié tout-à-coup le flegme britannique qui leur avait fait garder le silence et le repos pendant toute la traversée. En apercevant le château de Douvres, leurs yeux étaient devenus brillans, leurs gestes animés; ils se le montraient les uns aux autres, ou le décrivaient à leurs enfans qui étaient trop jeunes pour se souvenir de ce qu'ils avaient vu en partant. En approchant de leur terre natale, l'enthousiasme les avait rendus bavards et grimaciers comme des Italiens.

Les femmes qui étaient à bord, faisaient une toilette *im-promptu* pour emporter sur elles les

chapeaux de paille, les plumes, les bonnets
garnis de fleurs, les robes, et les autres chiffons
de fabrique française sur lesquels il y a des
droits équivalens à une prohibition complète.
Plusieurs profitaient de ce moment pour cacher
sous leurs jupons ou dans la forme de leurs chapeaux, des gants ou quelques aunes d'étoffes de
soie qu'elles voulaient passer en contrebande.

Quand on arrive pour la première fois
dans un pays étranger, et surtout dans un
pays qui diffère autant que l'Angleterre de la
France, les premières heures du séjour fournissent aux yeux et aux oreilles une telle
quantité d'impressions neuves, que l'esprit n'a
le temps d'en enregistrer qu'une bien faible
partie. Les pertes que nous faisions en ce genre
nous étaient peu sensibles, parce que nous
étions sûrs de nous dédommager amplement
aussitôt après notre arrivée à Londres. Nous ne
fîmes donc attention ni à la forme des maisons de Douvres, ni à la manière dont ses rues
sont éclairées, ni à la voix des crieurs de nuit,
ni à la manière dont le souper fut composé et
servi. Nous nous inquiétâmes peu d'être pris
pour les plus sauvages de tous les Français,

par la demoiselle de la maison, dont les yeux agaçans sont célèbres à Londres et par la servante de l'auberge, qui souhaite à tous les voyageurs des bonsoirs d'une longueur *étonnante*. Mais nous ne pûmes, soit dit par anticipation, nous empêcher de remarquer la différence prodigieuse qu'il y a entre la valeur de l'argent français et celle de la monnaie anglaise.

Après avoir dormi tant bien que mal sur des lits plus durs que le tillac du paquebot, nous allâmes faire une promenade matinale sur le rocher de Douvres ; et, parvenus à la hauteur du château, nous jouîmes de la vue des côtes de France. Que cet espace est étroit ! me disait mon ami en fixant ses regards sur la Manche ; et cependant qu'il est difficile de le franchir, lorsqu'il est défendu par la haine entre les deux nations. — Mon cher ami, disje en serrant la main du licencié, je pense comme vous ; mais nous avons encore plusieurs choses à faire avant de partir. Nous avons passé la Manche, et nous prétendons arriver à Londres avant la fin de ce jour : ne nous laissons pas arrêter par un obstacle aussi misérable que le château de Douvres ou les chicanes des douaniers. Nous voici près d'un escalier creusé dans le roc et d'une quarantaine de toises de profondeur, qui nous fera descendre verticalement au niveau de la ville, et non loin du bureau de la douane... Descendons.

En attendant notre tour de visite, nous échangeâmes à l'*Alien - Office* nos passeports contre des certificats, sur lesquels, outre plusieurs locutions françaises que nous n'avions jamais entendues en France, mon ami me fit remarquer que l'on avait changé la couleur de mes yeux, c'est-à-dire, que le commis avait traduit le mot français bleu par *black*, qui veut dire noir en anglais. Enfin, nos effets furent visités, nous retournâmes à l'hôtel de Paris pour déjeûner, et nous restâmes tranquillement à table jusqu'à ce que le piétinement des chevaux et le bruit d'une diligence qui s'arrêtait à la porte, nous eussent avertis qu'il était temps de compter avec l'hôte.

Ce fut alors que nous apprîmes *quid valeat nummus, quem præbeat usum*. Je passe sous silence ce que l'on nous fit payer pour les deux repas que nous avions pris à l'hôtel et

pour notre lit; c'était à peu près le triple de
ce qu'on demande dans les auberges françaises
où les voyageurs sont écorchés; mais des Anglais qui étaient avec nous, nous assurèrent que
c'était extrêmement modéré. Le compte du
mouvement des effets était la partie la plus
curieuse. Un portefaix, qui tenait le haut de
l'échelle quand nous étions sortis du paquebot, était porté pour un schelling; la même
somme était allouée à un autre qui avait transporté les effets du paquebot à la douane; encore un schelling pour un portefaix qui avait
transporté les effets de la douane à l'hôtel; et
comme c'était un schelling, par paquet, qu'il
fallait payer, le licencié eut à payer double tous
les frais de mouvement, parce qu'outre un petit
porte-manteau, il avait un carton ficelé dans lequel était renfermé son chapeau. Il fallut payer
un autre schelling à une espèce d'officieux à perruque rousse, parlant moitié français, moitié
anglais, qui était venu à l'hôtel pour voir si
nous savions le chemin de la douane. Un schelling fut encore donné à chacun des domestiques de l'hôtel, et nous ne cessâmes enfin d'en
débourser que lorsque nous eûmes payé des

pionniers qui servaient la diligence, et qui ai-
dèrent le cocher à y placer nos bagages. Si
l'on fait attention à la nature des services que
nous étions obligés de rétribuer d'un schelling,
on verra que cette pièce de monnaie, qui ne
vaut pas aujourd'hui moins de vingt-cinq sols
de France, ne fait pas en Angleterre plus
d'effet que cinq sols au-delà de la Manche.

Plaie d'argent n'est pas mortelle, dit-on, aussi
nous résignons-nous sans murmure! nous avions
entendu dire que les dépenses étaient énormes
dans ce pays! Que sont quelques schellings en
comparaison des guinées que nous allons semer
dans la capitale de l'Angleterre! mais nous au-
rons vu Londres, nous pourrons parler de cette
ville si grande, si extraordinaire! nous roulons
sur le chemin qui y conduit, et ce soir..... dans
quelques heures nous boirons de l'eau de la Tamise, nous parcourrons des rues éclairées par le
gaz hydrogène!

Nous traversons Cantorbéry si rapidement
que nous avons à peine le temps d'entrer dans sa
cathédrale, et de visiter la chapelle où sont les
armes du Prince Noir; nous la reverrons à Paris:
le Diorama sera ouvert à notre retour..... Nous

avalons à Rochester un dîner passablement bon
et passablement cher.... Du pont qui sépare cette
ville de Chatam, nous apercevons une quarantaine de vaisseaux de ligne désarmés et enduits
d'une peinture jaune qui doit les garantir de la
pourriture. Ils dorment dans la rivière Medway,
comme les baleines à la surface de l'Océan bo-
réal; et, comme elles, ils se réveilleront et dé-
ploieront leurs forces au moindre trouble qui se
fera sentir sur la mer. Quarante gros vaisseaux!
cela vaut la peine d'être vu; mais il y en a des
milliers à Londres, de toutes les grandeurs et
de tous les pays; d'ailleurs, on est si bien dans
cette diligence! elle est suspendue à merveille,
et ses quatre chevaux nous entraînent aussi
prompts que les vents!

Le pays change d'aspect; une plaine a succédé aux collines qui séparent la vallée de la
Medway, de celle de la Tamise; j'entends nommer le parc de Greenwich; nous ne sommes
plus qu'à six milles du pavillon qui flotte sur
Mansion-House... Le soleil est couché, le cré-
puscule du soir ne nous permet plus de distinguer, que vaguement, les objets que nous traversons... Enfin, il est nuit close quand nous

arrivons aux premières maisons du bourg de Southwarck!

Mais l'obscurité ne se fait pas sentir dans cette partie de la ville : des flots d'une lumière vive et scintillante brillent de l'un et de l'autre côté de la rue. Depuis l'obélisque routier jusqu'à *London-Bridge*, c'est-à-dire, pendant une demi-lieue de chemin, le gaz hydrogène brule et dans les lanternes de la rue et dans les lampes qui éclairent les boutiques.

Quand même on n'aurait jamais entendu vanter la capitale de l'Angleterre, du moment qu'on y est entré, et à quelqu'endroit qu'on s'arrête, l'idée de sa richesse, de son immensité, arrive à l'esprit par tous les sens à la fois. L'air, imprégné des vapeurs du charbon, répand, pour ainsi dire, une odeur manufacturière ; heurté, poussé et coudoyé sans cesse, on s'étonne de reconnaître pour le mouvement ordinaire de la circulation, ce qu'on avait d'abord été tenté de prendre pour une foule attirée par une curiosité momentanée. Si le fracas assourdissant des voitures cesse un moment, le même bruit se fait entendre au loin, confus et monotone comme celui des vagues de l'Océan. L'idée qu'un étranger prendra de Paris sera bien différente, selon la barrière par laquelle il entrera. Par quelque côté qu'il arrive dans Londres, il se sent tout de suite dans la capitale la plus vaste, la plus peuplée et la plus industrieuse du monde.

Certes, ce ne fut pas le même jour de notre arrivée que nous pûmes asseoir un pareil jugement. Il nous a fallu bien du temps pour visiter tous les environs de la ville, et rentrer par les principaux *Turn-Pikes*. Excepté ce que nous pûmes recueillir de l'intérieur de la diligence, nos observations furent très-bornées durant la première soirée que nous passâmes dans Londres. Le licencié était si fâché d'avoir été déposé à l'hôtel de la diligence, dans une petite rue de la Cité, que j'eus toutes les peines du monde à le décider à ne pas aller se coucher sans faire un tour de promenade dans *Cheapside*, pour digérer les pommes de terre et le *beefsteak* qu'on nous avait servis à souper.

UNE PREMIÈRE JOURNÉE.

> Pour ne rien perdre on aurait
> besoin, comme Mercier, de pen-
> ser dans la rue et d'écrire sur
> la borne.

Il y a loin de *Cheapside* chez le libraire du
Strand où nous devons acheter la carte de Londres. Nous croyant sûrs de notre route, après
nous l'être fait indiquer par le garçon de l'auberge, nous partons avec confiance; mais à peine
arrivés auprès de Saint-Paul, nous reconnais-
sons que le *cicerone* a été si confus, ou que nous
l'avons si mal compris, que nous sommes obligés de redemander notre chemin.

La foule qui passait sur les trottoirs où nous
étions, était tout à coup devenue si considérable, qu'il eût été difficile d'aller dans un autre
sens qu'elle; ainsi, moitié violence, moitié per-
suasion, nous nous laissâmes entraîner.

Malgré tout ce que nous avions entendu dire de l'immense population deLondres, et particulièrement de la foule qu'on rencontrait sur les trottoirs du *Strand* ou des environs, il était aisé de voir, à la direction uniforme qu'elle prenait, à la qualité des personnes qui la composaient, et aux propos qui se croisaient dans presque toutes les bouches, qu'elle était mue par une curiosité momentanée. La rue était encombrée à peu près comme celles qui conduisent à la Grève le sont à Paris, une heure avant une exécution. Je soupçonnai que c'était vers un spectacle de ce genre que la canaille de Londres se portait. Au bout d'un quart-d'heure il n'y eut plus moyen d'en douter : il n'y avait plus de courant régulier dans la foule, elle était seulement agitée de quelques ondulations en sens divers, autour d'un échafaud, surmonté de deux poteaux réunis ensemble par une traverse, d'où pendaient deux cordes à nœud coulant. Il était élevé au niveau de l'entresol d'un édifice, qu'à son aspect sévère, à l'épaisseur de ses murs noircis par le temps et par la fumée, et aux barreaux de fer qui grillaient toutes ses fenêtres, il était impossible de ne pas reconnaî-

I..

tre pour une prison. Un de nos voisins, homme de très-bonne mine et d'un très-grand flegme, nous apprit, en rassurant sur son nez une paire de bésicles montées en écaille brune, que nous étions devant la prison de *Newgate* et qu'on allait pendre deux voleurs. J'avais une certaine répugnance à assister à un spectacle pareil; mais, outre qu'il eût été impossible de nous éloigner de l'endroit où nous nous trouvions engagés, il fallait mettre à profit l'occasion d'observer en grand les *sentimens* du peuple de Londres. L'avocat voulut la faire tourner également à son instruction dans la jurisprudence criminelle d'Angleterre; il demanda à notre voisin flegmatique l'exposition de la tragédie dont le hazard nous forçait à voir la catastrophe. --Rien de plus simple, nous répondit celui-ci. Les deux hommes qu'on va pendre, sont nés, ont vécu, et mourront ensemble. Ils sont cousins, et depuis plusieurs années ils étaient associés pour exploiter les poches et les goussets dans les rues de Londres. Ils ont voulu s'aviser de porter plus haut leur ambition; ils sont entrés chez un banquier, pour s'approprier des billets de banque et des guinées. Ils ont été con-

damnés à mort, parce qu'il a été prouvé qu'ils
avaient volé, chacun, plus de 5 livres sterling
à la fois. -- 5 livres sterling! répétai-je avec étonnement; comment, l'on pend pour 5 livres sterling! -- Non pas pour 5 livres seulement, mais
pour 5 livres et un schelling. Zounds! et que
deviendrions-nous sans cela? Que deviendrait
surtout notre gouvernement? Les voleurs se multiplieraient outre mesure, et le gouvernement
se ruinerait pour les nourrir ou les faire transporter à Botany-Bay. Savez-vous qu'il en coûte
au Roi deux cents livres sterling pour chacun de
ses sujets qu'on déporte! et cependant il y a
des jurisconsultes assez fous pour vouloir étendre jusqu'au vol de 25 livres sterling le bénéfice de la déportation. Qu'arriverait-il si on
suivait leur avis? Les vols se multiplieraient par
la perspective de l'impunité ou d'une punition
trop-douce. Botany-Bay deviendrait de plus
en plus populeux, et lorsque notre Roi se serait
ruiné pour cela, la colonie, suivant le scanda-
leux exemple des Américains, se révolterait un
beau jour, battrait nos troupes de débarque-
ment, élèverait une marine rivale de la nôtre,
et ces fiers républicains, ci-devant filous, pren-

draient insolemment le titre d'*esquire*, comme
les plus respectables *gentlemen*.

A ces mots, il assura de nouveau ses lunettes, que les ondées de la foule avaient de nouveau dérangées, et nous engagea à tourner nos
regards du côté de l'échafaud : la porte de l'entresol de *Newgate* était ouverte et les condamnés sortirent lentement, entre deux files
de constables et de guichetiers. Ils étaient tous
deux blonds et paraissaient fort jeunes; leur
figure était intéressante; leurs traits, au moins
autant que nous pouvions en juger à la distance où nous étions, étaient assez distingués.
Leur maintien n'avait ni l'effronterie révol-
tante, ni la lâche humilité qu'offre généralement celui des malfaiteurs. Les voleurs anglais sont si accoutumés à l'idée de la mort,
par la fréquence des supplices, ou bien par
la froideur nationale du caractère, qu'ils vont
tous à l'échafaud avec indifférence. Les moyens
mécaniques employés dans l'exécution, ne ressemblent pas non plus à ceux usités sur le
continent. A Londres, le bourreau ne donne
pas le croc en jambe au patient; il ne le lance
pas du haut d'une échelle, pour le laisser sus-

pendu à une potence; il ne lui danse pas sur les épaules, pour lui disloquer les vertèbres du cou... Aussitôt que les deux jeunes condamnés eurent reçu les dernières exhortations des ministres qui les avaient accompagnés, on leur passa au cou le nœud coulant qui pendait au niveau de leur poitrine; à un signal donné une trappe glissa sous leurs pieds, et aussitôt qu'ils furent demeurés suspendus, en tombant verticalement, le bourreau leur mit sur la tête un bonnet de coton blanc et l'enfonça jusqu'au menton, pour dérober au peuple les convulsions horribles qui agitent quelquefois les traits de la face pendant l'agonie des suppliciés.

La foule ne tarda pas à se dissiper aussitôt que l'exécution fut finie et nous pûmes bientôt nous remettre en route, pour arriver chez le marchand de cartes. L'Anglais aux besicles nous remit complaisamment dans notre chemin. Il avait affaire au Temple (c'est l'école de droit de Londres), nous descendîmes avec lui les rues de *Old Bailey* et de *Ludgate Hill.* Il nous laissa enfin au bout de *Fleet Street* près d'une espèce d'arc de triomphe qu'on nomme *Temple-*

Bar, et qui forme la limite entre la cité de Londres et la ville de *Westminster*.

Le *Strand* est une des rues dont nous avions le plus entendu parler. Ce n'est ni par sa largeur, ni par la beauté des maisons qu'elle est célèbre , c'est par l'active industrie dont elle est le foyer ; c'est par le mouvement qu'on y voit sans cesse. Peut-être quelques parties de la Cité le surpassent-elles pour l'activité mercantile ; le luxe de ses boutiques n'est certainement pas égal à celui d'*Oxford-row*, de *Piccadilly*, de *Bond Street*, mais il réunit autant que possible les avantages de ces deux quartiers et a de plus celui de sa position centrale. Par le nombre infini de traverses qui y aboutissent, et par ses deux extrémités, il établit la communication entre les trois grandes divisions dont une capitale se compose toujours, le quartier du luxe, le quartier de l'industrie, et celui des classes moyennes.

On voit, d'après cela, que le *Strand* est cependant notre rue Saint-Honoré. On trouvera la ressemblance parfaite, si j'ajoute que c'est la partie de Londres où l'on rencontre le plus de voleurs et de filles ; les uns et les autres y sont si effrontés, qu'ils exercent leur industrie en plein jour.

Il était déjà trois heures quand nous eûmes fait emplette de la carte de Londres : comme le licencié éprouvait depuis quelques momens que notre déjeuner avait été fort léger, nous entrâmes dans un *Beefsteak house* de *Charings-Cross* où, pour nos sept schellings, nous fîmes un dîner à l'anglaise. En France, un lord pourrait pour ce prix dîner chez Very ou chez les Provençaux. Dans Londres on ne peut, avec si peu d'argent, se présenter que dans une gargote. A la vérité, bien des gens ne font pas fi des gargotes anglaises. Elles brillent peu par les apparences, mais l'on y peut concilier l'abondance et la bonne qualité des viandes avec l'*économie*. Plus d'un Ecossais jouissant de 25 ou 30,000 francs de rente, va dîner dans les *Beefsteak house* en attendant que, devenu membre ministériel du parlement britannique, il ait son couvert mis tous les jours ou chez les ministres, ou chez l'orateur de la Chambre des communes.

Aussitôt qu'on eût desservi notre table, j'y déployai la carte que nous avions achetée ; et

nous nous remîmes en marche après avoir suffisamment étudié la route qui devait nous conduire à *Hyde-Park*, à travers le beau quartier
de Londres, et ensuite nous reconduire vers
notre auberge, en passant par un des théâtres
royaux, où nous comptions finir notre soirée.
Ce n'est pas ici le lieu de décrire l'effet que produisit en nous la vue de *Hyde-Park*, nous lui
consacrerons un chapitre à part.

Nous arrivâmes au théâtre qui n'était pas encore ouvert : le nombre des personnes qui atten-
daient à la porte était encore très-borné ; mais
la foule ne tarda pas à arriver. Quoiqu'il n'y
eût ni gendarmes pour maintenir l'ordre, ni barrières pour faire former la *queue*, les poussées,
les coups de coudes et les coups de poing n'é-
taient pas plus fréquens qu'à la porte de nos
théâtres, un jour de représentation suivie. La
foule était considérable et compacte ; les portes
étaient étroites ; l'on donnait une tragédie de
Shakespeare et cependant aucune femme n'eut
les côtes enfoncées, aucun homme n'eut les bras
cassés, ou les yeux pochés ! Tout le monde entra, et, qui plus est, trouva à se placer dans la
salle, parce que l'administration a la délicatesse

de ne faire distribuer juste qu'autant de billets
qu'il y a de places dans le théâtre. Mais ce qui
nous surprit bien plus que le bon ordre qu'on
avait observé, ce fut d'entendre un constable
placé à la porte, crier à chaque instant : *Beware
of your pockets, gentlemen ; there are thieves
in the crowd ;* « prenez garde à vos poches, il y
a des voleurs dans la foule ! » Quand ce cri frappa
nos oreilles pour la première fois, notre premier mouvement fut de saisir les basques de
nos habits, le second de regarder autour de
nous pour chercher les voleurs que le constable
venait de nous dénoncer. Il n'y avait encore
que deux dames et quatre ou cinq jeunes gens
qu'à leur mine on ne pouvait pas certainement
prendre pour des filous. C'est donc nous qu'il
veut désigner, me dit vivement le licencié !
Peut-être les Anglais sont les seuls auxquels il
s'adresse , en disant *gentlemen*! sautons sur
son bâton pour le faire expliquer !... Un jeune
homme placé à côté de nous, et qui sans doute
comprenait le français, l'arrêta, et lui fit entendre que l'avertissement qui nous avait tant
choqués , ne signifiait rien ! que c'était une
des mille et une vieilles coutumes auxquelles

on n'avait pas encore renoncé en Angleterre.
C'est abominable! lui répondit-il après l'avoir
remercié des éclaircissemens qu'il nous avait
donnés. C'est une des choses qui sont les plus
faites pour déconsidérer les mœurs anglaises aux
yeux des étrangers. Quelle opinion voulez-vous
que nous ayons de vous, puisque toutes les fois
que nous sommes dans un rassemblement, un
magistrat vient nous avertir de nous défier de
nos voisins? Comment vos législateurs ont-ils
pu oublier que si l'intérêt de la morale et de la
société exige qu'on punisse les criminels, l'erreur la plus dangereuse pour toutes les deux,
est celle qui tend à faire croire que le nombre
des crimes est plus grand qu'il ne l'est en réalité? Les voleurs sont la plaie des grandes villes
et des grands chemins, mais à quoi bon en parler toujours? S'ils sont effrayés par les cris du
constable, ils se dérobent aux poursuites de la
justice; s'ils volent malgré les menaces, et, pour
ainsi dire, sous ses yeux, ils se pervertissent
davantage, puisqu'ils pèchent avec plus de pré-
méditation et ajoutent le mépris à la faute.
Les théâtres de Londres sont si chers, que la
foule qui se presse à leurs portes, ne peut ja-

mais être composée des classes infimes de la société. Si néanmoins il y a réellement des voleurs dans cette foule, il vaudrait bien mieux que les officiers de police gardassent le silence, pour les surveiller et les arrêter plus sûrement.... Ce *beware of your pockets* nous avait tellement étonnés, et, disons mieux, avait à tel point soulevé notre indignation, qu'en arrivant au parterre, nous fûmes plus occupés de le discuter que d'observer la salle. La voix glapissante du constable l'avait crié si fort à notre oreille, que moitié assourdissement, moitié difficulté de comprendre le langage qui se parlait sur la scène, nous n'entendîmes presque rien de la tragédie qu'on représentait, ce dont nous demandâmes pardon au divin Shakespeare, comme l'appellent les Anglais.

REMARQUES.

> Il faut s'identifier au pays qu'on habite : si je finissais mes jours à Siam, je mourrais une queue de vache à la main.
>
> VOLTAIRE.

En rentrant à l'auberge, le licencié trouva une lettre d'un de ses anciens amis de collége qui habitait Londres depuis quelques mois. Il fallut toute la confiance que j'avais dans Amirau pour l'en croire sur parole lorsqu'il m'assura que l'auteur de cette lettre avait été élevé en France, et, qui plus est, y avait publié plusieurs ouvrages assez bien écrits. Tous les mots en étaient français, mais les tournures de phrases étaient tellement anglaises, qu'on eût dit qu'elle avait été composée d'abord en anglais, et puis traduite mot pour mot en français. Le *Docteur Dublason,* tel était le titre et le nom du personnage, écrivait à son condisciple qu'il se sentait vraiment heureux de le savoir dans Londres, et que, pour le rapprocher de lui autant que possible, il avait été assez fortuné pour trouver dans la même maison où il logeait, un appartement qu'il jugeait devoir être à sa convenance. D'ailleurs, ajoutait-il, vous êtes sans doute pressé de vivre dans une partie respectable de la ville. Mettez demain matin vos effets dans un *hackney-coach*, et gagnez le n° 7 de *Great Russel Street, Covent-Garden*. Pardieu, me dit Amirau, après avoir beaucoup ri du style du docteur, je ne savais comment quitter ce taudis ; voilà un logement tout trouvé. Je suis sûr qu'il ne sera pas trop cher : le docteur est rangé ; de toutes ses bonnes qualités, l'économie est la dernière que l'Angleterre pourra pervertir.

Le lendemain, aussitôt que nous fûmes réveillés, nous fîmes nos paquets, réglâmes les comptes avec l'hôte et nous nous mîmes en route vers *Great Russel Street*.

Les fiacres ne vont guère plus vite dans Londres que dans Paris. Dès que nous fûmes arrivés devant le numéro que le docteur nous avait indiqué, je m'élançai hors de la voiture, et j'allai frapper à la porte. Un long intervalle s'écoula et personne ne vint ouvrir. Le cocher qui s'impatientait en voyant que nous étions si longs à le payer et à retirer nos effets, s'approcha alors de la porte, et saisissant le marteau à pleine main, frappa à coups redoublés et de manière à ébranler la maison. Une domestique vint ouvrir aussitôt, et nous fit entrer au parloir où le docteur nous attendait. Amirau s'élançait vers lui pour l'embrasser; il le retint doucement à distance, et se contenta de lui tendre la main et de la secouer à plusieurs reprises. — De grâce, mon cher ami, lui dit-il, renoncez à cette habitude française d'embrasser des personnes du même sexe que vous. Ici l'on ne baise que sur la bouche, c'est pourquoi les baisers ne sont que pour les femmes. Les Anglais et les Anglaises seraient scandalisés s'ils voyaient deux hommes s'embrasser. Alors il s'avança vers moi, et me fit la même cérémonie, après toutefois que le licencié m'eût présenté à lui en forme, c'est-à-dire, lui eût décliné mon nom, mes titres et ma profession.

Je suis trop poli pour commencer mon en-

trevue par une querelle, reprit Amirau, en s'as-
seyant au coin du feu; je renvoie à un autre
jour la discussion relative aux baisers masculins et aux idées anglaises à ce sujet. Pour le
moment, je veux vous demander une expli-
cation et vous serez, je l'espère, à même de
me la fournir, tant vous êtes initié à tous les
mystères des coutumes britanniques. Vous devez avoir entendu frapper à trois reprises différentes. D'où vient, s'il vous plaît, que la
domestique n'est venue ouvrir qu'après avoir
été appelée trois fois. — La raison en est bien
simple, répondit le docteur. La première et la
seconde fois vous avez frappé comme des domestiques, ce n'est qu'à la suivante que vous
avez frappé en gens comme il faut. -- Ce qu'il
y a de plus curieux, c'est que c'est le cocher de
notre fiacre qui a frappé cette troisième fois. --
C'est en votre nom qu'il en agissait ainsi. Pour
lui-même il se serait bien gardé de le faire, sous
peine d'être rudement rabroué par la personne
qui lui aurait ouvert. Il y a en Angleterre trois
espèces de coups de marteau; l'un, qui est simple, est celui des domestiques et de tous les gens
de boutique; l'autre, qui est double, est celui

de la poste aux lettres; enfin le troisième, qui est celui du *gentry* et de la noblesse, est au moins d'une douzaine de coups forts et précipités. Les domestiques de la maison où l'on frappe se hâtent en proportion du nombre des coups qu'ils ont entendus. — On m'avait parlé de cet usage, dit Amirau en riant et haussant les épaules; je l'avais lu dans les livres qu'on a écrits sur l'Angleterre; j'avais pris tout cela pour des mensonges de voyageurs. Je ne voulais pas croire qu'un peuple libre poussât jusqu'à de pareilles minuties la manie des distinctions. — Allons, vous voilà encore avec vos idées françaises d'égalité. Voudriez-vous, par hasard, qu'on fît attendre un homme comme il faut, comme un domestique et comme un garçon boutiquier.— Je voudrais qu'on les introduisît tous avec une égale promptitude. Les affaires pour lesquelles ces derniers courent ordinairement sont plus pressantes que celles des premiers, et leurs épaules ne sont pas moins sensibles à la pluie, leur nez pas moins sensible au froid, leurs yeux ne sont pas plus agréablement affectés par la vive clarté du soleil, quand il y a du soleil dans Londres. — Zounds! mon ami, avec quelles dispositions vous arrivez en Angleterre ! je parie cependant qu'avec la meilleure envie de quereller, vous n'aurez rien à dire contre ce que je prétends vous montrer aujourd'hui. Allons déjeûner à un *Coffee-Room*, qui est près d'ici et nous irons ensuite nous promener pour voir les chevaux et les équipages.

Le docteur ne nous avait pas trop promis, en nous assurant que nous admirerions sans restriction et les équipages et les chevaux anglais. Amirau lui-même, le difficile Amirau, en fut si charmé, qu'il porta la complaisance pour son ami, jusqu'à lui en faire l'éloge.

Nous sommes accoutumés en France à voir dans la valeur, ou la beauté des chevaux, une différence correspondante à la condition de leurs maîtres. En Angleterre, à moins qu'on ne soit un maquignon très-habile, l'égalité la plus parfaite paraît régner entre tous. Tous paraissent également beaux et bons : chevaux de selle ou de voiture, de diligence ou de charrette, tous sont vigoureux et de race excellente. Jamais ils ne sont empâtés de graisse, ils conservent toujours des formes sveltes et nerveuses. Les chevaux qui transportent le charbon de la rivière dans les rues de Londres, n'ont pas, je crois, leurs pareils dans le monde ; nos chevaux de brasseur seraient des pygmées auprès d'eux. Les chevaux de poste furent ceux qui nous étonnè- rent le plus, par rapport aux souvenirs que nous avions conservés de leurs pareils en France.

Les voitures anglaises sont toutes dignes des chevaux qui y sont attelés. Les Parisiens peuvent chaque jour en voir quelques échantillons, dans le bois de Boulogne ou aux Champs-Élysées ; mais ce dont je voudrais pouvoir leur donner une idée, ce sont les diligences qui font le ser- vice des grandes routes de l'Angleterre, de la ville de Londres et de sa banlieue. Comme ils seraient dégoûtés de leurs lourdes guimbardes ! L'espace est on ne peut mieux employé dans une diligence anglaise, puisqu'elle porte jus- qu'à vingt et vingt-quatre personnes ; mais on la construit d'une manière si industrieuse, qu'elle réunit l'élégance à la solidité. Il y a dans Londres, un très-grand nombre de *stage- coaches* ou *stages* qui, toute la journée, tra- versent la ville dans divers sens, ou qui vont du centre vers les divers points de la circonfé- rence et vers les villages environnans. Le trajet par ces *stages* est de beaucoup moins cher que par les fiacres, et il est bien autrement rapide. En général, tout ce qui concerne les moyens de transport est poussé en Angleterre à un degré étonnant de perfection. L'abondance du fer et l'excellente trempe qu'on y sait donner, a permis d'appliquer partout la suspension sur des ressorts. Charrettes de maçons, fourgons d'écurie, voitures de pionniers, tout est suspendu.

Le cocher d'une diligence et le charbonnier, ne sont pas moins fiers de la toilette de leurs chevaux, que le palfrenier d'un grand seigneur, ou le domestique qui s'assied dans le tilbury de son maître.

Dans un pays où les chevaux sont si beaux et si nombreux, le goût de l'équitation ne peut qu'être généralement répandu : quiconque a des revenus suffisans pour fournir à l'entretien d'un cheval, ne tarde pas à se le donner. Les marchands en tiennent toujours de louage à la disposition des personnes qui ne peuvent pas en avoir toute l'année, et qui pourtant veulent chevaucher de temps en temps. C'est un plaisir que les *calicos* de Londres se donnent tous les dimanches, comme ceux de Paris. On voit beau-

coup de vieillards et de vieilles femmes qui vont à
cheval pour conserver leur santé. Beaucoup de
gens de moyen âge ont un cheval, comme ils vont
aux eaux de Cheltenham, parcequ'ils ne savent
que faire et s'ennuient quand ils demeurent
chez eux. Un élégant ne peut se dispenser d'a-
voir un cheval, dût-il se ruiner, ou ruiner sa
maîtresse pour l'acheter et le changer dix fois
par an. Tous les jours, après l'heure de la parade, les officiers de la garde royale, infanterie
ou cavalerie, dépouillent l'habit rouge et couverts d'un *riding-coat* ou d'un *great-coat*, ils
vont chevaucher dans *Hyde-Park*, à côté des
héritières qu'ils lorgnent, ou des ladies auxquelles ils font leur cour. Les héritiers des
grandes familles, qui, par le crédit de leurs
parens, ont été nommés membres du parlement
à dix-neuf ans, se rendent à cheval à la Chambre des communes et vont siéger sur les bancs
ministériels en veste de chasse, en éperons et
la cravache à la main. Le recteur d'une riche
paroisse ou l'évêque vont se promener dans
St.-James-Park avec toute leur famille.

Ah! disait le docteur, en soupirant et montrant
du doigt la voiture d'un médecin du Roi, qui

passait en ce moment la barrière de *Piccadilly*, pour aller à l'hôpital de St.-Georges, si vous saviez avec quelle facilité la fortune se laisse prendre en Angleterre, aussitôt qu'on peut la poursuivre en carosse! Si vous saviez surtout quelle considération accompagne les marques distinctives des titres nobiliaires, vous vous étonneriez moins de la tendresse que j'éprouve pour la Grande-Bretagne! Un marquis de nos compatriotes fut obligé, durant son émigration, de se donner une industrie pour vivre. L'art de faire la salade était inconnu ici; il alla dans les grandes maisons pour enseigner cet art, et chaque salade qu'il fit lui fut d'abord payée 5 schellings. Un de ses amis, qui était fort riche, lui prêta sa voiture pour faire ses courses, et tout-à-coup, le prix de ses salades fut porté à une guinée, et de plus on l'invita à dîner dans toutes les maisons où il accommodait la laitue, la romaine ou la chicorée. Comme il ne pouvait dîner trente fois par jour, il prit le parti de ne dîner que dans la dernière maison, *where he dressed the salad.* S'il eût été natif d'Angleterre, les honneurs et les cordons n'auraient pas manqué d'accompagner ces avantages pécuniaires et gastronomiques.

DOWNING-STREET.

> La bureaucratie est une puissance en France ; c'est le ver rongeur du budjet. Elle finira par ruiner l'État , en frais de bureaux.
>
> *Discours de* M. CAMLEY.

En France, tout voyageur doit un tribut à la gendarmerie. Ce corps respectable y exerce la surveillance la plus rigoureuse et la plus étendue. Les gendarmes veillent à la tranquillité des spectacles et à la sûreté des grandes routes. On les rencontre à la porte d'un bal, devant un monument public, ou dans l'enceinte des tribunaux; ils escortent les prisonniers et précèdent les processions ; enfin ces messieurs se glissent partout, et l'on ne peut faire un pas sans être victime de leur obséquieuse sollicitude.

N'est-il pas ridicule, de ne pouvoir faire quatre lieues en France sans que des légions de gen-

darmes viennent demander, viser, parapher et
enregistrer votre passeport? Donné, au nom du
roi, par un de ses ministres, revêtu de la signature d'une autre excellence, il ne vous ser-
virait à rien à vingt-cinq lieues de la capitale,
si un brigadier de la gendarmerie n'y avoit ap-
posé son *visa*, et un commissaire de police son
cachet. Vive l'Angleterre pour n'y point sentir
l'influence de la bureaucratie, et le despotisme
de la police! Si l'on en excepte la tyrannie des
douaniers et les premières formalités de l'arrivée, un étranger peut rester dix ans à Londres
sans se douter qu'il existe une police dans les
trois royaumes. Lord Sidmouth, chargé de ce
soin, n'en laisse apercevoir que tout juste ce
qu'il en faut pour tranquilliser ses concitoyens,
et conserver son ministère.

En débarquant à Douvres, on remet à chaque
voyageur une espèce de passe passe sur une
longue bande de papier, en lui enjoignant, sous
peine de quinze jours de prison, de l'aller montrer à Londres, à *l'Alien-Office*, ou bureau des
étrangers.

Le jeune L*** était à Londres depuis un mois,
et n'avait point songé à son permis de séjour.

En jetant les yeux sur le petit avertissement qui était en marge de son *certificate d'arrival*, il se crut déjà dans les prisons anglaises; il jugea donc prudent de se présenter à *l'Alien-Office;* mais comme il redoutait d'y aller seul, il vint me faire part de son embarras. « N'ayez aucune crainte, lui dis-je, le commis auquel vous avez affaire est un honnête homme, chargé d'une nombreuse famille; il recevra facilement vos excuses, si vous les accompagnez d'une légère indemnité, dont le total ne doit pas excéder un écu (*crown*).--Vous me parlez du garçon de bureau?--Non, c'est du chef. Les nôtres sont de meilleure composition que les commis de votre pays. On fait de grands frais en France pour séduire le plus mince employé; on relève la modicité du cadeau qu'on hasarde par une foule d'attentions qui ménagent la délicatesse de celui qu'on achète. Ce raffinement de corruption est inconnu chez nous; aussi les services y sont-ils à meilleur marché : le commis ne rougit pas de vendre sa protection à un homme qui, dans une autre circonstance, lui vendra la sienne à son tour. D'ailleurs, les personnages élevés lui donnent l'exemple d'un pareil commerce : la conduite est la même chez tous, ils ne diffèrent que sur le prix. Celui auquel vous allez adresser votre réclamation est un des plus modestes, il ne se surfait pas. »

J'offris d'accompagner le jeune L***. Il me refusa honnêtement, en me disant que je l'avais pleinement rassuré sur les moyens d'éviter les quinze jours de prison dont il était menacé, et que d'ailleurs il se rendrait à l'*Alien-Office* avec un autre voyageur français de ses amis qui n'avait rien à redouter de la sévérité anglaise. Je le priai de me faire connaître le résultat de sa démarche ; et le lendemain il le fit en ces termes :

« Nous nous acheminâmes, mon compatriote et moi, vers *Withehall.* C'est là, dans une ruelle au fond de laquelle est une petite porte d'allée, que se trouve la préfecture de police de Londres. Un homme d'une quarantaine d'années recevait les étrangers dans une chambre où quinze personnes auraient eu de la peine à tenir. Nous lui présentâmes en même tems nos deux passeports : il jeta un coup d'œil dédaigneux sur celui qui était en règle, et parut satisfait d'en trouver un qui ne l'était pas. « Qui

» de vous deux est à Londres depuis un mois?
» nous demanda-t-il en mauvais français, affec-
» tant une sévérité dont il aurait pu se dispen-
» ser -- Moi, répliquai-je, en glissant la main
» droite dans mon gousset. » Il me regarda du
coin de l'œil, et radoucissant un peu sa voix :
« Vous avez été bien négligent, mais enfin
» nous tâcherons d'arranger cela. » Sur sa première interpellation, j'avais pris une douzaine
de schellings dans ma main ; le ton poli qu'il
employa pour me répondre fit que j'en laissai
retomber trois ou quatre dans mon gousset. Ce
son argentin flattait une oreille habituée à l'entendre, et notre homme était loin de se douter
de mon calcul économique ; le pauvre diable
n'imaginait pas ce que lui coûtait sa politesse.
Plus ses attentions augmentaient, plus la part
que je lui destinais diminuait ; je ne sais pas ce
qu'elle serait devenue s'il ne se fût empressé de
me remettre mon passeport visé. Je lui glissai
quatre schellings dans la main ; il les serra dans
sa poche sans les compter, et me reconduisit
jusqu'à la porte de son bureau. Quant à mon
compagnon, qui, se trouvant en règle, n'avait
pas besoin de racheter sa négligence, le chef le

traita avec la justice la plus scrupuleuse. L'heure
du *visa* étant passée, il le remit assez sèche-
ment au lendemain. D'après ce qui m'était
arrivé, mon compatriote se décida à ne retourner à *l'Alien-Office* qu'au bout de trois semaines. »

» Il devait partir pour l'Écosse dès que les
affaires qui réclamaient sa présence à Londres
seraient terminées. Un chef de bureau du ministère des affaires étrangères était chargé de
lui remettre pour Edimbourg des lettres de recommandation qu'il voulut aller prendre. Je
sollicitai de mon compatriote la faveur de le suivre. J'étais impatient de voir ces hommes fameux, ce ministère étonnant qui, du fond de
ses bureaux, organise la paix ou la guerre, gouverne l'Europe, divise les peuples, soumet les
rois et dont la vaste politique exploite à son
bénéfice l'or, la gloire et l'industrie des deux
mondes.

» Nous demandâmes à un Anglais que nous
rencontrâmes en sortant de *l'Alien-Office*, où
était situé l'hôtel du ministère. Nous en étions
à deux pas, et, au détour de la rue, nous trou-
vâmes *Downing-Street*. Au bout d'une rue

courte et étroite, assez semblable à un cul-de-
sac, est un bâtiment carré, d'une assez médiocre dimension, formé par la réunion de quatre
à cinq petites maisons bourgeoises que l'on a
baptisées du nom d'hôtels. Cette collection de
maisons réunit tous les ministères de la Grande-
Bretagne. Celui des affaires étrangères, où nous
entrâmes, ne se distingue des autres que par
une porte avec une espèce de perron composé
de trois marches. Un vestibule obscur sert de
salle à deux ou trois garçons de bureau, occupés à cacheter des lettres ou à classer des paquets.

» Sur la porte était un homme en habit bleu,
causant avec un bourgeois d'un certain âge,
vêtu de noir. Je m'avançai, et demandai à ce
dernier où était le bureau de la personne à laquelle nous avions affaire. Le bourgeois de Londres, trop préoccupé pour me répondre, se
contenta de nous indiquer du doigt un garçon
de bureau qui, sur ce geste, s'empressa de venir au devant de nous. Il nous fit traverser un
corridor obscur pour arriver à une petite chambre, où il nous laissa avec un monsieur qui,
nous montrant la seule chaise et le tabouret qui

se trouvaient dans cette pièce, nous invita à nous asseoir en attendant qu'il eût terminé une petite affaire très-pressée qu'on venait de lui remettre à l'instant même.

» Cette petite affaire était la cession de Parga, arrêtée en conseil par une note en marge du rapport du général Maitland. Tout en causant avec nous, le chef de bureau expédia l'exil de trente mille familles. Huit ou dix lignes, conçues et rédigées en moins d'un quart-d'heure, suffirent pour décider le sort d'un pays entier, et porter le désespoir dans l'ame de ceux qui l'habitaient. « Que de malédictions » s'accumulent sur ma tête! murmura tout bas » le chef de bureau en passant le *blotting-* » *paper* (papier brouillard) sur le paraphe qui » venait de clore sa décision; mais si les hom- » mes d'État s'arrêtaient à de pareilles niaise- « ries, ils reculeraient devant le plus léger » obstacle... » Je fis compliment de la candeur et de la rapidité de la politique du cabinet de Saint-James à M. Camley. « Oui, » me dit-il, nous expédions promptement les » affaires chez nous; si nous nous apitoyions » sur le sort de quelques milliers d'hommes,

» nous n'en finirions pas. L'intérêt des indi-
» vidus disparaît devant l'intérêt général; le
» sacrifice d'une population n'est rien quand
» il s'agit d'augmenter la puissance et la ri-
» chesse d'un royaume. C'est pour cela que
» tout se décide chez nous avec promptitude
» et que jamais on ne s'écarte d'un principe
» adopté. Rien n'est ailleurs moins compliqué
» que ce que vous voyez ici. Quatre ou cinq bu-
» reaux composent le ministère des affaires
» étrangères, et l'on parle à notre ministre plus
» aisément qu'en France on ne parle aux com-
» mis. On est en quelque sorte obligé à cette
» simplicité dans un pays où le prince ne sort
» jamais qu'en voiture à deux chevaux, avec
» un seul domestique; elle exerce son in-
» fluence sur toutes les classes de la nation,
» depuis *Carlton-House* jusque dans le bureau
» du plus mince banquier de la cité. Vous êtes
» dans le pays de la conséquence; vous trou-
» verez souvent ici de la bizarrerie, jamais de
» contre-sens.

» Je suis allé en France, nous dit M. Cam-
» ley, et j'ai vu que, dans ce pays, on sa-
» crifie beaucoup aux apparences ainsi qu'à

» l'ostentation. Vos ministres ont des hôtels,
» des suisses, des postes d'honneur, etc.; vos
» commis sont installés dans de vastes salons..;
» le nombre des employés est immense. La
» bureaucratie est une puissance en France :
» c'est le ver rongeur du budget; elle finira
» par ruiner l'État en frais de bureaux. » Tout
en parlant ainsi, M. Camley venait de remettre au garçon le petit paquet qui renfermait l'arrêt des Parganiotes. Comme il devait
dîner avec nous, nous sortîmes ensemble. Nous
traversâmes, en moins de deux minutes, tous
les bureaux des affaires étrangères. Les deux
personnes que nous avions rencontrées sur le
perron y étaient encore. Je demandai à M. Camley le nom du bourgeois de Londres qui chif-
fonnait entre ses doigts un bout de lettre....
« C'est, me dit-il, lord Castlereagh qui s'en-
» tretient avec M. Hamilton, le sous-secrétaire
» d'État. On dirait, à l'expression de leur
» physionomie, qu'il s'agit du bal donné par
» lord Fife avant-hier, ou de la soirée de
» lady Gersay; eh bien! il ne s'agit de rien
» moins que de l'indépendance du Nouveau-
» Monde. De cette seule conversation va ré-

» sulter le départ de la flotte qui est en rade
» de Portsmouth, et que, depuis quelques an-
» nées, on promet au roi d'Espagne de mettre
» à sa disposition. Sa grâce, lord Castlereagh
» cause là, dans la rue, parce que les ou-
» vriers travaillent à réparer une cheminée
» dans le cabinet du ministre; et si la pluie,
» qui commence à tomber, ne les dérange
» pas, le sort du Nouveau - Monde pourrait
» bien être décidé sur le perron de l'hôtel. »

» Je ne pouvais en croire mes yeux.... Le
premier ministre de l'Angleterre, traitant les
affaires de l'Europe dans la rue comme un
courtier marron, était pour moi une chose
miraculeuse. Nous sommes tellement habitués
au luxe, nous autres Français, que nous ne
pouvons pas penser qu'il existe un ministre
sans habit brodé, un chef de bureau sans portefeuille de maroquin rouge.

» Dans un coin de la cour, un jokey monté
tenait en bride un joli cheval simplement
harnaché; le noble lord y monta lestement,
et d'un air distrait, appuyé de la main droite
sur la croupière, il continua quelques instans
sa conversation avec M. Hamilton. Dans le

moment arriva, à cheval, suivi d'un seul domestique, un *gentlemen* de bonne mine qui aborda cavalièrement lord Castlereagh ; M. Camley nous apprit que c'était lord Bathurst, le secrétaire d'Etat de la guerre et des colonies. Leurs seigneuries s'entretinrent ensemble en caressant nonchalamment le museau de leur cheval avec le bout de leurs cravaches. Elles sortirent ensuite de *Downing-Street*, à côté l'une de l'autre. Elles se dirigèrent vers le parc Saint-James, décidant au trot, du destin de quelque rajah ou nabab de l'Inde. Peut-être qu'avant d'être arrivés au bout de la grande allée du parc, l'Angleterre avait, d'après les projets de ses ministres, ajouté à ses possessions asiatiques un ou deux royaumes.

» J'étais émerveillé de voir de si petits rouages faire mouvoir une si grande machine. Cette habitude de traiter si lestement les nations, et de conclure, chemin faisant, un *marché de peuples,* me parut le *nec plus ultrà* de la diplomatie européenne. Nous mettons plus de tems chez nous à examiner des affaires moins importantes; et, comme dit Beaumarchais, nos premiers commis s'enferment souvent des heures entières pour tailler des plumes. Je doute que nous adoptions jamais l'usage de discuter le sort des empires, au pied levé, dans une promenade ou dans une partie de cheval.

» Nous étions restés seuls sur la petite place de *Downing-Street;* mon compatriote avait affaire dans les bureaux de la chancellerie et M. Camley offrit de nous y conduire. Nous frappâmes trois coups à une petite porte en face de la *maison* des affaires étrangères. Une jeune *bonne* anglaise vint nous ouvrir. Nous traversâmes une salle à manger, dans laquelle on venait de dresser une table de quatre couverts, et nous arrivâmes dans une chambre où travaillaient trois commis. Nous étions chez le lord-chancelier. Il aurait fallu six mois en France pour mettre en règle des papiers qu'à la première vue le commis auquel nous nous adressâmes classa par ordre de matières. Il nous annonça que la créance de M..... (notre compagnon) était juste; et il se disposait à la mettre sous les yeux du chancelier, lorsque lord Eldon sortit de son cabinet. Le commis lui remit la liasse de papiers. Sa grâce les examina avec plus d'attention encore que son secrétaire ; elle prit une mauvaise plume, et, après l'avoir essayée deux fois, elle signa, sur le coin du bureau, un ordre de paiement qui avait déjà coûté plus d'un an de démarches et de sollicitations. Nous prîmes congé de sa grâce, à qui la *bonne* vint annoncer qu'on avait servi.

» Eh quoi! dis-je à M. Camley, qui souriait de mon étonnement, voilà tout votre ministère.... Dans un coin de rue, où ne voudrait pas se loger le moins riche de nos banquiers de Paris, sont réunis les hôtels de vos ministres!.... Chacun d'eux emploie moins de commis que la plupart de nos maisons de commerce!... Et c'est dans ce petit carré de quelques toises que l'Angleterre a renfermé tous ses ateliers politiques; c'est là que se sont organisées ces coalitions qui ont bouleversé l'Europe; c'est de là que sont parties toutes ces combinaisons qui ont changé la face du monde; c'est là que se décident la chute des empires, la vie des nations, l'achat des conquêtes; et c'est contre ce petit tas de maisons réunies qu'est venue échouer la puissance du plus

grand despote de l'univers!.... « Ne vous y
» trompez pas, me dit M. Camley, la force
» du levier d'Archimède est dans sa simpli-
» cité, et vous êtes dans le pays de Newton,
» qui ne demandait qu'un point d'appui pour
» remuer le monde. »

PONT DE WATERLOO.

> That great city which reigneth
> over the kings of the earth.
>
> *Revelation.*

Ce pont, dont le parlement avait ordonné la construction par un bill, ne devait porter dans le principe que le nom modeste de la partie septentrionale de Londres avec laquelle on le destinait à ouvrir une communication, celui du *Strand*; mais un acte, émané du parlement en 1816, ordonna qu'il serait nommé *le pont de Waterloo*.

Le 18 juin 1817, jour anniversaire de la bataille de Waterloo, fut fixé pour celui de la fête d'inauguration pour l'ouverture de ce pont. Deux cents coups de canon furent tirés en commémoration du nombre de ceux qui tombèrent au pouvoir des vainqueurs.

2..

Les Romains, lors de leurs triomphes, n'é-
talaient pas un plus fastueux appareil que le
gouvernement anglais n'en déploya en cette occasion. Le prince-régent, accompagné du duc
d'Yorck et de tous les grands officiers du palais, partit à trois heures de *Whitehall*, s'em-
barqua sur la Tamise, suivit la rive du fleuve
du côté de *Surrey*, et vint avec son yacht passer, au milieu d'une multitude de barques, sous
l'arche centrale du pont. On fit figurer dans cette
cérémonie les gardes à pied et à cheval; leurs
chapeaux étaient décorés de branches de lau-
riers; une banderole flottait au milieu d'eux :
le héros britannique, le duc de Wellington
était présent. On y remarquait aussi le lord-
maire et toutes les corporations de la cité. La
Tamise, couverte d'une innombrable quantité
de gondoles et de batelets aussi élégamment que
richement décorés, présentait un magnifique coup
d'œil.

Le pont de Waterloo, à partir du *Strand* jusqu'à la route de *Lambetts*, a 2,890 pieds. Sa
longueur, en y comprenant les culées, est de
1,240 pieds; sa largeur totale est de 42 pieds.
Des arches en briques soutiennent les tabliers

à l'une et à l'autre extrémité. Celui du côté de
Surrey a 1,250 pieds ; celui du côté du *Strand*
n'en a que 400. La surface plane qu'on a obtenue en prolongeant les tabliers jusqu'au niveau
des rues aboutissantes, produit une des perspec-
tives les plus étendues qu'aucun pont puisse offrir en ligne directe. Celui-ci est supporté par
neuf piles de vingt pieds d'épaisseur. Chacune
d'elles est posée sur trois cent vingt pilotis de
dix-neuf à vingt pieds de longueur. Les arches
ont cent vingt pieds d'ouverture, et sont d'une
hardiesse admirable. Mais ne doit-il point paraître étonnant que ce pont, construit à si grands
frais, n'aboutisse à aucune rue directe de l'un
ni de l'autre côté ? On ne pouvait le placer plus
mal.

Les promeneurs y jouissent d'un plaisir dont
ils sont privés sur ceux de Londres et de Westminster à cause de la hauteur de leurs parapets.
Ceux qui le traversent peuvent, lorsque la Tamise est dégagée de brouillards, porter leurs regards sur divers points éloignés. La balustrade
qui le décore est en granit d'*Alberden* d'un beau
grain. Quant à la corniche de couronnement,
elle est aussi en granit, mais d'un grain plus

grossier et qui ne paraît pas être en rapport avec celui de la balustrade. La hauteur du pont, à l'endroit où il vient s'unir au *Strand*, est de cinquante pieds au dessus du niveau de l'eau. La première pierre en ayant été posée le 11 octobre 1811., et le passage en ayant été livré au public le 18 juin 1817, sa construction a duré un peu moins de six ans.

Les sommes employées dans cette entreprise sont tellement considérables, qu'on assure qu'il s'écoulera quatre-vingt-neuf années avant que la compagnie qui en a avancé les fonds, touche rien au delà de l'intérêt de son argent, en supposant que le péage produise deux cents pounds (environ 4,800 fr.) par jour; mais il ne rapporte pas maintenant la dixième partie de cette somme. Il y a même des personnes qui assurent que le dividende annuel ne donnera pas aux actionnaires un schelling d'intérêt pour cent. L'acquisition seule des terrains et des maisons qui sont abattues ou qui doivent l'être a coûté 44,000 livres sterling, plus d'un million de francs.

Tous les ans, au 18 juin, tous les soldats et les officiers de service à Londres, comme dans toutes les autres garnisons, mettent du laurier à leurs chapeaux. Il y a partout où la chose est possible, parade et revue extraordinaire. Le général qui gagna la bataille fameuse (après sa mort, le grand maître de l'artillerie aura à remplir les mêmes fonctions) ainsi que le commandant en chef de l'armée, tiennent chacun un lever extraordinaire.

Le soir, ce dernier assiste à un grand repas qui est donné par le général aux officiers les plus distingués de l'armée. Ce repas est lui-même une représentation allégorique de la bataille : les pièces de viande, le gibier quadrupède etc, représentent la cavalerie; les oiseaux représentent l'infanterie; les pâtés et les tourtes sont des forteresses ou des batteries. Le laurier fourni par les schakos des soldats qui ont monté une garde d'honneur à la porte de la maison où le festin a lieu, est employé à parfumer un immense plat de crême; (car c'est de laurier-cerise que les Anglais se servent en guise de laurier de victoire.) Cette crême, ainsi que les vins qui circulent sur la table, représentent les ruisseaux, les lacs ou les rivières qu'on a eu à franchir sur le champ de bataille.

A la fin du repas, la victoire est toujours aux

Anglais. Il est bien évident que des guerriers, ayant bon appétit et armés de couteaux et de fourchettes, doivent toujours rester maîtres du *champ de bataille* et anéantir les *ennemis* qui osent s'y présenter.

L'anniversaire du 18 juin sera, selon toute apparence, fériée dans tous les siècles futurs de l'empire Britannique : outre les souvenirs qu'il réveille, il fournit à l'élite de l'armée l'occasion de signaler sa vaillance gastronomique. Celle-ci a l'avantage d'être toujours à l'abri des chances qui faillirent de convertir l'anniversaire glorieux en un anniversaire de désolation et de deuil.....

LES RUES DE LONDRES.

Ætas parentum, pejor avis, tulit
Nos nequiores.

HOR.

Nos pères valaient moins que nos aïeux, et
nous sommes pires que nos pères.

On a dit avec raison qu'aucune ville du
monde ne pouvait donner une idée de Londres ; ses grandes et belles rues tirées au cor-
deau, ses trottoirs élégans et commodes, ses
maisons d'une grande propreté, aussi remarquables par leur simplicité que par leur couleur, ornées de jolies petites portes décorées de
colonnes et de frontons qui ne sont pas toujours d'un goût exquis, et sur-tout la quantité
innombrable de ses magasins, qui semblent servir d'entrepôt général à toutes les marchandises
du monde, donnent à la capitale de l'Angleterre
un air de grandeur et d'originalité, de richesse
et de simplicité qu'on ne trouve nulle part.

Je parcourais hier les trottoirs sans trop savoir où j'allais : tout chemin m'était indifférent, parce que je ne voulais que voir. Je lisais le nom des rues, je contemplais les enseignes, les étalages, enfin, je faisais le badaud.
En moins de cinq minutes j'arrivai dans *Piccadilly* poussé et coudoyé par plus de mille personnes qui m'avaient forcé de faire ce chemin
plus lestement que je ne le désirais

Il n'y a presque point d'étrangers qui n'aient
entendu parler de *Piccadilly* comme d'un des
plus beaux quartiers de Londres. Il en est peu,
en effet, où l'on puisse voir une circulation
plus rapide et une scène plus animée. Là, ce
sont des diligences remplies de voyageurs qui
arrivent des divers comtés de l'Angleterre; ici,
d'élégans équipages transportent mollement des
fashionables dans *Hyde-Parck,* sur le point où
il est convenu que le beau monde doit paraître.
Les cavaliers s'y mêlent aux voitures, et donnent au tableau plus de vie et de variété. Quant
aux piétons qui se promènent sur les côtés, ils
produisent le même effet que les personnages
placés par les peintres sur les plans inférieurs
de leur composition.

Chemin faisant je rencontrai une connaissance du docteur devenue la mienne, et après
les civités d'usage je proposai à l'honorable *gentleman* de m'accompagner, ce qu'il accepta. C'é-
tait un homme de bonne compagnie, mais d'un
âge mûr et un peu entiché des vieilles coutumes.

Après avoir parcouru la belle rue de *Piccadilly*, nous allâmes voir la statue de Bonaparte,
sculptée par le célèbre Canova, et qui devait
orner en France, la salle des Maréchaux : elle
est placée maintenant dans la partie du vestibule de l'hôtel de Marlborough, destinée aux
valets. « Ce manque de goût, dis-je à mon compagnon, ne fait pas honneur aux connaissances
que l'on a ici dans les arts. » Nous continuâmes
notre trajet, moi en réfléchissant aux vicissi-
tudes humaines, le *gentleman*, en se livrant
à la causticité de son caractère à laquelle chaque passant servait d'aliment. Nous entrâmes un instant chez le pâtissier Hickson; sa
boutique est la plus renommée de Londres.
C'est le rendez-vous de la meilleure compagnie. Les *flumket*, les biscuits, les tartes,
y sont variés à l'infini de forme et de goût;
les gelées y sont passables, les glaces très-

médiocres. Dans une salle basse, qui n'a pas toute la propreté anglaise, il y a deux ou trois tables de marbre, autour desquelles on prend place quand on peut. Le bon ton est de manger debout. Là, l'élite de la noblesse, les courtisans du prince, les dames du palais de la reine, se pressent avidement autour de quelques assiettes de pâtisserie, et se régalent d'une boisson assez insipide, mais fort à la mode depuis quelques années; on la nomme *soda water* (eau de soude); elle ressemble assez, pour le goût, à notre eau de Seltz, que nos médecins ont mise en faveur chez les gourmands; cette eau de soude, renfermée dans de petites bouteilles, fait lorsqu'on les débouche le bruit du vin de Champagne, avec lequel elle n'a pas d'autre rapport; elle est fort du goût des Anglais. Quelques dames, par un surcroit de bon ton, ne se donnent pas la peine de descendre de leurs équipages et font leur *lounch* dans la voiture, tandis que les laquais se grisent avec du *gin* chez le marchand de liqueurs et que le cocher caresse ses chevaux en lustrant leur poil avec son mouchoir de poche.

Nous terminâmes notre matinée par une pro-

menade au Parc. Le voyageur qui d'abord a été
choqué du peu de goût qui a présidé aux divers
ornemens de la barrière, aperçoit tout-à-coup
une spacieuse perspective sur deux parcs que
sépare une large avenue. L'affluence des cavaliers et des équipages dans la plus vaste allée lui
inspire aussitôt le désir de s'y promener. Je m'a-
perçus, en y arrivant, que mon compagnon semblait éprouver une suffocation d'idées et de paroles; et, en effet, à peine eûmes-nous pris le
chemin de cette grande allée, qu'il me parla
en ces termes :

« Vous me vantiez, me dit-il, les grandes
améliorations qui ont eu lieu dans la ville de
Londres. (Il y avait vingt ans qu'il n'y était
venu, ayant passé tout ce temps dans sa terre.)
J'en aperçois bien quelques-unes dans le ma-
tériel des choses, c'est-à-dire dans les rues, dans
les bâtimens, mais je n'en vois aucune dans
les habitations. Au contraire, j'y trouve une
détérioration toujours croissante, une démorali-
sation qui fait tous les jours de nouveaux progrès. Que vois-je dans toutes les rues où je passe,
dans tous les lieux publics que je fréquente ? Des
êtres qui ne sont ni hommes, ni femmes, ni sin-

ges, mais qui semblent réunir en eux les caractères distinctifs de ces trois espèces. On ne
savait, de mon temps, ce que c'était qu'un
dandy *. Nous avions des élégans vêtus de riches étoffes de brocart, de velours, d'habits
brodés, et portant l'épée au côté comme cela
convient à un homme bien né. Il est vrai qu'ils
donnaient deux cents livres de gages à un valet de chambre français, qui passait tous les
jours quatre heures à faire leur toilette; mais,
aujourd'hui, on en perd six à se faire lacer et
serrer dans un corset, à arranger les plis d'une
cravate qui vous étrangle comme si vous étiez
au pilori, à se faire huiler la tête, à se peindre
la figure, et tout cela pour ne pas avoir l'air
d'un homme comme il faut. Vous conviendrez
que cela est bien étrange! »

Je lui demandai s'il avait tout-à-fait oublié la
poudre *à la maréchale*, la pommade et les
odeurs?

« Fort bien, fort bien, me dit-il, mais, au
bout du compte, on reconnaissait un homme

(1) Nom qu'on donne aux petits-maîtres d'une fatuité outrée.

de condition à son costume. Aujourd'hui, sa tête est semblable à celle de son jockey. Ses cheveux ressemblent à une brosse, son visage, enterré dans une énorme cravate bien empesée, est perché sur un cou si roide qu'il ne peut faire un mouvement sans effort; on croirait voir un âne alonger sa tête au-dessus d'un mur d'appui peint en blanc. Si vous portez ensuite les yeux sur la partie inférieure de cet être ridicule, vous apercevez des pantalons qui vous laissent le choix de le prendre pour un Turc, pour un laboureur, ou pour un matelot. Vous ne pouvez faire un pas sans risquer d'être renversé par quelqu'une de ces momies ambulantes dont toutes les jointures sont tellement serrées dans leurs vêtemens qu'il leur faut beaucoup de temps et de peine pour faire une révolution géométrique en se détournant d'un pas de la ligne droite.

» Que dire ensuite de ces dames à énormes chapeaux en appentis, qui vous crèvent quelquefois les yeux, où dont le petit parasol, toujours ouvert, même quand il ne fait ni pluie, ni soleil, accroche et renverse votre coiffure ? Leurs yeux, leur nez, leur bouche sont cachés

2...

sous l'auvent qui les couvre, et si vous portez les yeux un peu plus bas, vous êtes forcé de rougir à la vue des nudités que vous apercevez. Quelques unes portent en main, comme nos facteurs de la poste aux lettres, un sac en velours, en satin et en soie, dont elles vous battent les jambes en passant; souvent un misérable chien qui les suit vous inquiète en aboyant, et vous devez vous estimer heureux s'il ne vous mord pas les jambes, ou s'il ne déchire pas votre habit.

» Combien n'est-il pas indécent de voir le laquais, de la taille d'un grenadier, qui suit sa maîtresse, dominer sur son dos et ses épaules entièrement découvertes, ou, s'il se baisse pour ramasser son gant, avoir, grâce au peu de longueur des vêtemens inférieurs, la vue d'un spectacle encore plus indécent! Tout est monstruosité de nos jours.

» Et vos roués, quelle différence entre eux et nos élégans d'autrefois! Cette production de votre temps est une espèce de race croisée, une sorte de mulet né dans vos écuries. Quelle foule de ces jeunes brutes infeste les rues de Londres! L'un, le corps penché en avant et se carrant

les coudes, se pique de conduire mieux que
son cocher sa *barouche* attelée de quatre chevaux ; l'autre, conduisant un *landaw*, les yeux
fixés entre les oreilles de son cheval n'est occupé qu'à exciter son ardeur pour redoubler
la vîtesse de sa course, et il est très-probable
qu'il écrasera quelqu'un, ou qu'il renversera
sa voiture ou celle d'un autre. Celui qui mène
un *tilbury* est un peu plus modeste ; il a ordinairement plus d'égards pour lui-même et
pour autrui. Il a dans son cabriolet son jokey
pour compagnon ; on aperçoit la tête de son ami
de cœur, c'est-à-dire d'un basset ou d'un bar-
bet, qui, accroupi entre ses jambes, avertit en
aboyant les passans de se déranger, et a en cela
plus d'intelligence que son maître.

» Tous ces êtres sont au comble du bonheur
et bouffis d'un ridicule orgueil lorsqu'ils peuvent parvenir à être membres du club des joc-
keys. Souvent ils ont à la bouche un cure-dent,
une paille qu'ils ont ramassée dans leur écurie,
ou, pour se donner un air militaire, un cigare
allumée dont la fumée semble indiquer qu'il
ne se trouve dans l'intérieur de leur tête que
vide, vapeur et brouillard.

» Quelquefois vous voyez ces héros de taverne ou d'écurie, placés nonchalamment sur un cheval, fermant un œil et approchant une lorgnette de l'autre, ayant sous le bras un bâton tortu, emblème parfait de leur esprit, et tenant le manche d'un fouet dans leur poche, avec lequel leur main droite est enfoncée.

» D'autres fois, devenant piétons, cinq ou six d'entre eux se prennent par le bras, et entrelacés comme une botte d'oignons ils occupent tout le trottoir, et mettent obstacle à votre marche : zéros rangés l'un près de l'autre, et n'ayant aucune valeur parce qu'il ne se trouve pas un seul chiffre parmi eux, ils vous forcent à leur céder le pas, jettent dans la boue le vieillard et l'infirme, et font rougir par leurs regards effrontés la femme modeste qu'ils rencontrent, si par hasard ce phénix peut se trouver dans *Saint-James-street*, dans *Pall-Mall* ou dans *Bond-street*.

» Cette espèce d'êtres, que je ne sais comment qualifier, est si considérable, que beaucoup étant forcés par leurs dettes de passer sur le continent, on ne s'aperçoit pas cependant qu'ils deviennent plus rares. Il est vrai qu'on

en voit chaque jour paraître de nouveaux qui
semblent croître comme des champignons, et
qui remplissent toutes les rues de la ville, au
grand détriment des gens raisonnables qui s'y
trouvent encore. Restent-ils dans leur patrie,
ils en sont le fardeau; s'ils la quittent, ils sont
partout la risée de l'étranger.

Ainsi se termina la philippique de mon compagnon. Je la trouvai un peu sévère; mais elle
peut donner une leçon salutaire aux jeunes
fous à pied, à cheval, ou en voiture, qui in-
festent les rues, ou qui vont afficher leurs travers sur le continent.

SQUARES.

Les *Squares* sont une des grandes beautés de la ville de Londres, un ornement que l'on devrait imiter dans toutes les grandes villes pour l'agrément et la salubrité. Ces Squares sont des places ou carrés qui se trouvent à Londres en assez grand nombre, et auxquels viennent aboutir plusieurs rues. Les *Squares* sont coupés par compartimens, couverts de gazon et d'arbustes. Peu de personnes ont la liberté de se promener dans l'intérieur des grilles qui renferment le jardin ; les familles seules qui habitent ces places ayant le droit d'avoir une clef pour y entrer.

Les plus remarquables de ces *Squares* sont ceux-ci :

Groswenor-Square le plus imposant par la magnificence des hôtels dont il est environné. Il est orné de la statue équestre de Géorge II.

Cavendish - Square où se trouve la statue
équestre de Guillaume, duc de Cumberland,
qui, quoiqu'elle soit dorée, n'en est pas meilleure pour cela. On lit sur le piedestal que
cette statue est un hommage rendu à la *vertu*
de ce duc par son ami le lieutenant-général
Strade. L'amitié, trop favorablement préve-
nue, scrute rarement le fond du cœur, et l'é-
crivain impartial doit se garder d'adopter ses
jugemens sans examen, car quelque brillans
qu'aient pu être les services rendus à l'Angleterre par le duc de Cumberland, ils ne feront jamais excuser sa cruauté.

Soho-Square, plus remarquable par les souvenirs qui s'y rattachent, que par sa beauté.
C'est là qu'est l'hôtel où demeura l'infortuné
duc de Montmouth, décapité sous le règne de
Charles II, le 15 juillet 1795, à l'âge de 35 ans.
Cette place porta d'abord le nom de ce seigneur. Il fut depuis changé par ses amis en
celui de *Soho*, qui avait été le mot d'ordre à
la bataille de *Sedgemore*, où Montmouth fut
vaincu. On voit au coin de *Greek-Street* une
maison qui fut autrefois le rendez-vous des
premiers *Fashionables* de Londres, et le temple

des plaisirs en tout genre, où la célèbre Cor-
melys attira pendant plusieurs années tout ce
que la ville renfermait d'illustres personnages.
Dans un autre coin de cette place une maison
de très - simple apparence était la résidence
d'un savant des plus renommés, sir Joseph
Banks, le compagnon de l'immortel capitaine
Cook dans un de ses voyages autour du monde.
C'est là encore que l'on trouve le Bazar le plus
fréquenté de la capitale de l'Angleterre. Le fai-
seur de caricatures qui se placerait à une certaine heure avec ses crayons à l'entrée de ce
Bazar, aurait bientôt une ample moisson de
figures telles qu'il ne s'en rencontre nulle part
ailleurs, et capables de provoquer le *rire inex-
tinguible.*

Leicester-Square, le palais royal de Londres,
où l'on se promène de préférence le soir pour
y admirer la variété des boutiques et pour y rencontrer ses connaissances. C'est là aussi que par
un maintien d'une modestie affectée qui n'é-
chappe pas aux connaisseurs, certaines beautés an-
glicanes, de celles qui font *acheter un cher repen-
tir,* essaient à la lueur du gaz d'attirer leur proie
par une vivacité de démarche qui semble avoir

pour but de se dérober aux poursuites et qui n'est rien moins que cela; vivacité, pour le dire en passant, qui est bien démentie dans tout le reste, au dire des amateurs.

Enfin la place de *Tower-Hill* où doivent être décapités les nobles que la cour des pairs déclare coupable de haute trahison. L'usage d'y faire des exécutions remonte au 15e. siècle.

Tower-Hill, occupe l'espace qui se trouve entre *Trinity-Square*, et le large fossé qui défend l'accès de la Tour. Le terrain qu'elle occupe embrasse plus de douze acres, et le fossé dont elle est entourée a trois mille cent cinquante-six pieds de tour.

HYDE-PARK,

LE DIMANCHE.

Spectatum veniunt, veniunt spectentur ut ipsæ.
OVIDE.

On y vient pour voir et pour y être vu.

« Je voudrais qu'il n'y eût pas un seul dimanche dans toute l'année, me disait un jour
une lady, dont l'esprit moqueur est quelquefois
piquant. Depuis le papillon à la mode jusqu'au
ver de terre, le beau tems et un dimanche font
sortir des allées et des passages de la Cité autant
d'insectes que la chaleur et l'humidité peuvent
en faire éclore au milieu de juin. C'est un tel
débordement de populace, que vous ne pouvez
monter dans votre calèche sans être coudoyé
par les marchandes de modes, les marchands de
draps, les courtauds de boutiques qui vous ont
servi pendant tout le reste de la semaine. De

gauches cavaliers et des femmes à pied parées à toute outrance vous pressent de toutes parts. Cependant on ne peut ni passer toute la journée à l'église, ni se mettre en prison parce que c'est dimanche. Quant à moi, c'est un jour où sans ma harpe et un peu de médisance je ne saurais comment exister. »

Cependant la voiture était à la porte, et lady Marie me proposa d'en occuper un coin, et de faire un tour dans *Hyde-Park* * avec elle et

---

(1) Ce parc tant célébré, et qui ne peut sous aucun rapport être comparé avec la plupart de ceux que possède la noblesse anglaise, n'est qu'un vaste emplacement que le gouvernement tient à ferme de la famille Hyde, pour les plaisirs du public. En vain y chercherait-on des avenues, des bosquets, on n'y trouve pas le moindre ombrage pour protéger les promeneurs contre l'épaisse poussière qui y régne continuellement, et qui provient d'une carrière de sable et d'un sol dont la surface est bouleversée. D'un côté, la vue est bornée par une longue muraille en briques qui borde *Park-Lane* ; de l'autre paroissent quelques arbres épars qui semblent avoir crû au hasard dans cette plaine immense. La première chose qui frappe les regards, en y arrivant le dimanche, c'est une longue file de deux cents voitures, depuis la barrière d'Oxford jusqu'à celle de Piccadilly, sans

sa jeune sœur, uniquement, me dit-elle, pour
montrer à ses amis qu'elle était à Londres.

« Quelle légion de petits-maîtres de comp-
toirs! poursuivit-elle, comme nous entrions par
la porte de *Groswenor*. Que ces gens sont heureux qu'on trouve à louer des chevaux et des
cabriolets! Il est si facile à ces élégans d'un jour

aucune interruption qui permette aux personnes à
pied de la traverser. A peine ces voitures font-elles
dix pas en trois ou quatre minutes. *Hyde-Park* n'est
point, pour les gens à équipages, une partie de
plaisir , c'est un rendez-vous de vanité.

Pénètre-t-on sous le peu d'arbres qui s'y trouvent,
on y aperçoit des objets de la plus dégoûtante malpropreté , et des malheureux estropiés et couverts
de haillons.

Le lord Chesterfield, le plus célèbre des *fashionables* qu'ait produits l'Angleterre, ambitionna jusqu'à la fin de sa vie de paraître dans cette promenade à la mode. Quelques jours avant sa mort il y
fut rencontré par un grand seigneur de ses amis.
Celui-ci , surpris d'y voir le comte, à cause de l'état
déplorable de sa santé , lui dit : « Milord , que faites-
vous ici? -- Vous le voyez, répond-il; j'y fais la répétition de mon enterrement. » Lord Chesterfield
faisait philosophiquement allusion à sa voiture dé-
pouillée d'ornemens , aux quatre chevaux qui la traînaient, et à la file de carosses dont il était suivi.

sur cent, de se procurer à bon marché un wisky
et un jockey, pour étaler le dimanche leurs
étranges figures dans les promenades fréquentées par les gens du bon ton! Ils n'ont qu'à
grapiller un peu dans la caisse, ou augmenter le
prix de quelque objet qu'ils ont vendu le samedi à certaines femmes négligentes qui courent les boutiques plutôt dans l'espoir de rencontrer un amant que pour faire des emplettes.
Mais le comble de l'horreur, c'est que quelques
uns ont la hardiesse de saluer des dames qu'ils
ne connaissent point, uniquement pour se donner des airs, ou pour faire regarder comme leurs
connaissances les personnes qui se fournissent
chez eux.

« Tenez, continua-t-elle, voilà mon plumas-
sier. N'a-t-il pas l'air d'un officier-général, avec
ses éperons? Il se carre sur sa bête avec autant
d'importance que s'il était un des lords de la
trésorerie... Eh! voici le commis de mon banquier. Il est si roide, si bien lacé dans son corset, qu'on le prendrait pour une momie d'Egypte
plutôt que pour un homme; il a loué quelque
jockey sans place, avec une cocarde au chapeau,
afin de se faire passer pour militaire. Je ne

3.

puis voir patiemment ces créatures! Depuis
long-tems j'ai cessé d'aller à la comédie le samedi, parce qu'indépendamment de la préférence que je donne à l'opéra, ces insectes de
Cheapside * trompent leurs maîtres ce jour-là,
ferment leurs boutiques à neuf heures, et vont
faire les importans à *Covent-Garden* ou à *Drury-
Lane*. Ce sont eux qui viennent bourdonner
le dimanche dans le parc; mais il faut, le triste
lundi, qu'ils retournent à leur comptoir, et
vous les voyez, la plume derrière l'oreille, cal-
culant ce qu'il faut qu'ils épargnent pour leurs
extravagances du dimanche suivant, vous per-
sécutant pour vous faire acheter le double de ce
qu'il vous faut, et vous offrant la main avec
empressement pour vous aider à remonter en
voiture. »

En ce moment M. Milleflowers s'approcha de
notre équipage. Il était parfumé comme un bou-
quet de tubéreuses; les couleurs de ses joues
étaient rehaussées par l'application d'un rouge
végétal. Je le sentis comme les marins sentent

(*) Belle rue de la Cité , habitée par les plus riches
marchauds.

l'approche des îles qui produisent les épices.
Deux fausses dents de devant faisaient honte à
leurs voisines par la blancheur et le poli de
leur ivoire, et son haleine exhalait l'odeur de
la myrrhe et de l'encens dont les païens faisaient usage dans leurs temples. Il fit presque
entrer la tête de son cheval par la portière de
la voiture, ce qui me parut un peu brusque
et contraire au savoir-vivre ; mais je m'aperçus
que mon amie ne s'en offensait point. Il sourit
d'un air affecté, plaça son chapeau avec grâce,
arrangea ses cheveux, d'abord pour montrer la
blancheur de sa main, et ensuite pour faire
remarquer une frisure qui, toute simple qu'elle
était, lui avait coûté au moins deux heures de
soins dans la matinée. Il mit son cheval au pas
pour accompagner notre équipage qui suivait
la file ; et son fouet sous le bras et la tête à
demi dans la voiture, il fixa sur lady Marie un
regard qui me parut impudent, d'un air moitié
courtisan, moitié familier.

« Quel beau cheval ! s'écria lady Marie. —
Oui, dit Milleflowers, il est d'une des meil-
leures races d'Europe, et il saute admirable-
ment. »

Je n'en doutais nullement, car à la manière dont il présentait souvent la tête à la portière, on aurait dit qu'il voulait sauter dans la voiture, et j'aurais préféré le voir d'un peu plus loin. Cependant lady Marie avait ôté un gant, et daignant flatter de la main la tête et le cou du noble coursier, la vue de son joli bras passé par la portière attirait sur elle les yeux de tous les passans.

Le merveilleux de son côté, le frottait avec un mouchoir de soie parfumé; il en prit ensuite un de batiste pour s'essuyer le front, et fit mille minauderies qui auraient mieux convenu à une petite-maîtresse qu'à un lieutenant des gardes de S. M. Cependant il ne cessait point de parler, mais sa conversation se réduisit à nous dire qu'il avait payé son cheval 700 guinées; que celui que montait son jockey avait gagné le prix dans une course; qu'il était lui-même excellent cavalier; qu'il avait été *diablement* heureux cette année dans toutes ses gageures; enfin, qu'étant engagé à dîner ce jour-là dans trois maisons différentes, il ne savait que faire, mais que si lady Marie devait dîner dans l'une d'elles, il n'aurait plus d'incertitude dans son choix.

Un agréable de qualité passant en ce moment dans une calèche attelée de quatre chevaux qu'il conduisait lui-même, lui cria d'un ton affecté: « Eh bien! Charles, qu'êtes-vous donc devenu depuis un siècle? Où vous êtes-vous caché?

» — J'ai été prisonnier de S. M. à la Tour de Londres, » répondit Milleflowers, voulant faire entendre qu'il avait été de garde. Se tournant alors vers lady Marie, il lui dit à demi-voix : « Il est sorti la semaine dernière de la prison du banc du roi, en dépit des coquins de créanciers qui l'y avaient fait mettre, et quoique vous le voyiez dans un élégant équipage traîné par de superbes chevaux, il a prouvé qu'il était insolvable. C'est un bon compagnon, s'il en fut jamais, plein d'ardeur et de gaîté, maniant le fouet aussi bien que qui que ce soit en Angleterre, et je suis heureux de pouvoir dire qu'il a en ce moment une douzaine des plus beaux chevaux qu'on puisse voir, sous mon nom, bien entendu. »

Il laissa tomber la violette qu'il tenait entre ses lèvres, baisa sa main en saluant lady Marie, et nous le perdîmes de vue en deux secondes.

« Charmant jeune homme! » dit-elle.

Je ne voulus pas la contredire, et je lui offris de l'eau de Cologne, dont j'avais un flacon, comme un correctif à l'odeur que ses jolis doigts pouvaient avoir contractée en caressant le cheval de 700 guinées. « Hélas! pensai-je, ce jeune étourdi a fait une tendre impression. Lady Marie jouit d'une belle fortune. N'est-il pas fâcheux qu'elle se laisse éblouir par un évaporé qui n'est qu'un composé d'affectation et de cosmétiques, et, qui, après avoir follement dissipé sa fortune, ne respectera pas davantage celle de sa femme? Mais Milleflowers est un homme des plus à la mode, et il n'en faut pas davantage pour le caractère léger de ma belle amie. »

Tandis qu'elle cherchait encore à le voir, elle aperçut un groupe de femmes vêtues du costume parisien le plus moderne et le plus élégant. « Voyez, me dit-elle, voilà tout ce que la soie, les plumes, les fleurs et la dentelle peuvent faire, et cependant on reconnaît à la manière dont elles crient en parlant, à ce qu'aucun domestique ne les suit, au brin de paille qui est encore attaché à la robe de l'une d'elles, qu'elles sont venues de *Fleet-street* ou de *Ludgate-*

Hill* dans un fiacre, pour tâcher de jouer ici le rôle de femmes de haut parage. Et le prétendu élégant qui les accompagne? Ne voit-on pas qu'il porte un si bel habit pour la première fois, et que ses bottes luisantes n'ont jamais pressé les flancs d'un cheval?

Mistress Parkinson passa en ce moment près de nous dans sa calèche.

« Ma chère lady Marie, s'écria-t-elle, je suis suffoquée par la poussière, et j'ai les yeux fatigués de voir tant de gens du commun. Je crois que tout Londres est aujourd'hui ici, depuis la chambre des pairs jusqu'aux habitans de la plus petite boutique de la Cité. Mais j'ai bien des nouvelles à vous apprendre. Les créanciers de la pauvre lady A*** viennent de la faire arrêter. Lord B*** a gagné son procès contre sa femme, et va faire prononcer le divorce; on doute même de la légitimité des enfans. Sir C*** est condamné à 10,000 livres de dommages et intérêts, et vient de partir pour le continent. Le représentant de notre bourg au parlement est complètement ruiné. Le jeune D*** a été appelé en

(*) Autres rues de la Cité.

duel, mais il a eu la prudence de n'arriver que tard au rendez-vous, et il ayait fait prévenir un officier de police de s'y trouver d'avance. »

Elle continua à déchirer ainsi la réputation de toutes ses connaissances et je m'aperçus que les domestiques qui étaient derrière les deux voitures, donnaient beaucoup d'attention à cette partie de l'entretien. Lorsqu'elle se fut éloignée, je dis à lady Marie que je croyais que les gens du bon ton parlaient trop librement devant leurs domestiques, et que, par respect pour eux-mêmes et pour la société, ils devraient avoir plus de réserve à cet égard. Elle secoua la tête d'un air d'insouciance. « Nos domestiques! s'écria-t-elle, croyez-vous donc que leur intelligence puisse s'élever jusqu'à entendre quelque chose aux discours que nous tenons? » Je ne fus pas convaincu de la justesse de cette idée, et j'eus par la suite de fréquentes occasions de me confirmer dans mon opinion.

Milleflowers revint en ce moment près de nous. Il offrit à lady Marie des billets pour un concert, et en me regardant il avait l'air de dire : « Tu es un heureux mortel! » Une espèce de scène muette se passa entre eux, et il dit ensuite avec une feinte indifférence : « Je viens de rencontrer sir Pierre Panemar, le nabab, et il juré qu'il vient de voir dans les jardins de *Kensington* (nous étions alors près de la porte) la plus belle Espagnole qu'on ait jamais vue. La chronique scandaleuse dit qu'elle est protégée par un certain pair; d'autres prétendent que c'est la femme d'un riche bijoutier. Le fait est que chacun court pour la voir, et il paraît qu'elle en vaut la peine. »

Il me prenait par mon faible, car je suis grand amateur, je l'avoue. Un joli tableau fixe toujours mes regards, et j'aime à en repaître mes yeux, sans porter mes désirs plus loin. Je soupçonnai pourtant que c'était une manœuvre adroite, inventée pour se débarrasser de moi quelques instans, mais en le supposant, je n'aime jamais à devenir importun. Je demandai donc la permission de descendre de voiture pour donner un coup-d'œil dans les jardins. Lady Marie ne fit aucune objection contre mon désir; elle ne témoigna pas la moindre envie de faire un tour de promenade, et me promit de m'attendre jusqu'à ce que j'eusse régalé mes yeux de la vue de la belle inconnue. L'heureux Milleflowers offrit alors de prendre ma place jusqu'à ce que je revinsse, et cet arrangement parut satisfaire tout le monde. Je descendis de voiture; notre merveilleux, en y montant, déchira avec ses éperons la garniture de la robe de lady Marie, à qui cet accident ne fit rien perdre de sa belle humeur. Je lui conseillai de placer autour d'elle, à l'avenir, des chevaux de frise pour se défendre contre les attaques de la cavalerie, et elle me sourit agréablement en me disant; « Au revoir. »

Je cherchai inutilement *la bella senora* dans toutes les allées fréquentées du jardin, et quoique Milleflowers m'ait solennellement protesté depuis, que le nabab l'y avait vue, je n'ai jamais douté de son mensonge. Je m'assis un moment sur le mur d'appui qui sépare les jardins d'avec le parc, et j'entendis les propos de la valetaille qui y était rassemblée *.

(*) Il n'est pas permis à la livrée d'entrer dans les jardins de *Kensington :* les domestiques attendent leurs maîtres à la porte.

« Comment votre livrée vous va-t-elle, Jerry? demandait un laquais à un de ses camarades. Je vous réponds que vous ne ferez que l'essayer. J'ai servi autrefois votre vieille maîtresse, et je sais ce qu'elle vaut. Elle ne me laissait pas manger le pain de la paresse, et je n'ai pas eu un moment de repos tant que j'ai été à son service. Elle prend l'argent des cartes, et garde toutes les provisions avec autant de soin que le munitionnaire d'un vaisseau de guerre. Elle écrit tous les soirs sa dépense sur son maudit livre de compte. Si vous parvenez à faire chez elle une guinée au-delà de vos gages, je consens que vous me mangiez tout rôti. Il est vrai que son vieux mari est assez bon homme, sourd et ivrogne, mais qui jamais ne se met en colère. » Un autre de ces misérables tint sur un de ses camarades et sur une dame très-respectable des propos qui m'exposèrent à une vive tentation de le bâtonner, et je me retirai, tant pour ne point y céder que pour ne pas en entendre davantage.

Je rejoignis la voiture de lady Marie, où Milleflowers me rendit ma place. Quand il fut parti, je plaisantai sur la course inutile qu'il

m'avait fait faire. Mais ni mes plaisanteries,
ni la garniture déchirée, ni le manque de
principes de ce jeune fat, ne firent sur elle
le moindre effet. Tout cela lui paraissait comme
devant naturellement se passer ainsi dans le
grand monde. Elle est pourtant sage, pru-
dente, vertueuse, mais elle est en bon chemin,
comme le dirait lady Parkinson, et j'en suis
sincèrement fâché.

Il était cinq heures, et nous vîmes arriver
dans le parc une troisième classe de personnages qui paraissaient avoir diné, car leurs
joues étaient ornées de ces vives couleurs que
procurent le vin, le punch et d'autres liqueurs
fortes. On voyait parmi ces nouveaux groupes
des enfans dans de petits chariots traînés par
des chiens ou par leurs papas; d'autres portés
dans les bras de leurs mères; de gros maris
trapus et boursouflés; de grandes viragos à qui
de petits époux donnaient le bras d'un air
soumis et respectueux, emblèmes de la subor-
dination domestique.

L'instant où cette classe commence à paraître fait envoler tous les papillons brillans
de la mode. C'est le moment où il faut songer

aux plaisirs et aux travaux de la toilette. Je
laissai ma belle amie s'occuper de ce soin et
je suis persuadé qu'elle y aura trouvé plus de
distractions que je n'aurais pu lui en procurer.

3..

TRAITS DISTINCTIFS

DES ANGLAIS.

> Combien je vois encore de ta-
> bleaux à exposer, si j'osais, ou
> plutôt si je réunissais le talent
> de peindre à celui d'observer !
>
> **DIDEROT.**

Les Anglais diffèrent totalement des Écossais
et des Irlandais. Sans avoir l'énergie et la vivacité de ceux-ci, ou l'astuce de ceux-là, ils y
suppléent par une qualité qui fait le fond du
caractère de la nation. C'est un mélange de
vanité, d'estime de soi-même, et de ce que nous
appelons *gourme.* Les anglomanes appellent cela
noble fierté, mais les moralistes qui ont essayé
de corriger les mœurs de l'Angleterre, lui ont
donné un nom plus convenable en l'appelant

stiffness, roideur. Cette qualité altère le caractère de la même manière que l'empois altère le linge dans lequel on le mêle; il change
sa couleur et lui fait perdre sa souplesse.

Le lieutenant Goodandrough, à qui je faisais cette observation, entreprit de me prouver
que le *stiffness* n'était point aussi général parmi
les Anglais que je le supposais. Il y en a certainement, me disait-il, mais ce n'est que chez
les gens étrangers au ton de la haute société;
ceux-là trouvent commode de retrancher derrière ce rempart leur ignorance des usages, ou
leur manque d'éducation. Ils espèrent que la
considération des personnes qui ne les connaissent pas à fond se basera sur la haute estime
qu'ils affectent d'avoir pour eux-mêmes.

Dans la bonne société ce ridicule ne se montre jamais; personne n'est plus traitable et d'un
commerce plus simple que les membres de cette
classe ! « -- Eh, qu'entendez-vous par la bonne
société, demanda Amirau au lieutenant ? Si
vous désignez par-là ce petit nombre *d'aristo-
crates* qui voyagent presque toujours, qui visi-
tent toutes les capitales de l'Europe, je suis
entièrement de votre avis; ceux - là doivent

trouver agréable de se distinguer de leurs compatriotes. Ils font parade des profits de leur voyage, en se montrant simples et affables comme des Français. Mais cette circonstance même prouve contre votre système : en Angleterre, l'affabilité est réellement une plante exotique inconnue au peuple et que l'on ne cultive que par vanité.

D'ailleurs, les grands seigneurs de tous les pays sont cosmopolites, et ce n'est pas chez eux qu'il faut chercher les véritables mœurs de la nation. En Angleterre, toutes les classes au-dessous de la première poussent le *stiffness* au suprême degré ! Les sociétés sont des réunions où il n'y a ni abandon ni gaieté ; la danse et les autres amusemens sont accomplis avec une solennité qui me ferait mourir d'ennui. Les plaisirs de famille ne valent guère mieux. Je connais une dame qui donne une fois la semaine à dîner à tous ses enfans : père et mère, filles et gendres, fils et brus, tout le monde vient à ce dîner en habit de cérémonie, et ils ne s'adressent jamais la parole les uns aux autres sans ajouter aux noms propres les qualités de *master* ou de *mistress*, de *sir* ou de *milady*.

Par suite de la gêne qu'on s'impose, la liberté est bannie du discours aussi bien que du maintien. L'esprit et le cœur ne trouvant jamais à se mêler dans la causerie, on a dû s'industrier pour créer un langage tout-à-fait indifférent! Aussi la conversation anglaise a-t-elle un caractère presque diplomatique. Dans les salons de Londres, on a réduit en code l'art de parler de la pluie et du beau temps!

C'est sans doute par rapport à l'ennui qu'une pareille matière cause toujours aux Français, que les Anglais nous accusent de manquer de *tenue*. S'ils nous attaquent tant sur les *formes*, ils est probable qu'ils ont un peu meilleure opinion de notre *fonds* que les Écossais du *quarterly review*. Cependant une circonstance me porte à croire que ni les uns ni les autres ne nous refusent leur estime, malgré le dédain sous lequel ils s'efforcent de la cacher. Les Écossais ont, aussi bien que les Anglais, applaudi de tout leur cœur aux mauvais traitemens que l'on a fait subir aux Français durant leur captivité. C'est reconnaître hautement le mérite d'un adversaire malheureux, que de se réjouir et d'abuser de la faveur du sort! Les grands seigneurs eux-mêmes, malgré leur *affabilité* et leur *philantropie cosmopolite*, n'ont nullement contrarié la lâche vengeance que le gouvernement anglais exerçait sur les prisonniers. Il est même permis de croire qu'ils y ont participé d'une manière active, car la plupart d'entre eux avaient quelque influence dans les actes législatifs et administratifs.

Toutefois, je dois le dire par respect pour la vérité, tous les maux soufferts à bord des *pontons*, n'ont pas été occasionnés par les Anglais. Il paraît que certains fournisseurs, avec lesquels le gouvernement français avait traité pour la nourriture et l'habillement des prisonniers, trouvaient commode de les laisser mourir de faim et de froid, pour faire de plus gros bénéfices. Ce fut sur les plaintes réitérées de leurs malheureuses victimes, que le gouvernement anglais intervint et se chargea de nourrir et d'habiller lui-même les prisonniers, sans faire passer les fonds par les mains des fournisseurs.

Le colonel de qui je tiens ces détails, et qui généralement n'avance que des faits dont il est certain, ajoutait sur l'origine de ces infâmes spéculateurs, une particularité sur laquelle je ne puis m'empêcher de le croire mal informé. A quelque degré que l'avarice soit capable d'endurcir le cœur des hommes, je ne voudrai jamais croire que des Français aient été assez dénaturés pour abuser à ce point du malheur de leurs compatriotes.

Les Anglais, sans être aussi robustement constitués que les Irlandais, sont, à peu de chose près, d'aussi belle apparence, surtout dans les comtés du nord. Leurs traits sont en général assez régulièrement beaux ; ils ont, ce que nous appelons en France, un air distingué, c'est-à-dire, que la physionomie est froide, le nez aquilin, et la figure longue. Cette longueur de la face est souvent portée à un point ridicule, à cause du développement excessif qu'acquiert la mâchoire inférieure. Même chez les individus où ce trait n'a pas des proportions exagérées, il est sensiblement plus prononcé que chez les Français, les Italiens et les Espagnols. Les peintres et les sculpteurs anglais, qui, comme ceux de tous les autres pays, reproduisent dans leurs ouvrages le caractère particulier de la physionomie de leurs compatriotes, donnent tou-

jours à leurs figures un ovale très-allongé. L'habitude est poussée à un tel point, sous ce rapport, qu'un barbouilleur, chez lequel j'avais
fait faire ma *silhouète* pour un schelling, affu-
bla le bas de ma figure d'un menton de ga-
loche trois fois plus long et plus saillant que
le mien, qui est, à la vérité, fort petit, ce que
j'ai oublié de dire en faisant mon portrait dans
mon premier chapitre.

Le beau caractère de la figure anglaise est
encore plus remarquable chez les femmes. On
voit parmi les jeunes personnes une quantité
prodigieuse de figures qui méritent le nom
d'*angéliques*, tant pour la beauté de leurs traits,
que pour leur délicatesse et leur expression de
calme et d'innocence.

En général, les femmes des Trois-Royaumes
sont très-belles, tant à cause de leur taille élevée et de leurs formes *étoffées*, qu'à cause de
leur peau. La blancheur et l'éclat de leur teint,
sont souvent relevés par des yeux noirs, des
sourcils bruns et prononcés, et une chevelure
très-brune; contraste qu'on ne devrait pas s'attendre à trouver dans un pays septentrional,
où la couleur la plus générale des cheveux est
le blond cendré ou le rouge.

La seule partie du corps des Anglaises qu'un Français puisse critiquer, est le pied. Il a toujours une dimension que nos dames regarderaient comme excessive. Le Chinois de Goldsmith a raison de dire que les pieds des Anglaises paraissent destinés à la marche ; cet exercice est très-aimé en Angleterre, et c'est peut-être à lui que ces organes doivent le développement auquel ils parviennent !

Si l'on voulait juger des Anglais d'après les échantillons que les paquebots déposent chaque jour en France, on chercherait vainement dans la plupart d'entr'eux les beautés que je viens de décrire avec tant de complaisance. Assurément, on ne trouverait dans certaines femmes d'un âge mûr, ni la régularité des traits, ni l'expression angélique que j'ai vantée ; mais il ne faut pas juger d'une nation d'après quelques individus qui voyagent. D'ailleurs, l'habitude du thé, ou quelque autre cause que l'on n'a pas encore approfondie suffisamment, gâtent presque universellement la bouche des dames anglaises ; et les mêmes personnes qu'on avait admirées à vingt ans pour la blancheur et la régularité de leur denture, ont, à cinquante ans, perdu la moitié de ces os, et le petit nombre qu'il en reste sont saillants comme des dents de lièvre, et paraissent aussi larges que des touches de piano.

ABBAYE DE WESTMINSTER.

> Le dernier acte est toujours
> sanglant, quelque belle que soit
> la comédie en tout le reste. On
> jette enfin de la terre sur la tête,
> et en voilà pour jamais.
>
> PASCAL.

Je formai, il y a quelques jours, le projet de
visiter, avec mes amis, pendant notre séjour à
Londres, les principaux monumens religieux
que cette ville renferme, surtout la célèbre
abbaye de *Westminster.*

Le nombre des églises de Londres s'élève à
cent cinquante, et à chacune d'elles se rattachent des faits curieux et des anecdotes intéressantes.

Nous visitâmes d'abord *Saint-Paul,* dont
la fondation remonte au commencement du
deuxième siècle de l'ère chrétienne. L'aspect

de cette église a quelque chose d'imposant. On
est frappé d'admiration lorsqu'en arrivant par
Ludgate, on aperçoit le portique, le fronton,
les deux tours, et le dôme immense qu'on voit
s'élever derrière. Mais autant la majesté extérieure de cette basilique excite un vif désir d'en contempler l'intérieur, autant on s'en
éloigne sans regret, après l'avoir considérée. Les
yeux ne sont frappés que de son accablante nu-
dité. Les arcades du comble sont enrichies de
boucliers, de festons, de chapelets ; mais le
mauvais goût de ces ornemens ne fait pas re-
gretter qu'on s'en soit montré si avare.

L'église de *Saint-Étienne de Walbrook* produit un effet tout contraire. L'intérieur de ce
temple contraste si étonnamment avec celui de
Saint-Paul, qu'on ne se lasse point de consi-
dérer l'harmonie qui règne dans ses proportions. On ne saurait trop louer la grâce et l'élégance de son architecture. L'œil peut facilement tout embrasser à la fois, et l'observateur,
après avoir été charmé de la beauté de l'ensemble, peut ensuite en examiner les détails sans
craindre de voir diminuer son admiration. On
ne sait si l'intérieur de cette église ne fait pas

plus d'honneur à la délicatesse du goût de l'architecte Wren, que la beauté extérieure de *Saint-Paul* n'en fait à son vaste génie.

Nous entrâmes, mon ami et moi, dans l'église de *Chelsea*, qui n'a de remarquable que quelques épithaphes curieuses. Une inscription latine, entre autres, porte qu'une femme d'une intrépidité au-dessus de son sexe, sœur du docteur Chamberleyn, et qui mourut le 3o juin 1890, avait combattu, en habits d'homme, pendant six heures, contre les Français, à bord d'un brûlot que son frère commandait.

Tout près de là nous vîmes, dans l'église de *Batersea*, un ouvrage dû au ciseau de Roubillac, sculpteur français. C'est un monument élevé en l'honneur du célèbre vicomte de Boynbrooke et de sa seconde femme, qui était nièce de madame de Maintenon. On y remarque aussi celui d'Édouard Winter. Suivant l'inscription gravée sur ce monument, on y lit que cet officier, servant dans l'Inde, et se trouvant un jour au milieu d'une forêt, y fut poursuivi par un lion. Il se retira sans perdre un moment sur le bord d'un étang, où il attendit le terrible ani-

3...

mal; aussitôt qu'il fut à portée, sir Édouard le saisit entre ses bras, et se précipitant dans l'eau l'entraîna dans sa chute. Ayant réussi par son adresse et son courage à se débarrasser , il fut assez heureux pour se placer sur le dos de son ennemi, et parvint ainsi à le noyer. La même épitaphe porte que, par un exploit digne des temps fabuleux , Winter combattit seul , à pied , contre soixante cavaliers asiatiques , qu'il en blessa plusieurs et mit les autres en fuite.

Nous ne voulûmes pas passer devant *Saint-Gilles-Cripple-Gate*, sans aller saluer les cendres d'un des plus grands poètes des temps modernes. De son vivant, Milton, persécuté par les Stuarts, se vit réduit à chercher la sûreté de sa vie sous l'appareil même de la mort. Une inhumation simulée fut le moyen qu'il imagina pour se soustraire à la vengeance de la cour et à la fureur de ses ennemis. Sans ce stratagème, l'infortuné poète n'eut jamais composé le chef-d'œuvre que les Anglais , dans leur enthousiasme , élèvent au-dessus de toutes les compositions épiques. Eh bien! ce même Milton, après sa mort, eut peine à trouver un tombeau. En vain pré-

tendons-nous avoir érigé à sa mémoire un monument dans *Westminster* ; il est indigne de
ce grand homme. La maison dans laquelle il
a cessé de vivre a disparu depuis trente ans,
sans qu'on ait fait le moindre effort pour la conserver !....

Nous sortîmes de *Saint-Gilles*, et nous nous
dirigeâmes vers l'abbaye de *Westminster*, où
nous ne tardâmes pas à arriver. Il n'est pas d'é-
difice à Londres plus capable d'exciter l'intérêt
et la curiosité que cette église, dont l'architecture gothique est remarquable par la légèreté
de ses masses pyramidales, par la hardiesse et la
bizarrerie de sa construction.

Ce ne fut pas sans peine que nous décou-
vrîmes la sonnette du bedeau. Il accourut gaî-
ment à notre rencontre. Ce geolier de la mort,
s'armant alors d'un énorme trousseau de clefs,
nous ouvrit l'église confiée à sa garde. Un sentiment religieux s'empara de nous à l'aspect de
ces vastes nefs destinées à réunir les cendres des
rois et des grands hommes, à honorer du même
hommage la puissance et le génie ; notre pensée
rappela à la vie tous les morts qui peuplaient
cette enceinte, ces monarques heureux qui ont

gouverné l'Angleterre, ces guerriers fameux
qui l'ont défendue, ces poètes célèbres qui l'ont
illustrée. Nous les groupâmes, pour ainsi dire,
autour de nous; notre émotion était si forte,
notre recueillement si profond, que nous n'o-
sions faire un pas dans la crainte de peser sur
une cendre illustre; nous nous approchâmes avec
respect d'une pyramide sur laquelle étaient gravés les noms de Nicolas Baguel; ils étaient
nouveaux pour moi. Je m'empressai de lire l'é-
pitaphe de ce grand homme, qui m'était inconnu; nous apprîmes qu'il était mort à l'âge
de deux mois, *étouffé par sa nourrice*. Une ex-
clamation de surprise nous échappa malgré nous,
et nous cherchions, mon ami et moi, à nous
expliquer le motif de cette honorable distinction qui avait porté un enfant de deux mois
dans le lieu destiné à la sépulture de ses rois,
lorsque nos yeux s'arrêtèrent involontairement
à la vue du tombeau d'une élégante simplicité,
sur lequel était écrit, en lettres d'or : *Mary
Hope*. Je ne me rappelai pas l'illustration de ce
nom, qui ne figure dans aucun des fastes glorieux de l'Angleterre. L'épitaphe m'instruisit
que Mary Hope était née à *Brokall*, dans le

comté de *Northampton*, et qu'elle était morte
à l'âge de vingt-cinq ans, fort regrettée par
son mari, marchand de Londres, à qui elle avait
laissé trois fils, Charles, John et Williams.
Cette fécondité est un singulier titre à l'honneur de reposer à côté des dépouilles mortelles
de Shakespeare, de Thomson ou de Pitt. Notre
surprise redoubla lorsque le bedeau, nous montrant du doigt le tombeau du directeur de la
monnaie, Henri Purcell, celui de l'écuyer John
Conduct, et une grande quantité d'autres monumens qui couvraient de leur faste des cendres obscures, nous apprit que pour dix ou douze
guinées, tout le monde avait le droit de se faire
enterrer à *Westminster ;* que ce qui rendait cet
honneur-là si précieux n'était point le voisinage des morts célèbres, mais le prix de la sépulture, qui, dans cette abbaye royale, était le
double de celui des églises plébéiennes de Londres. « Le prestige de grandeur et de noblesse
dont jusqu'ici j'avais été environné, me dit un
de mes compagnons, s'évanouit; je ne vois plus
qu'une vieille nef ornée de tombeaux de marbre
d'une médiocre exécution. *Westminster* n'est
pas à mes yeux plus respectable que Saint-

Pierre-aux-Bœufs ou Saint-Jacques-du-Haut-Pas, à Paris, et je m'indigne contre Voltaire, qui le premier s'est si maladroitement avisé de faire honneur aux Anglais d'un sentiment si noble et si élevé pour la mémoire de leurs grands hommes. »

Nous parcourûmes alors les églises avec autant de curiosité, mais avec moins de respect. Cependant l'aspect du tombeau de Shakespeare nous rendit une partie de notre admiration. La figure en pied de ce grand homme est pleine de vie; il est représenté dans un moment d'inspiration, et semble rêver au monologue d'Hamlet : *To be, or not to be;* c'est un des beaux ouvrages de Schœmakers, qui l'a exécuté d'après les dessins de Kent. Pope et lord Burlington ont acquitté par ce monument la dette de leurs concitoyens. En Angleterre, le gouvernement reste presque toujours étranger à ces actes de reconnaissance nationale. La plupart des hommes célèbres enterrés à *Westminster* ont obtenu des tombeaux de la piété de leurs amis.

Le bedeau vint nous demander un demi schelling (six penses) pour nous expliquer tout ce que nous voyions; il nous avait laissé le tems de voir, il fallut prendre celui de l'entendre. La race des *cicerone* est la même partout; elle pullule en Angleterre. Il n'y a pas de pays au monde, où chacun sache mieux tirer parti de ce qu'il possède; le charlatanisme national attache un revenu considérable aux plus petits emplois.

Quelques personnes attirées comme nous par la curiosité, se groupèrent autour du vieux bedeau, qui nous récita tout le nécrologe anglais avec l'imperturbable assurance qu'il avait acquise par quarante années d'habitude pratique.

Les tombes royales sont séparées des tombes des grands hommes : celles-ci, confondues avec d'autres, garnissent la nef; celles-là sont renfermées dans des chapelles particulières autour de la partie supérieure de l'église. Chaque chapelle est refermée par une grille, ce qui donne au concierge l'occasion de lever à chacune d'elles un nouvel impôt sur la curiosité des étrangers.

Un grand nombre de chapelles offrent, à côté des souvenirs les plus glorieux pour l'Angleterre, des contrastes dont les monumens anglais présentent de fréquens exemples. Le burlesque touche au sublime, et à côté d'un mot spirituel le hasard a placé plus d'une niaiserie.

Dans la chapelle de Henri V, le tombeau de ce prince est orné du casque et de l'épée qu'il portait à la bataille d'Azincourt; ils sont disposés en forme de trophée. Les yeux de mon ami se fixèrent avec une sorte d'effroi sur cette épée si fatale aux Français, lorsque le bedeau, poursuivant son office de *cicerone*, vint nous tirer des plaines d'Azincourt et du quinzième siècle pour nous montrer quelques singularités.

Les Anglais ont un goût particulier pour les représentations de figures de cire; ils regardent ce moyen de conserver et de perpétuer la physionomie d'un personnage célèbre comme l'un des plus certains. Les chapelles de *Westminster* sont remplies de ces sortes de curiosités, renfermées dans de grandes cages vitrées, où la poussière et la fumée, pénétrant de tous côtés, viennent décolorer les traits et faner les atours de la reine Élisabeth, de la reine Anne

et du roi Guillaume. Parmi les personnages curieux de cette collection, on distingue lord Chatam, revêtu de sa robe de membre du parlement
coiffé d'une large perruque poudrée à blanc.
Ce grand ministre, ainsi costumé, approche
de la caricature. Le même ridicule s'est attaché à la statue du général Monk. Mais ce qui
passe toute espèce de bornes en ce genre, c'est
la figure de cire d'une duchesse de Richmond,
dame d'honneur de la reine Anne, qui, non
contente de se faire représenter dans ses habits
de cérémonie, en brocard d'or, a exigé que
l'on fît percher sur l'index de sa main gauche
un perroquet empaillé, objet de ses affections
particulières.

La magnifique chapelle de Henri VII, que
les Anglais regardent comme une des merveilles
du monde, est à la gauche du chœur; c'est un
monument admirable d'architecture gothique;
la voûte est sculptée avec une finesse d'exécution et une variété de dessins au-dessus de
tout éloge : on croirait voir une dentelle du
travail le plus difficile. Vingt degrés de marbre
conduisent à ce caveau, dont l'entrée est fermée
par une grille de la plus grande richesse; le

tombeau de Henri et d'Élisabeth son épouse s'élève au centre de l'édifice. Ce monument est entouré d'une balustrade de cuivre dont la ciselure est très-soignée. Au nord de l'église, on aperçoit la statue de la reine Élisabeth et celle de l'infortunée Marie Stuart. La mort a réuni ces deux reines, que la jalousie avait séparées pendant leur vie. A peu de distance sont les restes de la reine Marie. Jacques Ier., Charles II, Guillaume III, la reine Anne, George II, reposent aussi dans cette chapelle. Le général Monk a sa place dans la sépulture des rois. Les deux côtés de la chapelle sont garnis de stalles de fer sculpté, surmontées des bannières et des armes des chevaliers de l'ordre du Bain. C'est là que se tiennent les grands chapitres de cet ordre, et qu'on procède à la réception des chevaliers. A l'éclat moderne d'une des armures, à la fraîcheur d'une de ces bannières sur laquelle on reconnaît les couleurs et les armoiries du duc de Wellington, à la place qu'elles occupent dans la chapelle, on s'aperçoit que la réception du noble duc est la dernière qui ait été faite.

Si l'on ajoute aux objets que je viens de si-

gnaler le fauteuil vermoulu dans lequel se pla-
cent les rois d'Angleterre le jour de leur sacre,
fauteuil qui servait autrefois au couronnement
des rois d'Écosse, et que le peuple regardait
comme le *palladium* de cet ancien royaume,
on aura une idée de ce que renferme de plus
curieux l'abbaye de *Westminster*. Il faut pourtant y ajouter deux monumens. L'un, plus fastueux que noble, fut érigé à la mémoire de
William Pitt par le parlement; la simplicité
en est un peu orgueilleuse ; le corps de ce ministre fameux est déposé sous une des dalles
du pavé de la nef; il n'est distingué de la
foule que par les lettres *W*. *P.*, qu'on dé-
couvre à peine. L'autre a été élevé, par les
soins du roi Geòrges III, à l'infortuné major
André, qui périt dans une *hazardous entreprise*.

Je savais qu'à sa mort l'amiral Nelson, l'un
des plus grands hommes de la moderne Angleterre, avait témoigné le désir d'être renfermé dans le mât de son vaisseau, et enterré
dans l'abbaye de *Westminster ;* nous fîmes
plusieurs fois le tour de l'église, et n'y pûmes
découvrir le tombeau de l'amiral. Le bedeau,

qui s'aperçut de notre embarras, le fit cesser
en nous annonçant que l'on n'a point tenu
compte des dernières volontés du vainqueur
de Trafalgar. L'amiral Nelson a été exilé de
la demeure sépulcrale des rois. Le gouvernement qu'il défendit cinquante ans, le pays qui
s'honore de le compter parmi les héros qui
l'ont le plus illustré, l'État qui lui doit une
partie de sa jeune gloire, ont méconnu le vœu
du grand homme : ils ont porté ses cendres
dans l'immense solitude de *Saint-Paul.*

L'église de Westminster devait encore s'enrichir d'une partie des dépouilles mortelles du
célèbre lord Byron, solennellement rapportées
de la Grèce, où il était allé offrir le secours de
son bras et de ses richesses aux valeureux dé-
fenseurs de la liberté, avec l'honorable et cou-
rageuse résolution de combattre dans leurs
rangs et de vaincre ou mourir avec eux pour
la plus sainte des causes. C'est là qu'une mort
précipitée l'a ravi trop tôt aux lettres et à ses
amis, et surtout aux malheureux Grecs pour
lesquels son décès a été une calamité publique.
Les Anglais, en réclamant les restes de ce grand
homme pour les déposer religieusement dans

leur Panthéon parmi les tombeaux de leurs
rois, voulaient réparer les injustes préventions
qu'ils avaient fait peser sur lui pendant sa vie.
Un homme, qui le croirait? Le doyen de Westminster n'a pas craint de se couvrir d'oppro-
bre, en refusant d'admettre les cendres du poète
dans ce temple, et son opposition anti-natio-
nale a été respectée! Mais enfin lorsqu'un mausolée digne de ce héros, de ce poète inimita
ble, viendra s'offrir aux regards avides de
le rencontrer, on y cherchera ces vers, modèles de laconisme, qu'un grand poète français conseillait aux Grecs d'inscrire sur la pierre
funéraire de leur ami, et qui resteront gravés,
comme sa plus digne épitaphe, dans la mémoire des hommes, d'une manière plus durable
que sur le bronze et le marbre :

« O sort ! que ne l'épargnais-tu?
« Il chantait comme Homère, il fût mort comme Achille!»

(C. DELAVIGNE.)

4.

CHAMBRE DES COMMUNES.

Aux murs de Westminster on voit paraître ensemble
Trois pouvoirs étonnés du nœud qui les rassemble,
Les députés du peuple, et les grands, et le roi,
Divisés d'intérêt, réunis par la loi;
Tous trois membres sacrés de ce corps invincible,
Dangereux à lui-même, à ses voisins terrible.

THOMAS.

Une lettre de recommandation qu'Amirau avait apportée de Paris pour un membre du parlement britannique, lui avait procuré dans la maison de celui-ci un accueil si gracieux, qu'il voulut m'associer un jour à une bonne fortune à laquelle il était bien loin de s'attendre. A la vérité, elle ne diminuait en rien ses préventions contre le *stiffness* des Anglais; car la personne de laquelle il avait pris une si bonne opinion était née en Irlande.

M. Hutchinson, c'était son nom, me mit à mon aise dès le premier moment que je lui fus

présenté par le licencié. « Les amis de nos amis
sont nos amis, me dit-il en bon français, et en
me prenant la main avec une expression pleine
de franchise et de vivacité : vous êtes venus dans
Londres en curieux, je serai à votre service
pendant tous les momens de loisir que les occupations de la chambre me laisseront. Je voudrais pouvoir rendre aux Français les politesses
que ma famille reçoit en ce moment à Paris.
Si elle était ici maintenant, elle pourrait vous
recevoir plus souvent et d'une manière plus
agréable pour vous ! Mais je suis garçon comme
vous, et logé en garçon dans la maison de mon
frère. Si cette circonstance borne les politesses
que je puis vous faire, Messieurs, elle doit augmenter du moins la liberté avec laquelle vous
pouvez en user. Ce soir, par exemple, quoique
je sois occupé à la chambre, à cause d'une affaire dans laquelle je dois parler, je puis vous
faire voir, dans tous ses détails, l'hôtel du parlement britannique. Jusqu'ici vous n'y êtes proba-
blement entrés qu'après avoir attendu des heures
entières, avec la foule qui assiége les avenues
des tribunes supérieures ; si vous êtes entrés
plus promptement, ç'aura été en donnant une

demi - couronne au concierge de la porte de derrière : car dans notre pays on fait tout payer. Dans tous les cas, vous aurez été mal placés, vous n'aurez pas pu vóir les ministres ou les membres célèbres du parlement, si même vous avez pu les entendre. » C'était effectivement ainsi, ou à peu près, que nous avions jusqu'alors pénétré dans la chambre des communes ; aussi nous acceptâmes avec grand plaisir la proposition que M. Hutchinson nous faisait.

Conformément aux instructions qu'il nous donna, nous nous rendîmes, vers les 5 heures moins un quart, à *Westminster-Hall*, et nous nous réclamâmes de l'honorable M. Hutchinson au premier employé de la chambre que nous rencontrâmes. On partit aussitôt pour lui remettre la carte qui portait nos noms ; et, au bout de quelques minutes, nous le vîmes arriver. C'est très-bien, nous dit-il, en courant vers nous, vous avez été ici à l'heure exacte ; quoique les séances s'ouvrent ordinairement entre trois et quatre heures, ce n'est guère que vers ce moment-ci qu'elles commencent à devenir intéressantes pour les étrangers, les pre-

miers momens en étant toujours consacrés à
des choses de pure formalité. Néanmoins, il y
a quelquefois scission dans les opinions du petit
nombre de membres qui délibèrent sur ces matières ; c'est précisément ce qui a lieu dans ce
moment. Aussi vous ne pouvez pas entrer encore dans la salle, parce que les étrangers sont
toujours obligés de sortir lorsqu'il n'y a pas
unanimité dans une délibération. Entrons dans
ce vestibule ; nous nous promenerons un moment parmi les députés *non contens,* car c'est
ainsi qu'on nomme ceux qui se sont opposés à la
motion qui a été proposée ; ils sortent les premiers pour qu'on puisse savoir d'une manière
exacte le nombre des *contens.* Ils rentrent ensuite, sont comptés pendant que les autres sont
sortis à leur tour, et le président proclame adop-
tion ou rejet de proposition aussitôt que la salle
est de nouveau remplie.

Pendant que nous arpentions, à pas lents, le
vestibule, un personnage d'une figure étrangère,
d'un teint hâlé, avec des cheveux crépus et des
favoris noirs qui me rappelaient ceux de Ber-
gami, reconnut M. Hutchinson et vint lui adresser la parole. Il s'exprimait en français, mais

sa mine méridionale, certain *perchè* qui reve-
nait souvent dans ses phrases, et la prononciation des *u* en *ou* nous firent bientôt penser
qu'il était Italien ; nous n'en pûmes plus douter
quand nous entendîmes M. Hutchinson l'appeler capitaine Romeo, en l'assurant que la
pétition qu'il avait présentée allait être dé-
battue dans le parlement, et qu'il s'était inscrit au nombre des orateurs qui devaient l'appuyer.

En achevant ces paroles, il s'aperçut que les
membres non contens rentraient dans la salle,
et, comme il était du nombre, il nous quitta
précipitamment, en nous recommandant de
l'attendre à la même place, et il rentra avec
la fournée. Un moment après, nous le vîmes
revenir à nous. Vous serez mieux placés qu'aucun étranger, nous dit-il, avec l'air de partager
vivement le plaisir qu'il allait nous faire ; j'ai
obtenu du président la permission de vous introduire dans l'enceinte même consacrée aux
membres de la chambre, et de vous faire asseoir parmi eux. » Comme il marchait devant
nous en parlant ainsi, nous le suivîmes : l'huissier, qui gardait la porte, nous fit une profonde

révérence en nous voyant passer avec notre
patron. Celui-ci nous accompagna jusqu'à l'endroit où il désirait que nous prissions place,
et disparut comme un éclair, aussitôt qu'il nous
eût vus assis commodément.

Rien n'est plus singulier que le contraste qui
existe entre la réalité de certaines choses et
l'idée qu'on s'en était formée avant de les connaître. Rien ne nous expose à des désappointemens plus étranges que cette propension en
vertu de laquelle nous croyons toujours que,
dans une grande institution, tout est en harmonie avec le but élevé pour lequel elle a été
créée. Quand on pense à l'importance des débats
du parlement britannique, quand on songe
que des royaumes nouveaux ont été créés, que
d'anciens états ont été anéantis, que le sang
de plusieurs millions d'hommes a coulé sur la
mer et sur la terre, que la surface entière du
globe a été bouleversée, en conséquene des dé-
libérations de cette assemblée, on s'imagine que
tout doit s'y passer avec une gravité, avec une
solennité, avec une pompe dignes de l'immense
pouvoir qu'elle exerce !

Quelle doit être la surprise de l'étranger,

lorsqu'arrivant à la chambre des communes, il n'aperçoit qu'une salle étroite, mal décorée, incommode, incapable de contenir les sept cents membres qui devraient s'y réunir, et cependant trop vaste encore pour le petit nombre de ceux qui ont la conscience de s'y rendre habituellement ! Combien les yeux doivent être étonnés lorsque, cherchant dans le costume des membres de l'assemblée quelques insignes de leurs hautes fonctions, s'attendant en un mot à éprouver le respect religieux que ce roi africain ressentit lorsqu'il entra parmi les sénateurs de Rome, il aperçoit des hommes d'un âge mûr, des ministres même revêtus d'habits avec lesquels on ne serait reçu le soir dans aucune société décente. Des jeunes gens, costumés comme leurs domestiques, leurs piqueurs ou leurs palefreniers dormant sur leurs bancs, au lieu de suivre la discussion, ou bien empêchant leurs voisins d'entendre, par le bruit de leurs conversations particulières.

Ainsi que je l'ai déjà dit en parlant des goûts de l'équitation, un très-grand nombre de membres de la chambre se rendent aux séances en veste de cheval, en éperons et la cravache à la

main. Lord Londonderry et plusieurs autres
membres de diverses opinions, étaient en guê-
tres noires, en pantalon, en redingotte et en
cravatte noire. Tous avaient le chapeau sur la
tête comme les Juifs dans la Synagogue ; et si
quelqu'un se découvrait, ce n'était qu'en demandant la parole au président, ou bien en
prononçant un discours.

Le président est le seul membre de cette assemblée qui soit revêtu d'un costume analogue
à ses hautes fonctions. Il porte une grande robe
magistrale et une perruque à marteaux, qui lui
descend sur les clavicules. Sur la table, qui est
devant lui, est posée la masse, emblème de
son pouvoir. Ses prérogatives sont grandes : on
peut en juger par les honneurs qu'on lui rend.
Des maîtres de requêtes, également en robe
d'avocat et en grande perruque à marteaux, vinrent annoncer de la part de la chambre haute
qu'une loi y avait été adoptée. Ils ne s'appro-
chèrent du bureau du président qu'après s'être
inclinés à trois reprises, en entrant dans la
salle.

Il paraît qu'on a en Angleterre une grande
prédilection pour la robe et la perruque comme

insignes de toutes les fonctions civiles. A la différence près de la matière qui la compose, tous les fonctionnaires publics, non militaires, depuis le lord chancelier, jusqu'aux appariteurs, concierges de l'hôtel des Indes, de la banque et autres établissemens analogues, bedeaux et clercs des églises, tous portent une robe taillée sur le même patron. La perruque est également de rigueur, on ne la prostitue pas aux charges infimes. Jusqu'à celle de procureur-général, les magistrats portent les *marteaux* descendant sur les clavicules; mais au-dessous, on ne porte qu'une perruque à boucles poudrées, avec trois petites queues ou repentirs tombant par derrière.

Cette chevelure d'emprunt est regardée aujourd'hui comme une partie indispensable du costume des magistrats. Au théâtre, un magistrat, à quelque siècle qu'appartienne l'action dans laquelle il figure, n'oserait jamais paraître sans perruque. Le public huerait les membres du conseil des dix, s'ils portaient leurs cheveux au naturel, quoique le costume et la chevelure de tous les autres personnages de la tragédie d'Othello annoncent évidemment un

siècle bien antérieur à celui de Louis XIV. Enfin, on s'inquiète si peu de l'anachronisme,
lorsque la perruque à la chancelière 'en est la
cause, que le chancelier Thomas Morus paraît
affublé d'une perruque à la Jacques II, au conseil du roi Henri VIII, dans le dernier acte de
la tragédie de ce nom.

On sera étonné sans doute d'apprendre qu'il
n'y a pas de tribune dans les chambres du
parlement britannique. Les auteurs qui ont si
souvent écrit, *Fox monta alors à la tribune ;
Pitt descendit de la tribune* ; les orateurs qui
ont si souvent cité les maximes libérales ou
philantropiques débitées *du haut de la tribune
nationale de l'Angleterre*, seront bien surpris
d'apprendre qu'ils se sont servi de locutions
impropres. Le fait est pourtant vrai ; il n'y a
pas de tribune ; et c'est toujours de leurs places que les orateurs débitent et soutiennent leurs
motions. Ceux qui sont assis sur les bancs les
plus voisins du président ou des secrétaires, s'a-
vancent jusqu'auprès de la table de ces derniers. Ceux qui sont sur les bancs plus élevés,
ne quittent pas leurs places. Tous tiennent
ordinairement leur chapeau à la main quand

ils commencent à parler, ce qui leur donne un air un peu gêné. Ce n'est que lorsqu'ils s'échauffent un peu qu'ils déposent leur chapeau sur les bancs ou sur le bureau des secrétaires, et qu'ils gesticulent avec plus de grâce et de vivacité.

Nous eûmes le temps de faire toutes ces remarques, car nous demeurâmes pendant près d'une heure assis sans bouger, à la place où M. Hutchinson nous avait laissés. Au bout de ce temps, nous le vîmes revenir. J'ai le temps de causer quelques instans avec vous, nous dit-il, avec sa vivacité et son affabilité ordinaires. Je vais vous faire faire une connaissance rapide avec la plupart des hommes que vous avez sous les yeux. Alors, il s'assit entre nous deux, et appela successivement nos regards vers les divers membres de l'assemblée, sur lesquels il nous donnait quelques détails biographiques.

Voyez-vous, nous dit-il, ce personnage en redingotte bleue, qui est au commencement du premier banc de la droite, c'est le *marquis de Londonderry*. Ce n'est pas parce qu'il est ministre que je vous le montre le premier, mais à tout seigneur tout honneur, je suis sûr

que c'est celui de tous que vous étiez le plus
pressés de connaître. Il a les bras et les jambes croisés et le chapeau enfoncé jusque sur
les yeux; il est plus alongé qu'assis à sa place. C'est la posture dans laquelle il se tient toujours lorsqu'il n'a pas à parler, ou qu'il n'est
pas obligé d'écouter pour se préparer à répondre. Il lui arrive même souvent de dormir : les
travaux ou les soucis ministériels l'empêchent
depuis longtemps de dormir dans son lit et
même de s'y coucher.

Ce jeune homme maigre, qui est à côté de
lui, et qui parle d'un air de protection à un
des membres assis sur le banc immédiatement
au dessus, est un membre du ministère nouvellement recruté. Encore novice à l'exercice
du pouvoir, M. Peel est plein de zèle et d'activité. L'attrait de la nouveauté paraît lui avoir
caché jusqu'ici les ennuis des grandeurs, car
toutes ses actions prouvent qu'il est loin de regarder son ambition comme satisfaite par le
grade élevé auquel il vient d'être placé.

Ce petit vieillard chaffouin et à cheveux blancs,
est le chancelier de l'échiquier. Quand vous
l'avez entendu parler tout-à-l'heure, vous avez

4..

pu remarquer le mordant particulier de sa prononciation et le timbre clair de sa voix. Malgré son âge avancé, M. Vansittart a toute l'activité d'un jeune homme. Il est toujours prêt
à repousser les attaques de l'opposition, et surtout lorsqu'il y a à répliquer par des calculs
financiers et des chiffres.

Enfin, à l'extrémité du même banc, et tout
près du siége du président, vous voyez un personnage poudré à blanc et d'une figure heureuse; c'est Canning; il est ici, par son éloquence, l'athlète le plus vigoureux de la résistance ministérielle. Mais, dans le cabinet,
son influence n'est pas en proportion avec les
grands talens que tous les partis lui reconnais-
sent. Le sourire, que vous voyez toujours courir sur ses lèvres, annonce plutôt la confiance
qu'il a dans ses propres forces, que les habitudes d'une physionomie de courtisan. Frondeur par caractère, il n'a respecté les travers
de personne; il a dit crûment la vérité à ses
collègues ministériels, et s'est séparé d'eux toutes
les fois qu'ils n'ont pas voulu suivre ses idées.
Cette indépendance de caractère, ou pour mieux
dire, cette supériorité de talens, non tempérée

par la souplesse de la cour, lui a attiré des duels avec ses collègues et l'antipathie d'un personnage plus élevé.

La plupart des jeunes gens que vous apercevez derrière le banc ministériel, sont des sous-secrétaires d'état ou des employés supérieurs, qui sont arrivés à la chambre par l'influence des ministres. C'est la pépinière d'où l'on tire ordinairement les remplaçans de ces derniers ; ils ont pu se façonner de bonne heure aux habitudes parlementaires;.... il est de rigueur que les ministres sachent répondre personnellement aux attaques de l'opposition. Vous avez été déjà à portée d'en juger, car c'est presque exclusivement des premiers bancs que sont parties toutes les réponses et toutes les apologies. Cette foule de membres qui siègent du même côté que les ministres, ne les soutiennent que par leurs votes ou bien en criant *hear, hear*, lorsqu'ils les entendent parler. Il en est cependant, dans le nombre, qui, tout en étant ministériels, conservent une espèce d'indépendance et s'obstinent à vouloir parler souvent. Ils se permettent même quelquefois de blâmer les ministres et leurs actes, espérant de prouver par là que, s'ils votent ordinairement avec eux, ce n'est pas par pure obéissance, mais par conviction qu'ils font le bien. Les seuls membres de ce parti métis, que j'apperçoive en ce moment, sont assis sur le banc le plus élevé; l'un, que vous avez entendu parler tout à l'heure, et qui a fait tant rire tout le monde, est un amiral qui a long-temps commandé dans la Méditerranée. C'est le bouffon de la chambre. Il s'attache toujours à prendre le côté plaisant de toutes les questions. Il est plaisant, de bon aloi, car il ne partage jamais la gaieté qu'il communique aux autres. Voyez avec quel imperturbable sang-froid il caresse sa jambe, ou braque son lorgnon sur les divers côtés de la salle!

L'autre est également en possession de nous faire rire, mais c'est par une raison contraire. Il mêle la religion et les profondeurs du mysticisme dans les questions les plus insignifiantes. Enthousiaste comme un réformateur, il en affecte également les habitudes, par la malpropreté de ses habits, et le peu de soin qu'il prend de peigner ses cheveux roux. Comme il est Ecossais, quelques plaisans assurent que c'est par économie qu'il se néglige de cette manière.

M. Hutchinson nous fit remarquer, de l'autre côté de la salle, les membres les plus célèbres de l'opposition : M. Hobhouse, qui, quoique fils d'un *tory*, et frère d'un sous-secrétaire d'état, est un radical des plus décidés. On le regarde comme l'un des publicistes modernes les plus habiles, et comme l'un des membres les plus érudits de la société royale de Londres.

Le Dr. Hume, qui, après avoir exercé dans l'Inde, la profession de médecin et de négociant, est le membre le plus infatigable de l'opposition. C'est lui qui parle le plus souvent à la chambres des communes. Comme il a des connaissances extrêmement variées, il peut appuyer indifféremment toutes les motions antiministérielles. Je trouve dans ses traits une ressemblance frappante avec ceux du célèbre voyageur Alexandre de Humboldt.

Le général sir Robert Wilson, qui figura dans le procès de l'évasion du comte de Lavalette, et à qui son zèle pour la reine et pour la réforme parlementaire a valu d'être rayé des contrôles de l'armée.

M. Wilberforce, le plus ardent propagateur des idées et des sociétés philantropiques.

Le baronet Francis Burdett, qui les soutient par son immense fortune, au moins autant que Wilberforce par ses écrits et par ses discours. Il a un goût qui l'a rendu encore plus célèbre que sa bienfaisance et son libéralisme. Il est cité dans les trois royaumes comme le plus intrépide chasseur au renard.

LES ÉLECTIONS

ET

UN MEMBRE DU PARLEMENT.

Tous les hommes sont fous, et, malgré tous leurs soins,
Ne diffèrent entre eux que du plus ou du moins.

BOILEAU.

Quel spectacle offrent les élections! Jamais
je n'oublierai ce que j'en ai vu. Je me laissai
persuader, une fois, par un candidat, d'être
témoin des démarches qu'il faisait pour assurer la sienne; mais c'est bien la dernière scène
de ce genre à laquelle j'assisterai de ma vie.
J'y observai pourtant un mélange de sérieux et
de comique, d'intrigue et de bassesse, de merveilleux et de ridicule. Il faut qu'on trouve un
grand charme à être membre du parlement,

pour qu'on s'abaisse, dans l'espoir de réussir, à la flatterie, à l'adulation, à la cajolerie, aux caresses, vis-à-vis de gens qu'on méprise au fond du cœur.

L'un des candidats était si souple, qu'il regardait une pierre qu'on lui jetait comme une marque frappante d'estime, et il serrait la main des misérables couverts de guenilles dégoûtantes, comme s'ils eussent été ses meilleurs amis. Les anecdotes particulières de famille, les défauts personnels, les vices cachés, même les malheurs essuyés, en un mot, tout ce qui pouvait offrir un sujet de sarcasme ou de reproche contre l'un des candidats, était soigneusement recueilli par l'autre, et répandu dans le public afin d'exposer son antagoniste au ridicule ou à l'animadversion.

Telle était mon ignorance en pareille matière, que je déclamai contre une telle conduite, comme étant indigne des représentans d'une grande nation, comme imprimant une honte et une tache indélébiles sur le peuple chez lequel se commettaient de pareils excès. Mais on m'informa que tout cela se faisait conformément aux anciens usages; qu'une tête cas-

sée ou un chien mort reçu à la figure n'était,
en pareil cas, qu'une plaisanterie; enfin, que
les élections étaient le carnaval, ou, pour mieux
dire, les saturnales des Anglais; car, dans le
premier cas, on ne se permet les insultes que
sous le masque, et elles sont, par conséquent,
moins offensantes pour celui qui en est l'objet;
au lieu que, dans les secondes, ou les fait à visage découvert, parce qu'elles sont autorisées
par l'usage, et en quelque sorte un privilége
consacré par une charte.

Ce qui m'étonna le plus, ce fut de voir un
homme fier et indolent s'humilier de toutes les
manières, et se démener avec une activité sans
bornes pour parvenir à son but. Sa mémoire me
parut aussi prodigieuse; il connaissait être le nom
de chacun, son état, sa fortune, son caractère,
ses faibles et il mettait tout à profit.

« Vous voilà donc, Thomas, dit-il à l'un;
comme vous avez bonne mine! Vous avez donc
secoué votre fièvre? -- Oui, oui, répondit Thomas, elle m'avait secoué assez long-tems. --
C'est bien, Thomas, je vous en félicite; don-
nez-moi la main. » Et il serra la main la plus
sale que j'eusse jamais vue, encore couverte du

fumier qu'il venait de répandre sur la terre.
« Hé bien ! continua-t-il, vous êtes toujours
dans les mêmes sentimens politiques : vous tenez toujours au parti d'Orange ? -- Oh! oh, dit
Thomas, j'ai eu des offres bien plus avantageuses de l'autre côté ; et puis, je crois que nous
n'avons pas trop à nous louer des gens du roi :
ils sont trop fiers; ils regardent le pauvre comme
la boue qui est sous leurs pieds -- Fi donc! fi!
mon cher Thomas. » dit mon ami; et le tirant
à part, il eut avec lui une conversation de deux
ou trois minutes que je n'entendis pas, mais ils
se séparèrent très-contens l'un de l'autre, car
ils se serrèrent encore une fois la main, et Thomas, en le quittant, lui dit d'un air réjoui, en
appuyant ses poings sur ses côtés : « Comptez-y;
vous pouvez y compter. »

Avant de quitter le bourg où se faisait l'é-
lection, pour pouvoir juger de la différence des
opinions, je me rendis dans un cabaret ouvert
aux partisans de l'autre candidat. Comme je ne
portais ni rubans, ni cocarde, que je n'étais ni
électeur, ni habitant du comté, je ne pouvais
être en butte à l'animosité d'aucun parti. J'y
trouvai une assemblée nombreuse, occupée de

discussions politiques : un artiste vétérinaire en était le président, et un maçon haranguait les auditeurs. Je perdis la plus grande partie de son discours; mais un marchand de poison contre les rats, qui se trouvait près de moi, m'assura que c'était un habile politique et un grand orateur.

Je l'entendis pourtant s'écrier avec feu: «Nous sommes ruinés, Messieurs, ruinés par la couronne, par l'Église, par l'aristocratie et par la prépondérance des gens en place. L'intolérance, le fanatisme, la superstition, les priviléges de la royauté et l'influence du clergé nous conduisent à notre perte. N'avons-nous pas autant de bon sens que nos sénateurs et nos évêques? Notre jugement ne vaut-il pas celui de nos prédicateurs et de nos législateurs? Le livre de l'instruction n'est-il pas ouvert pour tous ceux qui savent lire? Et pourquoi, vous et moi, ne saurions-nous pas interpréter les lois aussi bien qu'un chancelier ou un archevêque? (Grands applaudissemens.) N'avons-nous pas les mêmes droits? (Ecoutez! écoutez!) faut-il qu'on nous mette un éteignoir sur l'esprit, une muselière sur la bouche? (Non! non!) Pourquoi donc ne serions-nous pas tous en état de représenter nos concitoyens, sans être de la noblesse ou du clergé?» (Applaudissemens prolongés.)

« J'ai dans l'idée, dit un bon fermier écossais qui était venu s'établir dans ce pays, que nous ne serions pas tout-à-fait aussi bons législateurs que l'honorable membre qui vient de parler se l'imagine. Croyez-vous, compère Brickdust, que le laquais du duc bâtirait une maison aussi bien et aussi vîte que vous?—Non.—Et pourquoi? parce que vous avez étudié votre métier. Mais ne faut-il pas aussi que le ministre étudie la religion, et le législateur les lois et la politique? Je crois que la plupart de nous feraient aussi mauvaise figure dans la chaire ou à la tribune qu'un taureau dans un concert, ou un ours dans un bal. » Ici des cris tumultueux interrompirent l'orateur, et il ne lui fut plus possible de se faire entendre.

Je quittai cette assemblée, très-convaincu de la justesse des raisonnemens du fermier, et regrettant qu'on l'écoutât si défavorablement. Je pris des renseignemens sur son caractère, et j'appris que c'était un homme d'une excellente conduite, et qui avait gagné une petite fortune.

Il ne passait pas pour orateur, on ne goûtait pas ses principes, mais on lui demandait des avis dans toutes les affaires un peu importantes, et l'on se trouvait bien de les suivre.

J'oubliais de dire que cette assemblée se nommait *les amis de la constitution*. Les mots: *Liberté et discussion* étaient écrits sur la porte, et le premier article du réglement était que chaque membre paierait trois pences (6 sous) pour droit d'entrée et pour l'usage d'une pipe chargée de tabac.

4...

L'ARMÉE ANGLAISE.

Formés par notre exemple au grand art de la guerre,
Ils ont appris de nous à servir l'Angleterre.

Pendant près de deux mois, il est rare que
le docteur, Amirau ou moi, nous ayons passé
un jour sans assister à des manœuvres militaires. Cela m'a mis à même de faire une étude
complète des uniformes anglais; en outre, Amirau a été militaire pendant quelque temps, le
baron a été capitaine de grenadiers dans la
garde nationale de son canton, et maréchal-
des-logis dans la compagnie à cheval du chef-
lieu de son département; le docteur, qui sait
un peu de tout, se connaît par conséquent un
peu en stratégie : ces trois sources de lumières,
unies à ce dont j'ai pu profiter en conversant
avec des militaires du pays, m'ont fait un fonds
dont je vais profiter pour discourir sur l'état
présent de l'armée anglaise.

Ce qui fait une bonne partie du soldat, s'il ne le fait pas en totalité, c'est l'uniforme. De là l'importance que tous les peuples civilisés ont jugé nécessaire de lui donner. Les hommes sont de grands enfans : c'est avec des joujoux qu'on les mène. On peut dire qu'en général dans l'équipement d'un militaire, on a donné moins d'importance à la partie défensive ou offensive qu'à celle qui est destinée à flatter agréablement l'œil. A quoi servent les sabre-daches, les flammes des colbats, les panaches, les aiguillettes? A rien, si ce n'est à gêner les mouvemens du soldat; et cependant c'est vers les régimens qui sont distingués par ces inutilités que l'ambition de tous les jeunes sujets les fait tendre! C'est là que, dans les pays où les troupes se recrutent par des engagemens volontaires, l'on voit affluer de préférence les hommes qui ont le goût guerrier.

Le roi a, dit-on, présidé en personne à la détermination de l'uniforme de la plupart des régimens qui tiennent garnison dans Londres ou aux environs. Il a fait mieux encore ; il leur a servi de modèle en endossant le premier, le costume nouveau qu'il voulait leur

faire adopter. C'est presque toujours sur l'uniforme de la garde impériale de Napoléon, avec
quelques modifications tirées des uniformes russes, que l'on a calqué la nouvelle tenue des
régimens de la garde.

L'infanterie portait des habits à basques longues, qui paraissaient très-lourds; on les a rendus plus légers en les écourtant d'un pied; on
a substitué le bonnet à poil à un ignoble petit
shako dont elle était coiffée; on a donné des
lances, des chapska, et tout le reste du costume des Polonais à quelques régimens de chasseurs à cheval, qu'on a ainsi convertis en lanciers. Plusieurs régimens de grosse cavalerie
ont eu les bottes fortes, le casque à cimier, et
la cuirasse. Les hussards ont été mis tout-à-
fait à l'allemande, c'est-à-dire, qu'on a rac-
courci leur dolman, et qu'on leur a donné une
pelisse flottante; un shako léger ou un colbat
a remplacé le ridicule chapeau à claque. Toute
la cavalerie légère et même la grosse cavalerie,
quand elle n'est pas en grande tenue, porte des
pantalons larges qui dissimulent un peu la mai-
greur ordinaire aux jambes des écuyers. Enfin
il n'est pas jusqu'aux flegmatiques ingénieurs,

et à l'impassible corps d'artillerie, qui n'aient subi d'heureuses modifications dans leur uniforme.

Le sabre est la seule chose dont je ne sois pas content dans l'équipement de la cavalerie : le fourreau et la poignée pèchent toujours par la lourdeur. On dit que les lames en sont d'une trempe excellente, mais je ne crois pas que cette qualité leur serve beaucoup; en effet, les sabres courbés de la cavalerie légère n'ayant point de parade dans leur monture, cela doit donner un désavantage très-grand dans un combat contre la cavalerie, puisque la main qui tient ce sabre ne peut tarder à être blessée par le sabre ennemi. Les sabres de la grosse cavalerie n'ont pas cet inconvénient par rapport à la poignée; mais ils en ont un plus grand dans les lames : ils sont hors de proportion avec la haute taille, des soldats et des chevaux qu'ils montent. Il est physiquement impossible qu'un cavalier anglais atteigne avec la pointe, un ennemi qui serait vis-à-vis la tête de son cheval, et plus difficile, par conséquent, qu'il l'atteigne avec le tranchant. En général, tant par sa lourdeur que par sa forme courte et ramassée, le sabre d'un cuirassier anglais a moins l'air d'une arme militaire que d'un couperet de boucher.

Le costume actuel des soldats des régimens de cavalerie, réunit l'élégance à la simplicité. Celui des officiers est un peu moins beau, parce qu'il pèche un peu contre cette dernière. Soit par arbitraire, soit par la volonté des chefs, les officiers se sont surchargés d'or; ils plient sous le faix des galons, des broderies et des aiguillettes; ils ont des épaulettes plus pesantes que celles des tambours-majors de notre garde nationale. Outre que ce luxe est de mauvais goût, il est ruineux pour les officiers d'un grade inférieur. Presque tous s'endettent pour s'équiper en entrant au régiment.

La plupart des régimens sont, pour la stature des hommes, un peu au-dessus de leurs pareils en France. Beaucoup de soldats des régimens de troupes légères seraient de véritables grenadiers dans la garde royale française. On peut juger d'après cela quelle doit être la taille des grenadiers dans les régimens anglais, et surtout dans ceux qui se composent de l'élite des plus beaux hommes de l'armée. Je ne crois pas que le grand Frédéric, malgré le goût qu'il avait pour les géans, en ait jamais rassemblé une plus belle collection que celle qu'on rencontre dans les garnisons des environs de Londres. C'est un spectacle vraiment imposant que de voir manœuvrer le régiment des *Life-guards-rouges* ou celui des *Oxford-blues*. Ils offrent tout ce que l'on peut désirer dans des militaires, la force et la beauté; hommes et chevaux tout est également digne d'admiration. Aucun soldat n'est admis dans ces régimens s'il n'a six pieds anglais et s'il n'est fort à proportion.

Le lecteur comprendra maintenant le plaisir que le docteur prenait à voir défiler ces deux régimens. Dans l'enthousiasme de son admiration, je lui ai entendu dire plusieurs fois, lorsque Amirau lui citait comme des soldats aussi remarquables par leur taille les grenadiers à cheval de la garde royale française ou les Cents Suisses, « Laissez-moi donc tranquille avec vos comparaisons; le tambour-major des Cent Suisses ne pourrait pas être trompette dans le régiment des *Life-guards* !

Moi, qui m'avise quelquefois de raisonner mon admiration, j'étais charmé de l'aspect mar-

tial, de l'ensemble de ces terribles cuirassiers ;
je les comparais à des montagnes mobiles, et
capables de tout renverser dans leur cours ; mais
quand je m'approchais des individus, pour chercher sur leur physionomie les signes de cette
fierté mâle qui doit animer le guerrier, j'y trou-
vais une contradiction frappante avec la force de
leur corps et la sévérité de leurs armes. Je voyais
des yeux bleus, des figures rosées, des barbes
blondes ; et je préférais les moustaches brunes,
les yeux noirs et le teint de bois d'acajou des
vétérans de notre armée !

Telles sont les principales remarques que j'ai
faites sur la cavalerie de l'armée anglaise. Celles
que j'ai à faire sur l'infanterie seront plus
courtes et porteront, comme les premières, principalement sur les armes et sur les vêtemens.
Les manœuvres sont, à peu de chose près, les
mêmes en Angleterre et en France ; tous les
peuples civilisés ont adopté les réformes qui y
ont été introduites par le grand Fréderic. Excepté un très-petit nombre de régimens, qui sont
habillés en jaune, en bleu ou en blanc, et les
chasseurs, qui sont en verd, toute l'infanterie
anglaise porte l'habit rouge ; c'est la couleur na-

tionale. Le peuple se sert du nom de *redcoat*, habit rouge, pour désigner les soldats en général. Mais c'est un terme de mépris : dans ce pays, qui a des institutions civiles si libérales, on n'aime guère l'armée, obéissant passivement de sa nature, et aveugle instrument des volontés d'un chef... Dans la garde royale les soldats portent, en guise d'épaulettes, une espèce de houpète recouvrant la couture, qui unit la manche au corps de l'habit, et rattachée à un bouton voisin du collet par une pièce de passementerie de la même couleur, et d'un travail analogue ; chez les sous-officiers cette houpète est en drap bleu, garnie de brins d'or ou d'argent ; les sous-lieutenans ou enseignes, comme on les appelle, la portent garnie de bouillons de même métal, à graine d'épinard. L'épaulette à bouillons simples, qui, chez nous, marque les trois premiers grades d'officiers, n'est pas en usage en Angleterre. Celle, dite à graine d'épinards, est la seule qui soit portée par les officiers. Le lieutenant la porte sur l'épaule droite, le capitaine sur l'épaule gauche, le major et le colonel en portent deux avec des distinctions particulières.

A commencer du grade de major, les nominations et l'avancement dépendent du roi ; ses nominations, toujours dirigées par l'intrigue, tombent quelquefois sur des escrocs, des batteurs de pavé, des laquais, témoin la nomination du jockey de la célèbre madame Clarke.

Il n'est pas rare de voir un capitaine dissipateur vendre son brevet, descendre à la lieutenance, vendre encore ce brevet et acheter une place d'enseigne.

Les officiers et les sous-officiers sont distingués des soldats par la ceinture et par l'épée ou le sabre. Le soldat ne porte point de sabre : la baïonnette est la seule arme qui soit suspendue à son baudrier. L'épée des officiers est d'une forme très-variable. Il paraît que chacun est libre de porter telle espèce qui plaît le plus à son caprice ; j'en ai vu qui traînaient suspendue à deux petites courroies une brette d'officier de marine, longue à peine de deux pieds. D'autres portent un bancal égyptien, courbé en demi-cercle. D'autres, enfin, ont des sabres longs et recourbés avec une parade lourde, et garnie de velours comme la *claymore* écossaise. Ceux-ci, de même que le bancal, sont toujours suspendus à un baudrier blanc et placés exactement derrière le dos. C'est ainsi que les sergens portent toujours leur sabre ; il leur bat les mollets ou les talons, tandis qu'ils marchent en portant leur hallebarde, ou en s'appuyant sur leur canne, attribut de leur grade, bien plus redouté du soldat, parce que la discipline des coups de bâton est encore en vigueur dans l'armée anglaise.

« Après le bâton des sergens, me disait souvent Amirau, ce qui m'a le plus choqué dans l'armée anglaise, est le jabot et la hallebarde. N'est-ce pas une contradiction ridicule que de voir un jabot, large comme un éventail, étalé sur la poitrine d'un soldat ? Tous les régimens diffèrent par l'habit ; cette partie du costume est la même dans tous. Depuis le colonel jusqu'au dernier tambour, tous les individus ont les deux premiers boutons de leur habit défaits pour laisser sortir le jabot. Si les cuirassiers osaient, ils feraient un trou à leurs cuirasses pour le montrer, lorsqu'ils sont en grande tenue. Les idées de coquetterie et de recherche qu'on attache dans le monde au jabot sont, on ne peut pas plus disparates avec la sévérité du costume militaire. Une chose plus choquante encore, c'est de voir ces soldats, qui ont l'air si opulens, puisqu'ils étalent tant de luxe dans leur linge, donner de temps en temps la preuve que le nécessaire a été sacrifié au superflu : ils se mouchent dans leurs doigts. Mieux vaudrait, ce me semble, acheter un mouchoir et supprimer le jabot. »

SUR LES MODES.

> Pour réussir dans cette carrière,
> il suffit de s'y présenter. On y voit
> briller des jeunes gens, à qui l'on
> conseillerait volontiers d'acquérir
> quelques qualités qui pussent faire
> oublier leur peu d'agrément. On
> commence à jouer ce personnage-
> là sans figure, on le soutient sans
> esprit. on le poursuit jusqu'à la
> vieillesse.
>
> PIGAULT-LEBRUN.

Les hommes changent avec le temps ; chaque
siècle donne aux peuples européens une physionomie particulière et différente de ce qu'elle
avait été le siècle d'avant; chacun se ressemble aussi peu à lui-même, à ses divers âges,
qu'ils se ressemblent peu entre eux, quand on
les observe tous à la fois. Cependant il est certaines particularités du caractère de quelques
uns, qui ont été si saillantes à certaines épo-

.5.

ques, que la réputation leur en est restée, même
après qu'elles se sont effacées ou passées à d'autres peuples. C'est ainsi que les Français sont
regardés encore aujourd'hui comme les éner-
gumènes de la mode, quoiqu'en ce genre ils
aient été égalés par les Prussiens et les Russes,
et surpassés par les Anglais.

En général, les Anglais paraissent commettre, dans leurs modes, la même erreur qu'on
leur reproche dans leurs habitudes de société :
ils prennent la roideur pour l'élégance. Dans toutes les parties dont se composent leurs vêtemens,
et dans la manière dont ces parties se rappor-
tent entre elles, on ne voit jamais la souplesse
que nos tailleurs ou nos petits-maîtres savent
y introduire. Les bouts de la cravatte sont si em-
pesés, qu'ils se casseraient plutôt que de se prê-
ter au moindre pli. Les collets des habits et des
redingottes, les basques et les pans des uns et
des autres sont roides, comme si une plaque de
ferblanc en formait la doublure; les cheveux
ne sont pas frisés par le fer des perruquiers,
mais on voit qu'ils ont été lavés à grande eau,
et relevés à coups de brosses pour les faire tenir
hérissés. En France, les incroyables les plus au-

dacieux semblent rougir un peu du soin qu'ils ont donné à leur personne ; ils cherchent à donner un air d'aisance et de naturel à toutes les parties de leur toilette : à Londres, les *dandys* ont l'air de croire que la fatuité est le signe d'une bonne éducation ; ils s'affichent partout pour ce qu'ils sont réellement ; et, dans un salon comme dans la rue, ils se tournent tout d'une pièce : ils sont gourmés et roides, ainsi qu'on le dit en Angleterre, comme s'ils avaient avalé le *poker.*

Il faut que cette mine empesée soit bien inhérente au caractère national pour qu'on la retrouve partout, malgré la diversité des costumes ; car on se tromperait étrangement si l'on s'imaginait qu'il n'y a jamais qu'une seule mode dominante dans Londres comme dans Paris. Il y a vingt ou trente classes distinctes de petits maîtres ; chacune fait secte à part, et fait assaut avec ses rivales, pour inventer ou populariser des modes extravagantes. Un journal donnait dernièrement trente-six modèles de nœuds de cravatte, et il citait pour chacun l'autorité irrécusable d'un *regular buck.* Les formes de toutes les autres parties de l'habillement pré-

sentent une aussi grande variété; on peut s'en
convaincre, en lisant la description que les
journaux donnent toujours de la mise des élégans qui ont figuré dans les *routs* des personnages célèbres, ou aux *drawing-rooms* de la
cour; elle s'y trouve toujours consignée *in ex-
tenso*, et ceci est une nouvelle preuve de la
supériorité que les Anglais ont acquise dans les
frivolités de la mode. Les plus graves de tous
les journaux ne dédaignent pas de consacrer
trois ou quatre colonnes à des détails de toilette. Il y a tous les ans, plusieurs levers et
plusieurs grandes réceptions chez le roi, à l'occasion de l'anniversaire de sa naissance, de la
Saint-Georges, de l'anniversaire du 18 juin, etc.;
tous les journaux anglais, depuis *le Courier* jusqu'à la dernière feuille consacrée à la littérature ou aux modes, ne manquent jamais de
donner, le lendemain et plusieurs jours suivans, l'inventaire de la mise de toutes les personnes qui y ont figuré, en commençant par le
roi et finissant par le dernier enseigne de l'armée, ou par le fils du dernier baronnet qui ait
été présenté; le même honneur est, à plus forte
raison, rendu à toutes les dames.

Ce doit être une chose très-plaisante pour les vieux *John Bulls*, un peu trop âgés aujourd'hui pour se plier aux habitudes modernes, et qui ne prennent les journaux que pour y lire la politique extérieure, les débats de la chambre ou la biographie des voleurs qu'on pend tous les jours à *Newgate*, de rencontrer au lieu de cela toutes les colonnes envahies par des descriptions de jupons brodés, de robes à paillettes, de papillottes attachées avec des perles, d'aigrettes, de diamans, etc. Ils doivent jeter le journal et remettre leurs lunettes dans leur étui en s'écriant : *ô tempora! ô mores!*

Dans les *Drawing-rooms* on suit encore quelques règles fixes pour les toilettes, parceque le culte de l'étiquette est aussi respecté à la cour que celui de la mode. Chacun s'y présente, non pas avec le costume qu'il peut inventer, mais avec celui qui est affecté au titre ou à la fonction en vertu de laquelle il parait dans les salons du roi. C'est dans le salon d'un particulier, c'est dans le *rout* d'une marquise, dans le bal d'un banquier juif, ou même sur les pelouses de *Kensington-garden*, par un beau jour d'été, que l'on peut voir le nombre prodigieux de rites sous lesquels les autels de la mode sont desservis. Un jeune duc fait autorité aujourd'hui parmi ses amis pour la taille de ses cheveux, les plis de son pantalon ou la longueur de ses éperons; demain la toilette de Sa Grace sera éclaboussée par celle du fils d'un brasseur ou d'un marchand de charbon. Pour toutes les parties du costume, on voit régner la plus grande variété dans les formes et les couleurs; pour aucune partie cette variété n'est plus frappante que pour les chapeaux.

S'il est en France quelque ci-devant jeune homme, dont la mémoire soit assez bonne pour se rappeler le nom et la forme de tous les chapeaux qui ont été successivement en honneur depuis le chapeau triangulaire des députés aux états-généraux, jusqu'aux bolivars de l'an 1822, il pourra m'aider à donner une idée de la variété des coiffures qui sont maintenant à la mode parmi les petits-maîtres de la Grande-Bretagne.

Outre les variétés de forme, on s'est industrié pour varier la couleur et l'étoffe des chapeaux; on en a fabriqué de blancs, de roux et de gris pour la belle saison; on en a fait en soie, en coton, presque autant qu'en feutre ordinaire.

On s'étonnera peut-être que, dans un chapitre consacré aux modes, j'aie si peu parlé de la toilette des femmes! Les mamans, qui m'ont quelquefois fait l'honneur de m'inviter à leur thé, me demanderont, avec dépit, si j'ai été insensible aux charmes de leurs bonnets montés, de leurs turbans bariolés et de leurs guimpes; les miss et les dames encore assez jeunes pour s'habiller en demoiselles, conclueront que la galanterie française est perdue, puisque j'ai vu, sans les remarquer, les appas qu'elles étalent dans les bals et dans les soirées; enfin les veuves me maudiront, peut-être, en voyant que j'ai oublié l'effet merveilleux de leur teint blanc et de leurs cheveux blonds, avec leurs pleureuses de cambrick irlandais, leurs robes de voile, et leurs parures complètes en jais. Mon apologie sera courte, mesdames; ayez la patience de m'écouter jusqu'au bout : j'avais à prouver la supériorité que la frivolité anglaise occupe aujourd'hui sur sa rivale d'outre-mer; j'aurais gâté ma cause en vous y mêlant, parce que je ne vous ai pas trouvé en fait de modes un génie inventif, égal à celui des Anglais. Des gens, qui ne sont pas suspects de partialité, vous ont accusées le lendemain d'un *drawing-room* d'avoir modelé servilement votre mise sur celles des dames françaises, et, ce qui est pire, d'avoir fait venir à grands frais, de Paris, tous les colifichets dont vous vous étiez parées. Les marchandes de modes parisiennes sont encore en honneur parmi vous, puisque plusieurs modistes nées en Angleterre, se donnent du *de* et se font appeler *madame* pour achalander leurs maisons. Vous êtes plus belles que les françaises, l'art vous serait moins nécessaire et moins difficile pour vous assurer la supériorité mondaine que les Anglais ont déjà su conquérir. Hâtez-vous surtout de vous défaire de ces sottes qualités domestiques, qui ont jusqu'ici été la sauve-garde de la vertu et d'un bonheur tranquille ; faites abolir le droit insolent que s'arrogent certains maris de divorcer avec leurs femmes et de ruiner leurs rivaux quand ils découvrent quelqu'intrigue ; alors, mais seulement alors, je vanterai hautement votre génie et vos progrès dans la frivolité. Mais mêler votre éloge à celui des Anglais, tandis que vous avez l'humilité de faire venir les modes de Paris, et que vous êtes modestes au point de

rougir quand on nomme devant vous la culotte, c'est ce que je devais bien me garder de
faire.

UNE FOIRE ANGLAISE.

> La nature, la nature! on ne
> lui résiste pas. Il faut ou la
> chasser, ou lui obéir.
>
> DIDEROT.

Depuis quelques jours, le baron, en allant de *Sloane-Street* à *Hyde-Park* pour assister à l'exercice à feu, avait été frappé d'un mouvement extraordinaire qui régnait sur la route d'*Hammersmith*, « Venez voir cela, me disait-il, à chaque heure du jour : c'est pire que le déménagement d'un camp de Tartares ; il y a des voitures sans nombre et dont je n'avais jamais vu les pareilles pour la grandeur et la forme. Ce sont de véritables maisons montées sur quatre roues et trainées par deux, trois et souvent quatre paires de chevaux. J'ai vu écrit sur chacune le nom de *Caravane*. Quelle espèce de Caravane est-ce donc ? A Paris j'ai vu jouer, à l'opéra, la Caravane du Caire; il y avait des chameaux sur la scène; mais je n'y ai vu figurer aucun chariot de ce genre! »

C'est par une figure de grammaire, lui répondit le docteur, qui, ce jour-là, était venu déjeûner avec nous, que le nom de caravane a été donné à ces immenses voitures. Elles portent exactement tout ce dont se composent les caravanes de l'Afrique ou de l'Orient; il y a des familles entières, des marchandises et des animaux. Si vous aviez lu une longue affiche, que toutes portent immédiatement au-dessus du titre, qui vous a tant intrigué, vous auriez lu la description détaillée de tout le contenu de la maison roulante. C'est tantôt des Bohémiens, avec les instrumens dont ils se servent pour dire la bonne aventure, des marchands d'animaux *rares* et *curieux*, qu'ils font voir pour de l'argent, en attendant de trouver à les vendre avantageusement. Un grand nombre d'autres voitures sont remplies de décors de théâtre et de costumes de comédiens; vous avez dû en voir non loin de celles-là, qui étaient chargées de planches et de soliveaux, destinés à dresser un théâtre impromptu, pour donner, par jour, une douzaine de représentations de divers spectacles. La cause de tout ce mouvement est la foire de *Brook-Green*, qui doit commencer demain et durer nommément pendant trois jours, mais qui, en réalité, se prolongera pendant plus d'une semaine, parce que les gens qui ont fait des dépenses considérables pour aller s'installer à la foire, veulent avoir le temps de les couvrir avec bénéfice.

La foire de *Brook-Green* est une des plus célèbres qui se tiennent aux environs de Londres. Comme vous en êtes à portée, je vous conseille de la voir deux jours différens et à différentes heures. Il faut y aller, par exemple, une fois vers les six heures du soir, et l'autre fois, y arriver à huit heures et demie, pour ne s'en retourner qu'à minuit; c'est ainsi que procèdent les *cokneys* qui tiennent à suivre dans les formes toutes les coutumes anglaises.

Le lieu où se tient la foire est un espace de terrain inculte, de l'un et de l'autre côté d'un grand chemin, qui, par parenthèse, est très-passager; ce qui ne laisse pas d'être fort dangereux, lorsque les diligences, les chaises de poste ou les voitures de roulage ont à passer au

milieu de la foule compacte qui s'y rassemble
à certaines heures du jour.

Sur les bords du chemin, sont dressés un
très-grand nombre d'amphithéâtres, d'où l'on
peut voir des spectacles de divers genres, soit
en payant, soit gratis; puisqu'outre la représentation qui se donne à l'intéreur, à certaines
heures, on en donne une autre devant la porte,
pour attirer les passans.

Derrière ces amphithéâtres sont élevées plusieurs rangées de tentes dans lesquelles on a établi
des auberges *im-promptu*; on les décore toutes des
noms, des tavernes les plus en réputation dans
Londres; ainsi, l'on y voit tous les ans reparaître la taverne de la Couronne, celle de l'An-
cre, celle de Londres, celle de la Charrue, etc.

La disposition intérieure mérite une description soignée; outre la cuisine, l'entrepôt des
comestibles et un nombre de bancs et de tables
suffisant pour faire asseoir les convives qui viennent s'y régaler, il y a dans chaque tente un
local destiné à la danse, et comme de raison,
un orchestre, pour mettre les danseurs en train.

Le nombre et la qualité des musiciens est en
proportion de la grandeur de la tente, ou, pour

5..

mieux dire, du prix plus ou moins élevé auquel se débitent les comestibles. Dans celles de la plus mince apparence, il n'y a qu'une vielle, une cornemuse écossaise, ou un violon raclé par un aveugle; c'est déjà mieux lorsqu'il y a deux violons avec une basse; en montant encore plus haut, on trouve la trombone et le fifre; enfin, c'est le comble de l'élégance, lorsqu'outre tous ces instrumens, il y a un *bugle*, des cymbales et une grosse caisse.

Dans les tavernes les plus somptueuses, la salle de bal est séparée du réfectoire; une corde tendue à la hauteur de la poitrine d'un homme, en forme la séparation; dans toutes les autres on paie quelque chose pour avoir le droit de danser; ici c'est encore mieux, puisqu'on paie même pour avoir le droit d'entrer dans la salle de bal.

C'est dans de petites échoppes où sous des tentes construites dans l'intervalle des tavernes, que se tiennent les débitans de *ginger-bread*, qui est une espèce de pain d'épice au gingembre, de *bulls eyes* et de *loly pop sugar*, qui sont diverses espèces de bonbons grossiers de fabrique anglaise, de *ginger-beer*, qui est une bierre faite avec du gingembre, et de *scrat-chers*, espéce d'instrument, avec lequel mon lecteur fera connaissance plus tard, et qui joue un aussi grand rôle à *Brook-Green*, que le *mir-liton* à Saint-Cloud.

Jusqu'ici, *Brook-Green-Fair* ressemble assez exactement à toutes les fêtes foraines des environs de Paris; pour compléter l'analogie, je puis ajouter qu'on y trouve également les jeux de bague, les diseurs de bonne aventure et cet assortiment de curiosités pour lesquelles le public a un si grand faible, telles que des femmes enceintes depuis quinze ans, des veaux à deux têtes, des enfans qui, à l'âge de trois ans, pèsent trois quintaux, des chiens savans, des chevaux et des ânes qui devinent le plus menteur ou le plus amoureux de la compagnie, etc.

Mais ce qui assure une supériorité incontestable à la foire anglaise, c'est le grand nombre et la qualité d'une foule d'autres spectacles bien plus relevés que ceux que je viens d'énumérer. Ces caravanes immenses qui avaient tant étonné le baron, pendant qu'elles roulaient sur la route, l'étonnèrent encore plus par les produits.

qu'elles étalèrent à ses yeux lorsqu'il fut arrivé
à *Brook-Green*. Je suis encore à comprendre
comment les propriétaires de ces immenses éta-
tablissemens peuvent subvenir aux frais énormes qu'il doivent faire, tant en séjournant
quelque part, qu'en voyageant sur les routes
des environs de Londres, où l'on a, presque à
chaque pas, des droits de barrière à payer.

Parmi les amphithéâtres qu'on avait élevés
en planches, il y en avait au moins trois dans
lesquels on montrait des collections d'animaux;
il y avait dans chacun au moins un éléphant,
plusieurs lions et tigres, des nilgauts, des chameaux, et une foule d'autres animaux venus
à grands frais des pays lointains; il y avait
aussi plusieurs amphithéâtres d'équitation, et
quatre ou cinq théâtres où l'on jouait des pièces
variées dans le répertoire des principaux théâtres de Londres.

Chacun de ces établissemens avait une enseigne propre à fixer la curiosité des passans;
devant les ménageries, étaient étalés les portraits en grand des principales bêtes qu'on faisait voir dans l'intérieur; un orchestre de musiciens habillés en *yeomen* de la garde du roi,

c'est-à-dire, revêtus d'un chapeau entouré de
roses, d'une dalmatique rouge, serrée autour
des reins, avec une ceinture noire, exécutaient
les airs nationaux de l'Angleterre, au moment
où le maître de la ménagerie n'était pas occupé à avertir le public que la représentation
allait commencer.

Devant l'amphithéâtre d'équitation, on avait,
outre des musiciens de la *yeomanry*, plusieurs
chevaux sur lesquels un certain nombre d'artistes de la troupe faisaient gratis certains tours
de manège, pour donner au public un avant-
goût des exercices qu'ils allaient bientôt faire
en présence des spectateurs paysans.

Ce fut de dessus cet amphitéâtre, et du haut
des planches de son avant-scène, que je jouis du
coup-d'œil le plus complet et le plus précieux de
la foire de *Brook-Green;* ce fut de là que je pus
juger ce qu'est réellement la canaille de Londres,
lorsqu'elle se met en *goguette.*

Qu'on se figure le brouhaha de plus de vingt
mille personnes, entassées comme des sardines,
dans une espace de terrain fort étroit, jurant,
vociférant, interpellant les acteurs, roulant dans
la boue, quand l'ivresse était trop forte pour leur

permettre de se tenir sur leurs jambes; pouvant
à peine se garantir d'être foulées aux pieds des
chevaux, ou écrasées par les roues des voitures
dont la foule allait toujours son train, au milieu
de la route encombrée; un bruit continuel de
scratchers, et par-dessus tout cela, le tintamarre
de vingt orchestres, voisins les uns des autres,
et jouant chacun un air différent; le fracas de
mille grosses caisses, accompagnées de cymbales
de fer de fonte, qui ont le timbre des couvertu-
res de marmite; le tonnerre de cinquante gosiers
enroués, qui parlaient au public dans des portevoix, pour lui recommander, l'un ses chevaux,
l'autre ses lions, celui-ci ses acteurs, celui-là son
phénomène rare et curieux, et l'on verra que les
Champs-Élysées, un soir de *distribution*, ne
donnent qu'une faible idée de l'agitation qui règne aux foires britanniques!

Dans les tavernes, le mouvement était digne
de ce qui se passait sur la grande route; des milliers de lampions de couleur, répandus dans les
salles de bal, éclairaient des danses de cent caractères différens; soldats, matelots, grisettes,
paysans, tout gigottait sur des mouvemens plus
ou moins précipités. *Le hornpipe*, la gigue, la

walse, la sauteuse, les cotillons, les contredanses anglaises, tout allait en même temps.

Le gin, le vin de groseilles à maquereau, et des baies de sureau, circulaient partout à rasades ; le robinet des tonneaux à bière, était sans cesse ouvert ; des pièces de bœuf froid de vingt-cinq livres pesant, étaient enlevées en un clin-d'œil ; les gargotiers suffisaient à peine aux besoins des convives.

Après s'être bien fatigué à la danse et à la bombance, on se faisait servir des pipes ; hommes et femmes, chacun en prenait une, la bourrait de tabac, et la fumait, jusqu'à ce que les vapeurs vireuses de l'herbe eussent endormi le fumeur, et le fissent rouler sous la table ; ou bien provoquassent une évacuation dégoûtante qui l'obligeait à prendre un second souper.

Je ferai observer à cette occasion (et cette remarque est tout-à-fait digne du lieu où je la fais), qu'en Angleterre on ne se sert jamais plusieurs fois de la même pipe ; le cabaretier en fournit aux buveurs, et prend soin de les nettoyer de temps en temps, lorsqu'elles se salissent ; il paraît que les fumeurs anglais sont insensibles aux charmes d'une pipe *noire* et *culottée*.

Je ne dois pas terminer ce chapitre, sans expliquer au lecteur ce que c'est qu'un *scratcher*; littéralement ce mot veut dire *gratteur*, et désigne un instrument composé d'un cylindre cannelé, et dont les cannelures font du bruit quand on les fait tourner contre un ressort de bois qui est fortement appuyé sur elles.

C'est à peu de chose près le même instrument que celui qu'on nomme en France *reinette*, et qui sert de joujou aux enfans ; les *watchmen* d'Angleterre en ont un analogue construit sur de plus grandes dimensions ; ils le nomment *rattle*, et s'en servent dans les rues pour donner l'alerte à leurs collégues.

Le *scratcher*, lorsqu'il est passé rapidement sur l'échine, fait un bruit exactement semblable à celui que produit le drap en se déchirant, ce qui cause une appréhension assez désagréable, lorsqu'on est chatouillé à l'improviste.

C'est ainsi du moins que l'éprouva le baron, la première fois qu'on lui passa un *scratcher* sur les épaules ; il y porta la main, croyant réellement qu'un morceau de son habit avait été déchiré. Aux tentatives suivantes, il fut moins effrayé, mais il fut choqué de la liberté grande que les passans, mâles et femelles, prenaient de l'attaquer ainsi avec leurs *scratchers;* et dans une ou deux occasions, il riposta par une taloche ou par un coup de pied.

Don't y ou kik them in this brutal manner, lui observa le docteur; malgré votre haute stature, vous trouveriez peut-être bien des hommes avec lesquels *boxing* ne serait pas à votre avantage. Vis-à-vis des femmes, outre qu'il est inhumain de les frapper, même lorsqu'elles vous insultent, sachez que le *scratching* vous donne le droit de leur rendre la pareille, et même d'y procéder *with the naked hand instead of an instrument.* Durant la foire de *Brook-Green,* il y a liberté pleine et entière *to scratch;* achetons des *scratchers,* pour rendre aux autres tout ce que nous en recevrons.

Ce qui fut dit, fut fait; nous fîmes emplette de *scratchers;* et, en circulant péniblement au milieu de la foule, nous développions le cylindre bruyant, partout où nous apercevions quelques hanches dodues ou quelque taille cambrée.

Au centre de la foire, et encore mieux sur la route par laquelle nous retournâmes à Londres, et où les lumières, plus clair-semées, augmen-

taient l'audace de mes compagnons, notre marche fut un pillage continuel. Les grisettes anglaises sont jolies, et d'une docilité remarquable;
mes deux gentilshommes fourragèrent partout
avec une ardeur toute roturière; ils paraissaient
croire alors que les plaisirs, comme l'amour,
mettent tous les rangs de niveau.

VENTE DE FEMMES

A LONDRES.

Qui que tu sois, elle est ou fut ta mère.
LEGOUVÉ, *Mérite des femmes.*

Les tribunaux de Londres punissent d'une forte amende l'homme assez impitoyable pour maltraiter un animal; et le juge est réduit à déplorer que la loi ne puisse s'étendre jusqu'à prévenir la dégradation de la plus intéressante moitié de l'espèce humaine! Il paraît, au contraire, que les formalités des divorces, par la vente de la femme dans le bas peuple, sont fondées sur des usages transmis par les anciens Bretons antérieurement aux dynasties danoises. Un mari mécontent de sa femme, qui doute de sa fidélité, ou qui a des preuves de son inconduite, veut divorcer : il en fait part à sa femme;

ils viennent l'un et l'autre se présenter dans
la place publique le jour du marché. Le mari
conduit sa femme liée par le cou avec une corde;
il l'attache au lieu où se vend le bétail, et la
vend publiquement en présence de témoins.
Ordinairement un huissier fait la prisée, très-
souvent c'est l'époux. Quand le prix est arrêté,
et il passe rarement quelques schellings, l'acquéreur détache la femme; il la mène liée de
la même manière, en la tenant par le bout de
la corde, et ne la délie qu'après avoir parcouru
la moitié de la place. Ces sortes de ventes, très-
communes en Angleterre, sont désignées par
le peuple sous le nom de *horn-market*, marché
aux Cornes. L'acheteur, toujours veuf ou garçon, est ordinairement un amateur de la marchandise vendue. La femme achetée devient la
légitime épouse de l'acquéreur. Les enfans qui
naissent de cette union sont considérés comme
légitimes; la loi contre l'adultère et la bigamie
ne sauraient atteindre les époux ainsi séparés et
qui vivent dans de nouveaux liens. Il arrive cependant quelquefois qu'un acheteur de femme
contracte un nouveau mariage devant l'église,
afin de mettre l'état de ses enfans à l'abri de

toute contestation. Un lord anglais a offert,
il y a quelques années, un exemple de ce que
j'avance. Ce lord, ayant enlevé et acheté ensuite
la femme de son laquais, fit reconnaître son
mariage devant l'église.

Le 12 avril 1817, je traversai le marché de
Smithfield (destiné à la vente des bestiaux).
Il y avait un rassemblement considérable de
peuple : je vis un homme qui s'efforçait de passer
une corde au cou d'une femme jeune et d'une
beauté remarquable. Cette malheureuse se dé-
battait et résistait de toutes ses forces à cet acte
de violence. Comme ils faisaient grand bruit
et excitaient du tumulte, un constable s'assura
des époux et les conduisit chez le magistrat.
Interrogé sur le motif qui avait pu donner lieu
à cette conduite, le mari répondit que sa femme
avait trahi la foi conjugale. L'épouse convint
de bonne foi qu'elle n'était pas tout-à-fait in-
nocente du reproche de galanterie. Le magistrat
ne put que gémir sur cette scène de barbarie,
et déplorer que la loi fût muette pour prévenir
une semblable pratique. Tout ce qu'il put faire
fut de condamner le mari à fournir caution qu'il
vivrait en paix par la suite. Il déchargea la

5...

femme d'accusation, et après avoir fait aux deux époux les plus pathétiques remontrances, il les renvoya.

Une vente semblable eut lieu le 9 décembre 1816, à Doncaster, sur la place *Buttacross*, au milieu d'une foule considérable de peuple; on y vit un homme vendre sa femme à un peintre pour la modique somme de cinq schellings et demi.

Le 30 janvier 1817, à Wellington, un particulier vendit sa femme au vil prix d'un schelling et demi, en gratifiant même l'acheteur *d'un quart de bière* pour boire à sa santé.

Une autre infortunée, qui n'était pas encore âgée de vingt ans, fut traînée la corde au cou, le 4 avril 1817, sur la place *Darmouth*, avec une brutalité inouïe, par son infâme mari, et vendue deux guinées. La condition déplorable de cette femme, qui était mariée depuis un an et demi seulement, excita le plus vif intérêt parmi les spectateurs, car elle paraissait horriblement souffrir de sa déplorable situation; dans son malheur, elle eut pourtant la consolation d'être achetée par son premier amant.

Un postillon, nommé Samuel Walis, amena

un jour sa femme au marché de Cantorbéry, et
lui ayant placé un licol autour du cou, l'at-
tacha aux poteaux qui servent au même usage
pour le bétail : elle fut alors offerte par lui en
vente publique. Un autre postillon se présenta
et acheta la femme ainsi exposée, moyennant
un gallon de bière (quatre bouteilles) et un
schelling, en présence d'un grand nombre de
spectateurs. Le vendeur était marié depuis six
mois, et sa femme n'était âgée que de dix-
neuf ans.

Un milicien, nommé Toone, se trouvant en
congé à Nottingham, et croyant avoir à se
plaindre de la fidélité de sa moitié, résolut de
s'en défaire par une vente, en tachant néanmoins de tirer parti de sa marchandise. La
femme fut exposée dans le marché, mise à
l'enchère de trois pences (six sous) et fut ad-
jugée à un amateur qui en offrit six pences. Elle
lui fut délivrée avec le licol, aux applaudissemens des nombreux spectateurs.

La vente des femmes par leurs maris n'est pas
seule autorisée. Les ventes des maris par leurs
femmes, quoique fort rares, ne sont pas sans
exemple ; et, bien que les juges réprouvent les

marchés masculins, ils n'osent pas plus en prononcer la nullité qu'ils n'osent déclarer celle des marchés féminins, comme on va le voir.

Une affaire d'une nature peu ordinaire fut portée devant sa seigneurie le maire de Drogheea. Une femme, Marguerite Collins, porta plainte contre son mari qui l'avait abandonnée pour aller vivre avec une autre femme. Dans sa défense, le mari dit que sa femme était d'un caractère extrêmement violent, que dans sa colère elle l'avait offert en vente pour deux pences (quatre sous) à celle dans la possession de laquelle il était maintenant; qu'elle l'avait vendu et livré pour trois demi-pences (six liards); que sur le paiement de la somme il avait été emmené par l'acheteuse; que plusieurs fois sa femme, la venderesse, dans ses accès de colère, l'avait si cruellement mordu, qu'il en portait encore de terribles marques, quoique plusieurs mois se fussent écoulés depuis qu'il ne lui appartenait plus (et il fit voir ces marques). La femme acheteuse, ayant été mandée pour rendre témoignage, a corroboré la totalité des faits, confirmé l'achat, et déclaré qu'elle était plus contente, chaque jour, de son acquisition,

qu'elle ne croyait pas qu'il y eût de loi qui pût
lui ordonner de s'en séparer, parce que le droit
de la femme, de vendre son mari, dont elle
était mécontente, à une autre femme qui s'en
accommodait, devait être égal au droit du mari
dont la faculté de vendre était reconnue, surtout lorsqu'il y avait consentement mutuel,
comme dans le cas présent.

La femme plaignante fut tellement exaspérée
du plaidoyer plein de bon sens de l'acheteuse,
que, sans respect pour sa seigneurie, elle sauta
au visage de ses deux adversaires, et qu'elle les
aurait déchirés avec ses dents et ses ongles, si
on ne l'en eût séparée.

Comment concilier avec la religion chrétienne, surtout avec la religion catholique qui
a été longtemps dominante en Angleterre, la
transmission d'une semblable coutume depuis
les siècles de barbarie jusqu'à nos jours? C'est
ce que je n'entreprendrai pas de résoudre. Je
me bornerai à observer qu'une coutume aussi
infâme s'est conservée sans interruption, qu'elle
est mise chaque jour à exécution; que si quelques magistrats des comtés, informés que de
semblables marchés allaient se faire, ont cher-

ché à les empêcher en envoyant sur les lieux des constables ou huissiers, la populace les a toujours dispersés, et qu'elle a maintenu ce qu'elle considère comme son droit.

UN DINER.

Au lieu que l'on dit en France *manger son bien*, le peuple dit en Angleterre *manger et boire son bien*,

MONTESQUIEU.

C'est une chose fort importante dans le tableau des mœurs britanniques, que la description des divers repas avec lesquels la faim est périodiquement excitée ou apaisée ! Que les autres nations disent ce qu'elles voudront pour vanter leur cuisine; il faut que les Anglais aient trouvé la bonne méthode de se nourrir, car dans aucun pays du monde il n'y a de familles plus nombreuses, des épaules plus larges, des ventres plus gros, et des statures plus hautes que dans les royaumes unis.

Depuis les membres de la famille royale jusqu'au dernier garçon brasseur, tout paraît ro-

buste ; tout a le teint vermeil. Le roi Georges III, qui se vantait d'être archi - anglais et
qui , en cette qualité , avait fait chaque jour
ses cinq repas, et mangé du *rosbeef* ou du gigot
de mouton à son dîner, avait amassé une famille
aussi remarquable par le nombre que par les dimensions colossales de tous les princes et prin-
cesses qui la composaient. Examinée compara-
tivement à toutes les autres familles nobles du
royaume, celle-là, pendant qu'elle était encore
complète , aurait certainement été trouvée aussi
prépondérante par le poids qu'elle l'était par le
pouvoir!

Nous nous croyions autrefois bien gourmands
en France , lorsque la coutume de manger quatre fois par jour était encore en honneur. Les
Anglais nous ont été toujours supérieurs sous ce
rapport, et ils le sont encore plus aujourd'hui
que nous avons sottement borné à deux le nombre de nos repas.

Loin de copier ce perfectionnement ridicule,
introduit dans nos mœurs, ils ont protesté éner-
giquement contre tout empiètement sur les
droits du ventre, et ont déclaré qu'au lieu d'ê-
tre en harmonie avec les progrès des lumières,

cette diminution dans la qualité de nourriture qu'on lui octroyait était un pas rétrograde vers le siècle des ténèbres et vers la superstition papiste qui faisait jeûner les trois quarts de l'année.

Dans toutes les villes de province, dans toutes les fermes comme dans la capitale, riches ou pauvres, impies ou dévots, tous les Anglais prennent cinq repas par jour, dont chacun est caractérisé par un nom et des mets particuliers.

Le premier se nomme comme chez nous déjeûner (*breakfast*). Il se compose ordinairement de thé au lait, de viandes froides et de tartines de beurre ; les gens aisés y ajoutent des *beef-steak* chauds, des œufs à la coque. C'est entre huit et dix heures que ce repas se fait : il faut se lever matin pour pouvoir manger à cinq reprises dans le jour

Le second, qui n'a point d'analogue chez nous, se nomme *launcheon*. Dans les colonies anglaises de l'Inde, il porte le nom de *typhin*. Il se prend entre deux et trois heures, et consiste en tartines de beurre, en fromage de *Gloster* et en *sandwiches* ou tranches de viandes, mises entre deux tranches de pain. Dans la saison des fruits, c'est principalement à ce repas qu'on les mange. Les fruits les plus abondans et les moins chers en Angleterre, sont les oranges qu'on y porte des îles de *West*. C'est presque toujours de ceux-là qu'on voit paraître au *launcheon*.

Le troisième porte le nom de *dîner*.

Une table anglaise, lorsque le premier service y est étalé, n'est pas, à beaucoup près, aussi chargée qu'une table française au moment correspondant. Le centre est toujours occupé par un énorme poisson, ordinairement saumon ou turbot, et les côtés ne sont garnis que de légumes cuits à l'eau figurant nos hors-d'œuvres.

A la fin du printemps et au commencement de l'été, ce sont des petits pois, des haricots verts, des navets et des brocolis ; à tous les autres temps ce sont des choux-fleurs et des pommes de terre.

Le plus souvent le dîner commence immédiatement par le poisson. Il y a quelquefois par extraordinaire , un potage. C'est un bouillon très-épais de différentes viandes et dans lequel nagent quelques morceaux de tête de veau, avec lesquels on mêle de la menthe en poudre et des croutons de pain préalablement frits dans du beurre.

Après cela vient le second service, qui se compose d'un nouvel assortiment de légumes également cuits à l'eau et d'un gigot de mouton bouilli. Je ne sais quel est le procédé particulier qu'on emploie pour la préparation de cette viande; mais je dois avouer qu'on a une recette excellente pour la cuire à propos et pour la rendre extrêmement agréable au goût.

Les gigots bouillis que j'ai mangés en Angleterre, m'ont paru de meilleur goût que les gigots rôtis que j'ai mangés en France; à plus forte raison ai-je dû être satisfait de la manière dont on rôtit les viandes! Nous eûmes, après le gigot, une pièce de *rosbeef,* dont la préparation aurait fait à Paris la réputation d'un cuisinier; mais l'on m'assura que toutes les servantes de Londres étaient capables de faire, chaque jour, ce chef-d'œuvre.

Le dessert n'est pas brillant en fruits; il n'y a guère que des oranges et des noisettes qu'on sert dans de petites corbeilles tressées; mais, en revanche, il y a abondance de fromages jaunes;

car, tous les fromages sont de cette couleur en Angleterre, de radis nouveaux et de salade fortement épicée, deux plats que les Anglais servent au dessert et mange avec le fromage (1); la nappe s'enlève toujours après le dernier service, et le dessert est servi à nu sur la table.

Mais cette table nue est encore un meuble de luxe dont on peut faire parade, aussi bien que des plus fins tissus de la Frise, de l'Écosse ou de l'Irlande. Elle est ordinairement faite de bois d'acajou. Le dessert est presqu'entièrement composé de mets qui sont fort prisés des buveurs, parce qu'ils excitent à boire, et font trouver le meilleur. Puis on apporte les flacons ciselé, dans lesquels on sert le Porto, le Madère, et le Schery.

Viennent enfin les *toasts*. Les Anglais boivent bien, mais pourtant sans excès, pendant que les dames sont à table, mais après qu'elles ont laissé les hommes seuls, comme cela se pratique toujours après le repas, c'est alors que ceux-ci font éclater tout leur amour pour le vin.

Le thé, qui est le quatrième, se prend deux

---

(1) Dans la saison des melons, c'est également au dessert qu'on les mange.

heures après le dîner. Qu'on ne s'imagine pas que le thé figure à tort dans la liste des repas. C'en est un véritable aussi bien que le dejeûner et le *launcheon* puisque, outre la tasse obligée d'infusion de l'herbe chinoise, on vous sert des moffines beurrées, des tartines de beurre grillées, des tourtes et autres espèces de pâtisseries.

Le dernier porte le nom de *souper*, et tient un peu de tous les autres, à cause de la variété des mets qu'on y voit paraître.

Il est inutile de dire que la bière est foncièrement la boisson qui accompagne tous les repas, excepté le déjeûner et le thé où l'on ne boit pas de liqueurs fermentées. Les gens aisés boivent du *porter* ou de l'*ale* et de temps en temps quelques verres de Madère, de Porto et de vin de Xères, dont on a estropié le nom pour en faire *scherry* (1).

(1) Cette manie de débaptiser les choses qui viennent du continent, est universelle; il est impossible de reconnaître les produits de France, sous les noms baroques par lesquels on les désigne, par exemple. Le Frontignan s'appelle *Frontiniac*, le Lunel, *Lunelle*, le Bordeau, *Claret*, etc. La même altération se remarque dans une foule de mots et de locutions que les Anglais nous empruntent journellement.

6.

DE LA RELIGION.

Dans le nombre de ces divinités, il en est qui veulent des sacrifices de nuit, d'autres de jour ; quelques unes demandent un culte secret, quelques autres un culte public ; celles-ci se plaisent dans la gaieté, celles-là dans la tristesse. Les Égyptiens honorent leurs dieux par des lamentations, les Grecs par des danses, et les barbares par le son des instrumens.

APULÉE.

Quel temps lourd ! me disais-je, un jour, en mettant la tête à ma fenêtre ; à dix heures du matin. C'est, sans doute, en un jour comme celui-ci que les Anglais se donnent la mort ! Une couche uniforme de nuages gris me dérobait l'azur du ciel et les rayons du soleil ; un brouillard presque aussi dense rampait dans la rue et

sur les maisons au-dessus desquelles mon œil
planait du haut d'un troisième étage !

Aucun mouvement ne s'apercevait dans l'at-
mosphère, aucun bruit ne s'y faisait entendre,
et la terre semblait partager la torpeur qui régnait dans l'air. Cette cité, qui, la veille, m'a-
vait paru si populeuse, était convertie subitement en un véritable désert ! Le silence avait
succédé au fracas des voitures, aux cris des marchands ambulans. Toutes les branches de l'industrie avaient à la fois suspendu leur action;
aucune boutique n'était ouverte, aucune cheminée ne fumait. Les trottoirs étaient vides, les
fiacres avaient abandonné leurs places. A peine
si l'on apercevait, çà et là, quelques individus
glissant dans le brouillard, comme des ombres
légères, l'air pensif et recueilli, un livre sous
le bras, et se dirigeant vers une chapelle voi-
sine dont la cloche les appelait par ses tintemens
faibles et répétés !

Je compris que c'était un dimanche, et lorsque je rentrai pour déjeûner à la pension bour-
geoise où je m'étais placé momentanément avec
Amirau, je m'aperçus que le pain qu'on nous
servait était rassis.

La dame du logis nous expliqua qu'on ne pouvait jamais avoir du pain frais, en un pareil jour, attendu que les boulangers faisant chômer leur pétrin pendant les vingt-quatre heures du jour du seigneur, il fallait faire, à la fois, sa provision pour le samedi et le jour d'après.

A cela près du brouillard, qui a, pour variante, de la pluie plus souvent que du beau temps, la matinée du dimanche est toujours telle que je l'ai décrite. Les gens de toutes les classes et de toutes les opinions abandonnent leurs occupations ordinaires pour ne s'occuper que de religion. Ceux qui sont éloignés des chapelles, où que la paresse empêche de s'y rendre, lisent chez eux les livres de prières ou les testamens anciens et nouveaux.

On ne comprend pas en Angleterre, qu'on puisse passer un dimanche sans se rappeler les devoirs de la religion, et sans en suivre les pratiques. L'indifférence absolue, qui est si commune dans d'autres pays, est ici entièrement inconnue.

Dans quelle croyance avez-vous été élevés, nous disait la dame du logis pendant le déjeuner? Quelle qu'elle soit elle a des temples dans

Londres, et vous pourrez en aller accomplir les rites. Catholique, calviniste, luthérien , juif, quaker, méthodiste, presbytérien, quoique vous soyez, vous trouverez ici le moyen de sanctifier le dimanche , d'après les préceptes de votre religion.

Il est certain que toutes les opinions, et même toutes les nuances d'opinion qu'ont fait naître la bible et les évangiles, sont représentées en Angleterre, et régulièrement constituées en secte. La liberté va si loin sur le chapitre de la croyance , pourvu qu'elle ne reconnaisse pas la juridiction papale, que l'on peut dire que le déïsme a des sectateurs avoués ; car une secte de dissidens , connue sous le nom de *sociniens ,* se sert des évangiles comme de bons recueils de préceptes moraux ; mais elle doute de la mission du Christ, et de sa nature divine.

Quant à la charité politique, on peut en juger par la traduction littérale d'une prière publique adressée par l'archevêque de Cantorbéry , à toutes les paroisses, avec ordre de la lire chaque dimanche afin d'appeler la bénédiction du Tout-Puissant sur les armes de la Grande - Bretagne contre la France :

« O Seigneur Tout-Puissant ! donne nous le
» pouvoir de détruire jusqu'au dernier de ce
» peuple perfide, qui a juré de dévorer *tout-vi-*
» *vans* tes fidèles serviteurs. »

La religion mère continue d'être la plus suivie en Angleterre, et quoique de beaucoup plus
ancienne, on voit ses sectateurs en accomplir les
pratiques avec autant de zèle que ceux dont la
ferveur est stimulée par la nouveauté et par
l'esprit d'opposition.

Il y a dans Londres plus de trois cents églises
consacrées au rit anglican, et ces trois cents
églises ont un très-grand nombre de petites
chapelles pour succursales.

Ce nombre, quelque prodigieux qu'il puisse
paraître, est loin de suffire aux besoins de la capitale ; car dans ce moment-ci on y bâtit soixante
et dix nouvelles églises et cinquante chapelles.

Toutes les classes de la société, ainsi que je le
disais au commencement de ce chapitre, tiennent rigueur à l'observation du dimanche et à
l'accomplissement des pratiques de la religion.
On voit dans les églises plusieurs sortes de gens
qu'on n'y rencontre guères dans les pays catholiques.

Les ministres et les employés supérieurs, quelque urgens que soient leurs travaux, trouvent du temps pour aller au service; les petits-maîtres y vont également; et ce qui est plus extraordinaire, leur tenue y est décente; ils prennent sur eux de négliger leur lorgnon pour s'occuper du livre de prières sans lequel personne ne se présente jamais dans les temples. Avouer une religion et la suivre, ne leur paraît pas une contradiction avec la vie mondaine qu'ils mènent pendant toute la semaine et qu'ils reprennent même au sortir du lieu saint.

Les soldats vont régulièrement au temple le dimanche : certaines troupes se rendent en corps à des églises particulières. Les fantassins de la garde assistent toujours au service de la chapelle de *White-Hall;* mais ils n'entrent pas dans l'église avec leurs armes. L'appareil avec lequel ils y arrivent est plus simple et plus en harmonie, sans doute, avec le devoir qu'ils vont accomplir.

Il m'a toujours semblé, me disait un jour le colonel, que l'habitude qu'on a dans les pays catholiques d'introduire dans une église des troupes armées et précédées des tambours, était une contradiction choquante avec le respect que l'on doit au service divin.

Pourquoi déployer un appareil de force militaire en présence des autels de celui devant qui toute force humaine s'anéantit? N'est-ce pas oublier que tous les hommes sont égaux devant Dieu, que d'en faire rester quelques-uns le casque en tête et dans une attitude menaçante tandis que tous les autres s'humilient à genoux? Et ces manœuvres commandées à haute voix, et ce cliquetis des fusils qui frappent le sol, et ce fracas de tambours, sont-ils bien faits pour ajouter au recueillement des fidèles? C'est simplement comme hommes que nos soldats et nos officiers assistent au service divin; un livre de prières est la seule arme dont leurs bras soient chargés...

Mon cher colonel, lui répondis-je, j'ai souvent fait les mêmes réflexions que vous sur l'indécence de cette coutume, au moment où les troupes entraient dans l'église : avant la fin de la messe militaire j'ai toujours changé d'opinion! Vous voulez de l'humilité dans les temples; mais l'humilité n'est-elle pas d'autant plus profonde, que celui qui s'humilie vous paraît plus

puissant ? N'avez-vous pas été ravi, attendri jusqu'aux larmes en voyant à l'élévation, des
hommes d'un aspect sévère, des guerriers accoutumés à tout braver, humilier leurs armes
et leurs personnes devant la majesté de l'Hostie !

Passé trois heures de l'après-midi, le silence
cesse dans Londres : les rues redeviennent vi-
vantes ; mais toutes les personnes qu'on y voit
sont parées, les voitures y roulent de nouveau,
mais c'est pour transporter leurs maîtres à la
promenade. Les parcs, les jardins publics s'em-
plissent, et les petits-maîtres viennent y étaler
leurs beaux habits en faisant l'inspection du
beau sexe. Ils jurent presque à chaque mot,
ainsi que le veulent les règles du bon ton, et
plus anciennement encore ainsi que le comporte
le ton de brusquerie particulier au caractère
anglais. Mais les jurons des petits-maîtres,
comme ceux du peuple, portent encore un caractère religieux : en invoquant souvent le nom
de la divinité, on montre que l'on y croit ; en
mettant la damnation en perspective avec une
chose pour laquelle on a de la répugnance, en
l'appelant sur une personne qu'on hait, on
prouve qu'on craindrait d'y être voué soi-même.

SUR LES BARBES

ET

LES RASOIRS.

> Ce n'est pas d'un Anglais que
> Lafontaine aurait pu dire, comme
> dans le portrait du paysan du
> Danube :
>
> Son menton nourrissait une barbe touffue,
> Toute sa personne velue
> Représentait un ours, etc.
>
> FAB. VII, liv. XI.

Chaque pays a certaines productions qui sont, à tort ou à raison, plus célèbres que celles analogues des autres pays. Le voyageur ne manque jamais d'en acheter quelques unes : ce sont des objets auxquels le souvenir de ses impressions se rattachera pour longtems ou des témoins de ses excursions qu'il montrera avec satisfaction, lorsqu'il sera rentré dans sa patrie.

Les rasoirs anglais sont bons, ils sont même excellens; mais l'Angleterre est le dernier pays du monde où ces instrumens auraient dû acquérir ce haut degré de perfection.

En effet, ce n'était pas la peine de tremper si bien l'acier, pour l'employer à raser des barbes si peu fournies et si fines, que le plus mauvais rasoir les faucherait aisément!

Depuis que je suis en Angleterre, je me crois dans un pays d'eunuques; je ne vois que des peaux blanches et sans poil! pas une paire de favoris, pas un brin de moustache! La barbe est si blonde et si clairsemée sur ces faces blanches et roses, qu'il faudrait un microscope pour l'y appercevoir.

La plupart des régimens de la garde ne portent point la moustache; et ceux qui la portent feraient mieux d'avoir imité ceux-ci; car, en vérité, quelques poils qu'ils laissent croître sur leur lèvre supérieure, sont plutôt une apologie de la moustache, qu'une moustache véritable.

Il en est de même de celles des petits-maîtres

à éperons qu'on voit passer dans *Bond-street*, dans *Oxford-row* et dans *Hyde-park*.

En un mot, si l'on rencontre dans Londres une figure mâle, c'est-à-dire ornée d'une barbe bleue ou de favoris touffus et bruns, on peut assurer qu'elle appartient à quelque Français, ou à un acteur du théâtre italien!

S'il y a quelques barbes un peu touffues en Angleterre, elles sont entachées d'un vice qui est pire qu'un manque total; elles sont rousses comme celle de Charles-Quint, ou de celui de ses prédécesseurs à l'empire, qui consentit à devenir palefrenier d'un pape, dans les lagunes de Venise.

SOCIÉTÉS

PHILANTHROPIQUE S.

> Il reste encore une chose vrai-
> ment belle et morale dont l'igno-
> rance et la frivolité ne peuvent
> jouir ; c'est l'association de tous
> les hommes qui pensent, d'un bout
> de l'Europe à l'autre. Souvent ils
> n'ont entre eux aucune relation,
> ils sont dispersés souvent à de
> grandes distances l'un de l'autre ;
> mais quand ils se rencontrent,
> un mot suffit pour qu'ils se recon-
> naissent. Ce n'est pas telle reli-
> gion, telle opinion, tel genre
> d'études, c'est le culte de la vé-
> rité qui les réunit.
>
> MAD. DE STAEL.

Si quelque chose pouvait compenser le ma-
chiavélisme dont le gouvernement anglais a
toujours été accusé avec juste raison, ce serait
la noble sollicitude avec laquelle les particu-

6..

l iers poursuivent le bien de l'humanité dans toutes les circonstances de la vie sociale. Leur zèle ne s'est pas borné à leur propre pays; il s'est étendu à toutes les parties de la terre où il y avait des malheureux à soulager ou des doctrines consolantes à propager.

C'est principalement par l'abolition de la traite des noirs et la propagation de la bible, que les sociétés anglaises se sont fait connaître au dehors. L'encouragement de l'instruction première et de l'enseignement a été aussi une de leurs principales œuvres, puisqu'il était nécessaire que les individus auxquels ils voulaient faire connaître les livres saints, fussent d'abord capables de les lire.

Dans l'Angleterre même, il y a une infinité d'autres associations qui contribuent de toutes leurs forces à réparer ou diminuer les maux qui affligent toujours un état de civilisation très-avancée. Il y a des sociétés pour la destruction de la mendicité; il y en a pour l'amélioration des prisons, pour l'instruction et la conversion des prisonniers.

La société royale d'humanité a pour but spécial de protéger la vie des individus dans toutes

les circonstances possibles ; elle a des établissemens sur toutes les rivières ou sur tous les ca-
naux où l'on a l'habitude de se baigner, afin de
pouvoir donner des secours prompts aux personnes qui se noient.

Enfin, l'on peut dire qu'il n'est pas, en Angleterre, un établissement charitable, une institution philanthropique, qui ne soit l'ouvrage
de quelque association de particuliers, sans l'in-
tervention du gouvernement. Presque tous les
hôpitaux de Londres, la plupart des écoles, des
hospices, des asiles pour les orphelins, sont sou-
tenus par des contributions volontaires annuel-
les. Ces établissemens sont innombrables, et il
est inoui qu'aucun ait jamais manqué d'argent.

Un de nos amis, qui avait reçu des lettres de
recommandation de quelques membres d'une
société biblique française à laquelle il est affi-
lié, recevait presque chaque semaine quelque
lettre d'invitation pour lui-même, avec des billets pour ses amis, de la part des secrétaires des
associations philanthropiques qui devaient tenir
leur séance publique annuelle. Ce fut avec ces
billets que nous fûmes admis à la séance de la

société britannique et étrangère pour la propagation de l'enseignement.

Elle se tint dans un local très-vaste et très-bien décoré, appartenant à une loge maçonnique ; les invités étaient placés sur des bancs et sur des chaises disposées à cet effet dans les trois quarts de la surface de la salle ; l'autre quart était occupé par un amphithéâtre dont la partie la plus basse était élevée d'environ six pieds au-dessus du niveau du sol, et sur lequel étaient placés le président, les membres du bureau, les associés étrangers, et tous les membres de la société qui avaient à faire des motions.

Le titre qui avait procuré nos billets nous valut d'être placés sur cet amphithéâtre : il fallut déranger beaucoup de monde pour arriver aux places que le maître des cérémonies nous montra.

L'usage des *surséances* est inconnu en Angleterre : notre billet portait qu'à une heure précise la séance commençerait ; il était à peine une heure et quelques minutes, le président avait déjà commencé le discours d'ouverture. On sera encore plus étonné de cette exactitude, quand j'aurai dit que le président était un prince de la famille royale, le duc de Sussex!

Immédiatement après qu'il eût achevé de parler, le secrétaire-général lut un rapport très-
long et très-détaillé sur les travaux de la société
pendant l'année qui venait de s'écouler.

Nous pûmes nous convaincre, en l'écoutant,
que les souscripteurs n'avaient pas fourni leur
argent en pure perte : le but de l'institution
était parfaitement rempli; car, outre un très-
grand nombre d'écoles que la société était par-
venue à établir dans une infinité de villages de
l'Angleterre, qui en avaient été privés jusqu'a-
lors, elle avait réussi à en instituer dans bien
des parties des colonies britanniques, où les na-
tifs avaient auparavant croupi dans l'ignorance
la plus absolue.

Une vingtaine de jeunes gens et d'enfans
originaires de l'Inde, de Malaga, de Madagas-
car et de diverses îles de la mer du sud, placés
tous sur l'amphithéâtre, en vue des spectateurs,
avaient été élevés et instruits aux frais de la
société, pour être transportés ensuite, et entre-
tenus dans leur patrie, où leur habitude de la
langue les fera contribuer, plus efficacement
que les étrangers, à la propagation du christia-
nisme et de l'instruction élémentaire.

Dès que le rapport fut terminé, le président, qui tenait dans ses mains la liste des motions qui devaient être faites, appela successivement chacun des membres qui étaient inscrits pour parler, et mit ensuite aux voix les propositions qu'ils avaient faites.

Quoique la plupart ne fussent que des remercîmens votés à telle ou telle société étrangère, à tel membre qui, par son zèle ou son argent, avait contribué à la propagation de l'enseignement, aux maîtres de telle école qui s'étaient distingués entre tous les autres, chacune fournit texte à un discours assez long. Celles qui furent faites par Wilberforce et par quelques autres philanthropes, membres obligés de toutes les associations bienfaisantes aussi bien que du parlement et des autres réunions où il y a à parler en public, reçurent des développemens qui durèrent une demi-heure, trois quarts d'heure ou une heure.

C'est à une séance de ce genre qu'il faut assister, pour se convaincre de l'avantage que le gouvernement représentatif répand dans toutes les classes de la société : c'est là que l'on peut remarquer surtout la facilité qu'il donne à tout le monde pour parler en public.

Les habitudes parlementaires sont si anciennes dans l'esprit de tous les Anglais , elles se sont tellement identifiées, maintenant, avec l'esprit de toutes les institutions, que la moindre réunion de table, le moindre banquet, un club, et, à plus forte raison, une séance d'une société à laquelle le public est admis, sont solennisées par des improvisations brillantes.

Ainsi que doivent toujours l'être les discours dans le genre démonstratif, la plupart de ceux qui furent proférés n'étaient autre chose que de longues amplifications sur l'excellence de la constitution britannique et des associations philanthropiques, ou sur les qualités de certains personnages; cependant plusieurs orateurs trouvaient le moyen de tirer de ces lieux communs des ressources et des mouvemens d'une haute éloquence.

Tous furent écoutés avec intérêt, car des applaudissemens unanimes vinrent les interrompre par intervalles; et les bâtons blancs ornés des armes d'Angleterre, qui étaient portés par tous les membres du bureau, leur formèrent presque toujours un accompagnement continu en frappant sur les bancs sonores de l'amphihéâtre.

Cette manière d'applaudir est particulière aux Anglais; elle était aussi en usage en France avant que l'on eût établi à la porte des spectacles des dépôts pour les cannes et parapluies.

Ce fut en général dans une éloquence grave et sérieuse que les orateurs puisèrent leur ressource pour persuader le public et soutenir leurs motions. Un seul parut faire exception à cette règle ; mais il n'en fut pas moins heureux dans le résultat qu'il désirait obtenir, et ne parut pas moins cher aux spectateurs que ses collégues.

C'était un vieillard presque octogénaire, qui retrouvait en parlant, un reste du feu dont il paraissait avoir été animé dans sa jeunesse. Des éclats de rire, mais d'un rire approbatif et bienveillant, accompagnaient presque chaque phrase qu'il débitait.

Cette circonstance me parut encore plus surprenante, lorsque j'appris qu'il était ecclésiastique, et, qui plus est, qu'il avait été le chef d'une secte de dissidens qui s'étaient séparés de l'église anglicane.

A la différence de tous les autres réformateurs qui affectent une sévérité et un rigorisme extrêmes dans les dogmes nouveaux qu'ils en-

seignent, Rowlandhill a toujours pris à tâche de
rendre la religion attrayante pour tous les es-
prits, en la faisant paraître simple, modeste et
douce. Une facilité merveilleuse à s'exprimer,
une ame pure, une imagination active et amie
des images, telles ont été les ressources avec
lesquelles le docteur devint, après sa séparation d'avec la mère-église, un des prédicateurs
les plus suivis de Londres.

Le goût extrême qu'il a pour les figures les lui
fait choisir indifféremment dans les choses les
plus relevées, comme dans les habitudes et les
circonstances vulgaires de la vie; c'est à cela
qu'est due la disparate qui rend ses discours si
originaux, et qui égaie si souvent son auditoire.

Mon Dieu! disait-il un jour dans une de ses
improvisations, à quelles choses terribles et re-
poussantes l'on est allé comparer l'évangile!
·Loin d'allécher les fidèles, elles sont plus faites
pour les écarter de l'amour du Seigneur et des
pratiques de sa divine religion.

L'évangile, mes très-chers frères, est comme
une pièce de bœuf ou de rotsbeef; il invite
avant d'y avoir goûté, et lorsqu'on y a goûté on
veut y goûter encore....

Il paraît que cette comparaison fut singulièrement du goût des Anglais, car elle est devenue très-célèbre, et est désormais attachée pour toujours au nom du docteur Rhowlandhill.

Le président prit la parole après tous les autres orateurs, pour terminer la séance et rémercier, tant en son propre nom, qu'en celui de son illustre neveu, le prince Léopold, les membres de la société qui leur avaient voté des félicitations.

Ce nouveau discours fut également improvisé, également long et aussi bien tourné que le premier par lequel il avait ouvert la séance.

Il faut le dire, tant à l'éloge du prince qu'à l'éloge des auditeurs, ses paroles ne furent pas plus applaudies par les mains ou par des bâtons que celles des autres membres de la société, et elles ne méritèrent pas moins de l'être.

Quand la séance fut levée, il fut reconduit jusqu'à sa voiture par les membres du bureau. Après avoir pris congé de l'assemblée de la manière la plus gracieuse, il partit sans escorte, dans une voiture à deux chevaux, comme un simple particulier.

Cette simplicité dans le frère d'un des plus

puissans monarques de la terre, me toucha presque aussi vivement et me surprit davantage que
le zèle philanthropique des Anglais.

DE LA LIBERTÉ

EN ANGLETERRE.

Le Breton frémissant au nom de servitude,
Nourrit une éternelle et vague inquiétude.

THOMAS.

« Si les Anglais, me disait un jour Amirau, ont soutenu plusieurs guerres civiles et étrangères, s'ils ont renversé plusieurs fois le trône de leurs rois en poursuivant la liberté, il faut convenir qu'ils n'ont perdu ni leur temps ni leur peine; car d'une part ils ont ôté au gouvernement presque tous les moyens d'oppression, et de l'autre ils ont assuré aux particuliers un entier exercice des droits de l'homme et du citoyen.

Le peuple a le droit de s'assembler pour prononcer ou entendre des harangues sur des ma-

tières politiques. Une demande signée d'un certain nombre d'individus suffit pour que les magistrats convoquent une assemblée dans laquelle
on a le droit d'agiter les mêmes questions, et
de voter des adresses au roi ou au parlement.
En outre, toutes les tavernes où il se donne
quelque grand dîner, toutes les associations
de quelque nature qu'elles soient, deviennent
à de certains momens, de véritables clubs,
parce qu'on y prononce des discours tendant à
examiner la conduite des ministres, à censurer
le gouvernement, et qu'on y vote des adresses
ou des pétitions.

Quand les rassemblemens populaires prennent un caractère séditieux, c'est toujours par
les magistrats civils que le gouvernement leur
intime l'ordre de se dissoudre ; il faut qu'on
ait lu trois fois et à des reprises assez éloignées l'une de l'autre, l'acte de rebellion, avant
qu'on ait le droit de faire intervenir la force
armée. Dans quelques cas mêmes les autorités
ont montré une longanimité qui prouve combien le gouvernement s'inquiète peu des désor-
dres que l'extrême liberté entraîne avec elle.

Durant le procès de la reine, le peuple mécontent des autorités et des soldats qui étaient de garde dans la tour, se porta vers cette citadelle et l'attaqua avec toutes les armes qu'il trouva sous sa main.

Comme les fossés de la tour sont peu larges, on assaillit d'abord à coup de pierres les sentinelles qui étaient sur le rempart; bientôt on se procura un petit canon, des fusils et des pistolets, et l'on commença un feu qui dura assez longtems.

A la vérité, le peuple a dans la cité des privilèges dont il ne jouit pas partout ailleurs. La force armée ne pouvait pas poursuivre bien loin les assiégeans, puisque aucun soldat n'a le droit d'entrer en armes dans l'enceinte de la ville, et la tour se trouve placée précisément sur la limite orientale.

Pour dissiper les révoltés il fallut cependant violer le privilége; le lord maire permit l'introduction des troupes; mais cet acte donna lieu à une enquête sévère contre lui lorsqu'il cessa ses fonctions.

L'on est si jaloux dans la cité du privilége de ne laisser entrer aucun homme armé, qu'un jour un attroupement se forma autour de la voiture d'un ambassadeur étranger, parce que

le peuple prit pour un soldat, un chasseur ha-
billé de verd, portant plumes de coq et cou-
teau de chasse. L'excellence n'était pas dans
la voiture; il n'y avait que sa dame qui allait
acheter un cachemire dans un magasin renommé du voisinage de Saint-Paul.

Elle pensa d'abord que c'était une insulte
que le peuple anglais voulait faire à la nation
que son mari représentait; sa colère en fut si
forte, que même lorsqu'elle fut détrompée, en
entendant le peuple intimer au chasseur l'ordre
de jeter son sabre, elle aima mieux aller acheter un cachemire chez un marchand moins
célèbre, et au lieu de commander au chasseur
d'obéir au peuple, elle ordonna à son cocher
de rebrousser chemin.

La liberté de la presse, qui est la sauve-
garde de toutes les autres libertés, va si loin
en Angleterre, qu'on peut dire réellement
qu'elle y est poussée jusqu'à la licence. Les
journaux de l'opposition sont remplis chaque
jour des diatribes les plus virulentes contre
les membres du ministère; et ceux du ministère la surpassent encore par le cynisme avec
lequel ils traitent l'opposition.

Chaque jour il pleut des pamphlets dans lesquels les matières politiques et les oscillations de la tactique ministérielle sont discutées avec une hardiesse étonnante.

On va jusqu'à faire des libelles contre le roi; on l'attaque autant pour la part qu'il prend au gouvernement, que pour des particularités de sa vie privée.

On le raille pour son goût pour la toilette et la représentation; on donne la biographie de plusieurs femmes qu'on prétend avoir été ou être encore ses maîtresses.

Le crayon est aussi licencieux que la plume; les personnages les plus élevés, les ministres, tout est sacrifié sans pitié au goût que les Anglais ont pour la satire.

On peut bien concevoir d'après l'audace avec laquelle les Anglais traitent leurs compatriotes et leurs gouvernans immédiats, qu'ils n'épargnent guère les ridicules des peuples, des souverains et des gouvernemens étrangers.

Mais, de toutes les libertés, celle qui est poussée le plus loin en Angleterre est la liberté individuelle; là, tout ce qui n'est pas défendu par la loi est réellement permis. Aucune entrave n'est mise à la circulation des citoyens dans toutes les parties du royaume uni; s'ils sont obligés de prendre des passeports quand ils en sortent, ce n'est que pour se soumettre aux lois des autres pays vers lesquels ils vont. Tant qu'ils demeurent dans les îles britanniques ils peuvent aller partout, séjourner partout où bon leur semble, sans être assujétis à aucune formalité de passeport, de visa, de permis de séjour, de déclaration de domicile, etc.

Le génie frondeur des Anglais a profité quelquefois d'une manière très-singulière de cette facilité de faire tout ce qui n'était pas positivement défendu par la loi.

La police n'a point de gendarmes, et n'a qu'un très-petit nombre d'agens sans livrée : les rues de Londres ne sont gardées que par quelques centaines de *watchmen*, presque tous très-vieux, et n'ayant d'autres armes qu'un bâton.

Un peu hors de la ville, le bureau de *Bow-Street*, a encore quelques *watchmen* à cheval qui n'ont pour armes apparentes qu'un parapluie suspendu à un large ceinturon de cuir.

Cette négligence dans la garde des maisons

et des citoyens encourage la hardiesse des voleurs; mais les Anglais aiment mieux être un
peu plus exposés à être volés, et avoir moins
de surveillans incommodes. « Nous préférons
« nous garder nous-mêmes, disent-ils : au lieu
« d'être une garantie pour notre sûreté, la ver-
« mine de la police, est le plus actif destruc-
« teur de la liberté; encore est-ce une vermine
« fort chère? Eh! ma foi, rançonné pour ran-
« çonné, il vaut mieux l'être par les fripons
« sur lesquels on a le droit de décharger ses
« pistolets. »

La garantie des créances (1), se ressent du

---

(1) La liberté est poussée à un tel point pour le
commerce, que dans presque toutes les rues on voit
une foule de maisons où l'on prête sur gages. Les
directeurs de ces maisons, loin de chercher à cacher
au public le genre d'industrie qu'ils exercent, font
au contraire tout leur possible pour attirer ses regards; leurs boutiques ont un *étalage* plus considérable et plus varié que celui de tous les marchands
de curiosités *du quai Malaquais*. Ils ne prennent pas
la peine de recourir à quelque euphémisme pour la
rédaction de leur enseigne : partout elle est conçue
dans les mêmes termes : aux trois boules; un tel,
brocanteur, prête sur gages.

Dieu sait à combien pour cent ils prêtent, car ils

respect extrême que l'on a pour le droit de propriété ; quelque soit le rang du débiteur, le créancier peut toujours l'atteindre ou dans sa personne ou dans les meubles ou immeubles à lui appartenant. L'on s'inquiète si peu de violer les bienséances à ce sujet, que plus d'un officier a été arrêté à la parade, pendant qu'il avait l'épée à la main, et qu'il faisait manœuvrer ses soldats.

C'est une chose généralement reconnue parmi les *Berchut* et les *Barbichon* de Londres, que la parade est le seul endroit où ils sont sûrs de rencontrer les *dandys* qui font chez eux des comptes à perte de vue.

Ces messieurs ne sortent jamais qu'après le soleil couché, et pendant qu'ils sont dans leur appartement, ils ont le droit de rosser les visiteurs qui leur déplaisent ; les tailleurs prennent donc le parti de se faire accompagner à *Saint James Park*, par quelques huissiers qui appréhendent au corps le débiteur en habit

n'avancent jamais que le sixième ou le cinquième de la valeur des objets reçus, et si au bout d'un an le propriétaire n'a pas pu les retirer, il perd tous ses droits de propriété.

rouge, l'emballent dans un fiacre, et vont le consigner dans quelque prison, jusqu'à ce qu'il lui plaise de s'acquitter envers ses créanciers.

Les journaux qui rendirent compte du lever que le roi tint à l'occasion de la *Saint-George*, racontèrent aussi que la voiture et les chevaux du duc d'York avaient été saisis au moment où le prince venait d'entrer dans *Bukingham House*. L'équipage était magnifique et avait été préparé exprès pour la fête. Au moment où il tournait, après avoir déposé son maître devant la principale porte du palais, le cocher fut fort étonné d'entendre un quidam qui s'y était introduit furtivement, lui intimer l'ordre de le conduire au greffe de tel tribunal et lui montrer son bâton de constable, en déclarant que l'équipage était saisi au nom de la loi!

Le droit de visite domiciliaire est extrêmement restreint. On en use très-rarement; encore même les magistrats ne peuvent pénétrer dans une maison qu'avec des formalités extrêmement compliquées, et toutes dans l'intérêt du propriétaire. L'oubli de la moindre de ces formalités donnerait le droit de repousser par la force les agens de l'autorité; ils ne s'y ha-

sardent jamais, car presque toutes les maisons
anglaises sont capables de soutenir un siége.

On ne fait pas une métaphore, quand on dit
que le lieu du domicile est la forteresse du citoyen anglais. Tout le monde a le droit d'avoir
des armes ; et les personnes qui exercent les
professions dans lesquelles on est obligé d'étaler
les objets les plus capables de tenter la cupidité, tels que des bijoux, du numéraire ou des
billets de banque, ont toujours dans l'appartement
où ces objets sont étalés un certain nombre de
pistolets et de tromblons à bayonnette ; leur vue
forme un correctif salutaire à la tentation qu'ins-
pirent les richesses.

Pour la conservation des fruits de la terre,
et en général pour la protection de toutes les
propriétés un peu éloignées des villes, on prend
des précautions encore plus grandes et plus
terribles sans doute, car les armes dont on se
sert peuvent atteindre également les individus
qui sont amenés par la malveillance, par la
curiosité ou par le hasard.

Dans tous les jardins qui se trouvent le long
des grandes routes, il y a près des haies ou
des murs qui les ferment, des traquenards ou

des fusils à ressort, disposés de manière à cas-
ser les jambes de quiconque s'en approche,
ou à lui traverser la poitrine de plusieurs coups
de feu.

J'avoue qu'ici la liberté m'a paru poussée
un peu trop loin : on me dira que des écriteaux en grosses lettres signalent partout la
présence de ces redoutables machines, et aver-
tissent le maraudeur des dangers auxquels il
s'expose. Mais, en Angleterre, comme partout
ailleurs, les voleurs sont souvent illétrés, ou
font leurs expéditions pendant la nuit. D'ailleurs
des gens qui ne sont pas voleurs de profession
et qui ne savent pas lire, peuvent être pressés
par la faim, et s'approcher d'un arbre ou d'un
légume qui tente leurs yeux. Certes, on con-
viendra qu'être rompu ou fusillé, est une punition un peu sévère pour avoir essayé de voler
un abricot, une pomme ou un chou.

Il y a plus, c'est que les gens les plus honnêtes et qui professent le plus grand respect
pour le bien d'autrui, peuvent se trouver victimes de l'invention meurtrière aussi bien que
les voleurs.

Combien de fois n'arrive-t-il pas aux voya-

geurs ou aux promeneurs de chercher des chemins de traverse, en franchissant les haies et
les petites murailles? En outre, est-il impossible
que les diligences anglaises, qui vont si rapi-·
dement, et qui, en conséquence de leur prodigieuse hauteur, ont un balancement si actif,
lancent quelquefois les voyageurs placés sur
l'impériale par-dessus les murs ou les haies qui
bordent les routes anglaises?

S'ils ne sont pas écrasés en tombant du haut
de la voiture, ils courent la chance d'avoir les
côtes brisées ou les jambes cassées, au premier
effort qu'ils feront pour se relever.

Cette pensée m'a fait frémir plus d'une fois,
lorsque placé *outside* d'un *stage coach*, qui ra-
sait les bords d'une route étroite, je lisais sur
les écriteaux qui les surmontaient, le terrible :
beware of man traps an spring guns.

DE L'INÉGALITÉ.

> Si la noblesse est vertu, elle se
> perd par tout ce qui n'est pas ver-
> tueux; si elle n'est pas vertu,
> c'est peu de chose,
>
> LABRUYÈRE.

Si la liberté est plus grande en Angleterre qu'en France, nous allons voir qu'il n'en est pas de même de l'égalité.

C'est celle-ci surtout que la révolution française a poursuivie et obtenue. Pour obtenir le même résultat, la réforme est encore à faire dans les royaumes unis ; ce n'est pas que l'égalité n'y existe jusqu'à un certain point ; ne fût-ce que celle qui est la conséquence d'une liberté extrême, elle est encore assez grande dans tous les rapports que les citoyens peuvent avoir avec la loi. Mais comme les priviléges de certaines classes sont encore debout, comme un très-grand nombre de coutumes de la féodalité subsistent encore, et ne paraissent même pas près d'être abolies, l'égalité ne pourra pas de longtemps passer dans les mœurs de la nation.

Les deux classes extrêmes de la société n'en sont guère fâchées, l'une parce qu'elle a les jouissances du personnage, l'autre parce qu'elle a le bénéfice de la protection.

C'est aux classes intermédiaires que le système aristocratique déplaît véritablement ; rivales des nobles par la fortune et par l'instruction, elles n'ont cependant avec eux aucun moyen possible de contact. Les préséances sont aussi rigoureusement observées dans les salons que dans les processions ou aux levers du roi. Tout le monde a son rang marqué, et personne ne peut en sortir sans s'exposer à recevoir des affronts. L'étiquette règne partout, même dans les réunions consacrées à des plaisirs qui, d'ordinaire, confondent les rangs les plus disparates.

Dans un grand dîner, un baronet, criblé de dettes et mal famé, obtient la place d'honneur au préjudice d'un manufacturier probe et millionnaire ; la femme d'un colonel, qui n'a jamais commandé son régiment, a le pas sur celle d'un capitaine, qui s'est fait honorablement connaître par vingt actions d'éclat, et qui serait général, s'il avait eu assez d'argent pour acheter les commissions des grades supérieurs à celui qu'il occupe.

Dans les bals de *Bath* (qu'on appelerait en France des *bastringues*, puisqu'on y achète le droit de danser pendant toute la belle saison, moyennant une guinée qu'on donne au caissier et une autre au maître des cérémonies), on fait les perquisitions les plus scrupuleuses, non pas sur la moralité des souscripteurs, mais sur leur naissance ou leur profession.

Un individu, que de beaux habits, un équipage et une apparence de bon ton avaient fait admettre sans la représentation obligée de ses parchemins, ayant été reconnu quelque temps après pour un tailleur qui s'était enrichi dans *Bond-Street*, fut forcé de quitter le bal et de n'y plus reparaître.

Il me semble que, puisque le rameau d'or est la première chose qu'on est obligé de montrer à la porte d'un établissement de ce genre, il est passablement ridicule qu'on y exige aussi la représentation de l'arbre généalogique.

C'est un travers dont les Anglais ne se corrigeront pas de longtemps. Quiconque a le malheur d'être né dans une condition humble, ou d'avoir exercé une profession d'artisan, ne doit jamais penser, quelque fortune et quelques talens qu'il acquierre ensuite, à être reçu dans les salons de la noblesse et même dans ceux de la bourgeoisie un peu relevée. N'est-ce pas le comble de la folie que le commerce soit méprisé chez une nation de marchands?

Toutefois, le péché originel est facilement effacé par l'exercice d'une fonction dépendante du gouvernement. Il est un très-grand nombre de places dans les administrations, et de grades dans l'armée, auxquels on n'aspire que pour effacer la tache d'une basse extraction! Il est tel boucher, tel charbonnier ou tel brasseur qui auraient laissé leurs enfans exercer une profession qui passe en France pour la plus noble de toutes, celle de *seigneur suzerain d'un million d'écus*, et qui, pour leur ouvrir la porte des cercles distingués, pour leur donner la facilité de danser dans les salons de *Bath*, sans craindre d'en être chassés, leur achètent une sous-lieutenance dans l'armée, à titre de savonnette à vilain.

La royauté est au fond très-vénérée, malgré la liberté extrême avec laquelle les individus qui en étaient revêtus ont été traités quelquefois ! Les mêmes Anglais, qui ont coupé la tête à Charles Ier et ont expulsé Jacques II, ont élevé des statues à la mémoire de ces deux monarques. Quelque caractère qu'on ait, et de quelque manière qu'on finisse, la royauté relève toujours tous ceux qui en ont été revêtus.

Les auteurs des libelles, des caricatures et des chansons qui ont été composés en si grande abondance contre le roi actuel, seront peut-être les premiers à s'inscrire après sa mort, sur la liste ouverte pour faire les frais d'une statue.

L'amour pour le gouvernement et la royauté, entraîne à sa suite l'amour des insignes qui leur appartiennent. A voir la profusion avec laquelle les armes d'Angleterre sont répandues au-dehors et au-dedans des maisons, on croirait véritable ce dont quelques *torys* se vantent maintes fois, qu'il n'y a pas un seul républicain dans les trois royaumes. S'il y en a quelqu'un, ses yeux peuvent être offusqués à chaque minute

par la vue de quelque marque de la royauté :
devantures de boutiques, frontons d'édifices,
girouettes, affiches de théâtre, pendules, pla-
ques de cheminées, couteaux, argenterie, tout
est marqué des armes des trois royaumes ; partout on voit l'écusson aux quatre compartimens,
soutenu par la licorne qui piaffe et par le lion
qui rugit.

Si les faveurs du gouvernement, même quand
elles sont très-légères, assurent la considération
publique aux individus qui les reçoivent, à plus
forte raison lorsqu'elles sont plus relevées. Rien
n'égale le faible que l'on a en Angleterre pour
les titres nobiliaires. Plusieurs familles enrichies par le commerce et qui désespéraient de
pouvoir marier leurs filles à des Anglais titrés,
sont venues sur le continent, pour les marier
à des vicomtes français ou à des marquis italiens (1).

_____

(1) Voici une anecdote qui prouve jusqu'à quel
point on pousse en Angleterre le culte de l'étiquette
et des titres. Sir Thomas C., et sir Ralph Milbank,
le beau-père de lord Byron, étaient un jour dans
un salon, au moment où on les appela pour descendre
à la salle à manger du rez-de-chaussée, où le dîner

Quiconque a été créé chevalier, baronet ou pair, et à plus forte raison quiconque porte ces qualifications par droit de naissance, peut prétendre à la plus riche héritière du royaume, si elle n'est pas d'une famille noble. Les parens roturiers se croient toujours infiniment honorés et heureux, lorsqu'un gendre donne la qualité de milady à leur fille, en échange de son immense fortune.

Les gens qui ne peuvent s'illustrer ni par des titres personnels ni par des alliances, s'attachent au titre d'*esquire* (écuyer), et le font valoir de toutes leurs forces en arborant des armoiries, et en disputant à certaines professions et à certains individus le droit de s'appeler *esquire* comme eux, et d'avoir leurs armes gravées sur leurs cachets et sur leur argenterie.

était servi. Après quelques cérémonies pour savoir qui passerait le premier, sir Thomas se rangea de côté, et dit à sir Ralph : « Dieu me préserve de passer le premier, je me rappelle à présent que votre création de baronet est d'un jour plus ancienne que la mienne ! » Sir Ralph ne répliqua rien à un argument aussi péremptoire.

DE LA LÉGISLATION

ANGLAISE.

> *Le ministre.*
> C'est une bonne loi. . . .
> *Le roi.*
> Qu'on la suive à la lettre !
> *Le ministre.*
> Pourtant elle est douteuse...
> *Le roi.*
> Il la faut éclaircir.
> *Le ministre.*
> Ah ! Sire... elle est mauvaise...
> *Le roi.*
> Il la faut abolir !
> *Comédie inédite.*

Le code d'instruction criminelle est, en Angleterre, la première et la plus forte sauve-garde de la liberté, tandis que certains points du code civil font la force de l'aristocratie, et s'opposent, par conséquent, à l'introduction de l'égalité dans les lois et dans les mœurs britanniques.

Jusqu'aujourd'hui, me disait un soir Amirau, je m'étais toujours senti fier d'être Français; ce que j'avais vu ou entendu dire des autres pays, m'avait plus fortement attaché à ma patrie : maintenant je le dis, à la honte de certains législateurs de la France, je m'estimerais heureux d'être né sur le sol britannique. Ce changement m'afflige autant qu'il doit vous étonner; j'espère qu'il ne sera pas de longue durée : mais les impressions que mon esprit a reçues aujourd'hui sont si fortes, si attachantes, qu'elles ont ébranlé momentanément les anciennes affections de mon cœur.

Depuis quelques jours, je suivais les débats d'un procès criminel, qui se poursuivait devant la cour d'*Old-Bailey*. Ils se sont terminés ce matin, et j'ai entendu prononcer l'arrêt qui a mis en liberté les accusés. Ils ont été déclarés non coupables, et cependant il s'agissait d'une conspiration politique ! L'acte d'accusation avait prononcé le mot terrible de haute trahison; il fallait qu'il y eût quelques motifs puissans de soupçonner les accusés puisque le jury d'accusation avait conclu à leur mise en prévention. Les débats ont tout éclairci.

Il s'agissait d'une association pour renverser le ministère actuel, et obtenir la réforme parlementaire. Au lieu d'être publique, comme une foule d'autres sociétés avouées pour tendre au même but, et de se servir des voies ordinaires de correspondance, elle s'était entourée d'une sorte de mystère, avait adopté des caractères et des emblèmes particuliers. Toutefois aucun acte criminel n'ayant eu lieu, le verdict du jury a rendu les accusés à la liberté.

Combien il a dû me paraître admirable de voir la haine ministérielle s'arrêter à la porte des tribunaux! Combien j'ai été touché en entendant les magistrats défendre avec le même zèle et avec la même impartialité, les intérêts du roi, ceux de la société et ceux des individus; en voyant les avocats avoir le champ le plus vaste pour la défense des accusés!

Après que le ministère public ou les officiers de police ont recueilli les preuves qui constatent un crime, et les charges qui font peser des soupçons contre un individu, les unes et les autres sont examinées par un jury dit d'accusation.

Le respect que le peuple professe pour la justice, va jusqu'à lui faire croire qu'elle est in-
faillible; aussi, en Angleterre, comme partout
ailleurs, une sorte d'infamie s'attache à tous les
individus qui ont été poursuivis par elle, quelle
qu'ait été la fin du procès. Avoir figuré sur le
banc des accusés, quoique ç'ait été pour y entendre déclarer solennellement son innocence,
est, aux yeux du peuple, une plus grande flé-
trissure, que d'avoir commis impunément un
crime bien avéré! Epargner, autant que possible, les poursuites judiciaires, puisqu'elles font
perdre la considération publique à des individus qui n'ont pas cessé d'y avoir droit, est donc
tout-à-la-fois un acte de justice et d'humanité!

En général, l'habitude des formes judiciaires
rend les magistrats trop aptes à mettre an individu en prévention. Les jurés examineront
plus profondément la question avant d'arriver
à un pareil résultat; ils se laisseront même entraîner par les apparences. La sollicitude du jury
d'accusation épargne au gouvernement beaucoup
de frais, au peuple beaucoup d'erreurs, et beaucoup d'angoisses aux innocens qu'il affranchit
des longueurs de la prévention.

Mais c'est surtout dans les débats publics
qu'éclate la beauté de la législation criminelle
d'Angleterre. Loin d'intimider l'accusé au point
de le priver d'une partie de ses moyens personnels de défense, la solennité des formes judiciaires est calculée de manière à l'encourager.

Au lieu de voir dans ses juges des magistrats
sévères ou acharnés à trouver des coupables,
l'accusé n'y trouve que des hommes bienveil-
lans. Jurés, président et jusqu'aux membres du
ministère public, tout est animé par le zèle le
plus pur pour le bien de l'humanité; tous cherchent la vérité de bonne foi, mais en paraissant
persuadés que trouver un crime ou punir un
homme, sont les malheurs les plus affligeans pour
la société !

Jamais ils n'adressent à l'accusé de ces questions captieuses auxquelles il ne peut répondre sans se compromettre. Il arrive même que
le président lui impose silence, lorsqu'il s'aperçoit qu'il parle contre ses intérêts.

Ce que l'on redoute par-dessus tout, est de le
faire tomber dans un piége. On veut examiner les
faits, discuter les témoignages; mais l'humanité
défend d'avoir aucun égard aux charges qui

pourraient résulter des imprudences que le prévenu peut commettre en parlant; nul ne doit
être admis à témoigner contre lui-même. Dans
le tribunal, tout le monde cherche à mettre en
pratique le droit naturel.

Le ministère public ne croit jamais son amour-
propre intéressé à soutenir une accusation quand
les preuves lui manquent; il ne montre jamais
de l'acharnement lorsqu'elles sont douteuses;
il est même fort rare qu'il demande à répliquer
après que les avocats ont plaidé; et ceux-ci ont
le champ le plus illimité pour la défense de leurs
clients.

Si le résumé du président n'est pas toujours
borné à une stricte neutralité, autrement dit,
à une énumération aride des charges pour et
contre l'accusé, c'est lorsque les preuves de la
culpabilité sont douteuses; et alors le magistrat
se permet de les commenter pour obtenir plus
sûrement un verdict d'absolution.

Les jurés sont à l'abri de toutes les influences
du gouvernement: leur conscience peut toujours
juger en liberté, car elle est dans une indépendance complète. Si le prévenu est innocent,
rien ne pourra le faire condamner, quel que soit

le genre d'accusation pour lequel il aura été
traduit devant les tribunaux. S'il est coupable,
aucune influence ne sera capable de le soustraire
au verdict de condamnation.

Avoir un certain âge, payer une certaine
somme de contributions, être sujet anglais, et
avoir une réputation intacte, telles sont les con-
ditions sous lesquelles on est inscrit sur la liste
des jurés. Le sort, toujours impartial, désigne
ceux qui doivent siéger dans chaque cause. Les
accusés ont pour la récusation toute l'étendue
de droit compatible avec l'intérêt de l'humanité et celui des formes judiciaires. Lorsqu'ils
sont étrangers, on leur donne un jury composé
d'un égal nombre de sujets britanniques et de
leurs propres compatriotes.

Telles sont, mon cher ami, les formes de la
procédure criminelle ; l'impartialité avec laquelle je les ai vu suivre dans une affaire politique, doit vous garantir qu'on les suit également dans les jugemens des crimes particuliers.
Il s'en faut de peu que le code d'instruction
criminelle ne compense, par son libéralisme,
l'extrême sévérité du code pénal !

Il est fâcheux que je n'aie pas à donner les

7..

mêmes éloges à certaines parties de la législation civile sur lesquelles repose l'existence de
la société.

Si les Anglais ont bien compris et bien ap-
pliqué le droit naturel dans leurs lois criminel-
les, ils paraissent l'avoir entièrement oublié dans
les lois qui règlent les successions. On dirait
que, dans ce pays, les aînés de famille ont été
seuls appelés à exercer les fonctions de législateurs. Tout est à l'avantage des aînés dans les
successions des grandes familles nobles ; et
comme celles-là servent de modèles à toutes les
classes inférieures, les aînés de la bourgeoisie
aisée sont également avantagés dans le testa-
ment de leur père.

Certains jurisconsultes et un très-grand nombre d'hommes d'état prétendent que ces lois
sont la sauve-garde de la monarchie, en ren-
dant l'aristocratie plus puissante : le remède me
semble pire que le mal.

Le résultat le plus positif en est que les
propriétés sont toutes entre les mains d'un
petit nombre de familles ; que la petite propriété, cette classe si industrieuse, et qui devrait faire partout la force des états, n'existe

pas en Angleterre, ou du moins est privée de
la part d'influence qu'elle devrait avoir dans la
société et dans la gouvernement.

C'est à la non-existence ou à l'impuissance de
cette classe qu'il faut attribuer la persévérance
d'une foule d'usages féodaux qui sont en contradiction avec les lumières du dix-neuvième
siècle, et particulièrement celui de faire quatre preuves de quatre fils puînés, pour la glo-
riole de laisser un premier né millionnaire !

Il est assez extraordinaire que cette coutume
ne soit fondée sur aucune loi écrite ; c'est seulement par tradition qu'elle s'est maintenue en
vigueur. Aucune loi ne défend de donner à
chacun des enfans puînés une portion d'héritage égale à celle du premier né. Mais les pairs,
quoique l'institution des majorats ne soit point
consacrée par une loi expresse, ont jugé convenable d'agir toujours comme si elle l'était réellement.

On fait pour les propriétés d'une autre classe
à peu près la même chose que pour les fiefs.
Ainsi, par exemple, un pair, qui a trois enfans mâles et deux filles, donnera des dots à
ces dernières, et il léguera presque toutes ses

propriétés à son fils aîné. S'il en est quelques
unes de peu de valeur, elles appartiendront aux
puînés, mais plus ordinairement on leur épargne la peine de prendre possession des biens
paternels, en leur assignant une légère pension sur l'héritage de l'aîné.

SUR QUELQUES FORTUNES

ANGLAISES.

> A qui est ce champ. -- A M. le marquis de Carabas. Cette vigne? -- A M. le marquis de Carabas. Ce château, ce parc, cet enclos, cette forêt; ce village? -- Tout cela appartient à M. le marquis de Carabas. -- Peste! quel homme riche que ce marquis de Carabas!
>
> *Contes de* PERRAULT.

Parlez-moi des biens inaliénables, dit le docteur; ceux-là peuvent tout au plus éprouver une avarie momentanée; mais le fonds reste toujours et se transmet jusqu'aux générations les plus reculées de la noble famille dont le chef les reçut à titre de fief. Tels sont, par exemple, ceux devant lesquels nous passons maintenant, et qui appartiennent au duc de Bedford.

Comme nous étions alors au bout d'une rue, et près d'une place publique, nous ne comprîmes pas d'abord de quels biens le docteur entendait parler.

Eh! parbleu! nous répondit-il, je désigne par cette expression toutes les propriétés que vos yeux peuvent appercevoir de l'endroit où nous sommes.

Comment! cette immense quantité de belles maisons qui composent cette rue? -- Toutes ces maisons appartiennent au duc de Bedford. -- Celles qui sont bâties tout autour de ce *square*? -- Elles sont également au duc de Bedford. -- Cette autre rue qui va de *Russel - square* à *Bloomsbury-square*? -- Est encore la propriété du duc de Bedford. Tout le terrain que nous foulons aux pieds appartient à ce noble pair. La partie de *Gowerstreet* que nous allons traverser, *Bedford-square* et ses environs, tout cela lui appartient encore. Aussi vous voyez toutes les rues, les places et jusqu'aux traverses, toutes portent quelques-uns des noms célèbres de la famille de sa grâce, tels que John, William, Francis, Russel, Tavistock ou Bedford.

Le licencié n'osait plus dire un mot. Chacune des réponses du docteur l'étonnait davantage. En continuant de marcher, nous nous approchions de l'ouest de la ville, où se trouvent des propriétés féodales presque aussi vastes, que celles que nous avions traversées. La première que nous rencontrâmes, fut celle de la famille de Cavendish, dont le chef actuel porte le titre de duc de Devonshire. Le docteur, à qui le plaisir d'être *cicerone* faisait oublier le sommeil, la fatigue, et jusqu'au plus court chemin par lequel on pût aller de *Bedford-square* à *Covent-Garden*, nous accompagna presque jusqu'au *Turnpike* de *Piccadilly*, en nous faisant remarquer tour-à-tour les rues et les places, et en ajoutant tout de suite (car son ardeur lui faisait faire la demande et la réponse) : Ceci appartient à lord George Cavendish ; ceci est au duc de Devonshire ; ceci est à lord George Cavendish.

Après les terrains de Cavendish, vinrent ceux du comte de Grosvenor, et même en dehors du *Turnpike*, nous vîmes des places publiques et des rues entières appartenant à un seul de ces individus qui réalisent en Angleterre les prétentions du marquis de Carabas.

« Peste soit des grandes propriétés! me dit Amirau, après que le docteur eut pris congé de nous à l'entrée de *Grosvenor-place*. Que peut-il donc rester pour placer les capitaux des négocians ou les petites fortunes des particuliers, quand un si petit nombre d'individus sont maîtres d'une si grande surface de terrain! J'étais devenu un peu anglomane ce matin, m'en voilà tout-à-fait corrigé ce soir ; pour vouloir être Anglais maintenant, il faudrait que je m'appelasse Bedford, Cavendish ou Grosvenor » !

Pour s'expliquer l'accumulation de cette prodigieuse quantité de biens, et de biens si précieux dans les mains d'un seul homme, il faut connaître les lois particulières qui régissent les fiefs.

Les officiers normands qui accompagnèrent Guillaume le Conquérant, reçurent, après la conquête, des donations consistant principalement en terres, parce qu'à cette époque, les villes étaient peu considérables, et les châteaux n'étaient que de vieilles masures entourées de remparts. La propriété de ces terres était inaliénable, mais on pouvait les louer pour un certain nombre d'années, moyennant une somme une fois payée, et sans préjudice de la redevance annuelle à laquelle elles étaient soumises en vertu de leur origine féodale.

Peu à peu les coutumes relatives à ces propriétés, se convertirent en lois ; et lorsque les barons, et plus tard les pairs d'Angleterre, eurent reçu de leur souverain des terres également à titre de fief, il les louèrent, comme cela se pratique aujourd'hui, pour le terme de quatre-vingt-dix-neuf ans.

Pendant ce temps, le locataire est censé propriétaire du terrain, mais cette propriété ne lui donne aucun des droits attachés à la propriété véritable, à cause de la redevance féodale qu'elle paie tous les ans au seigneur.

Au bout de quatre-vingt-dix-neuf ans, non seulement le fonds appartient de nouveau au pair dont il porte le nom ; mais encore tout ce que le locataire y a ajouté, rentre également dans la possession du pair.

Pendant que la ville de Londres était encore très-petite, les terrains environnans avaient été affermés de cette manière ; et, au bout d'une ou de plusieurs périodes de location, Londres ayant doublé ou quadruplé d'étendue, il en est résulté que ces terrains se sont trouvés couverts de maisons magnifiques, lesquelles sont tombées dans la possession des propriétaires fonciers. Aujourd'hui il reste encore dans le beau quartier de la ville quelques espaces sur lesquels on peut bâtir avec beaucoup d'avantage. Plusieurs entrepreneurs de bâtimens se présentent chaque jour chez les propriétaires, pour leur demander des beaux de quatre-vingt-dix-neuf ans. Les prétentions de ceux-ci doivent être en raison de la valeur que leur terrain a acquis depuis qu'il est enclavé dans l'enceinte de la capitale.

Dernièrement, le comte de Grosvenor osa demander seize livres sterlings par pied carré d'un terrain situé entre *Piccadilly* et *Berkley-square*, et cela outre une redevance annuelle proportionnée et le droit imprescriptible de rentrer, au bout de quatre-vingt-dix-neuf ans dans la possession du fonds et des maisons dont il serait couvert. Il parait que, malgré l'extravagance de cette demande, il s'est trouvé des entrepreneurs assez fous pour traiter avec lord Grosvenor.

Quelles immenses propriétés et partant quels

immenses revenus, une pareille législation ne doit-elle pas donner aux pairs à l'avantage desquels elle est faite! Si l'on réfléchit qu'outre les terrains qu'ils possèdent dans Londres, un grand nombre de pairs ont encore des maisons de campagne, des châteaux, et une immense quantité de propriétés rurales qui s'afferment d'une manière aussi avantageuse que les terrains de Londres, on s'expliquera comment certaines grandes familles d'Angleterre ont des fortunes si considérables.

L'on assure qu'aujourd'hui le duc de Bedford a entre six et sept millions de francs de revenu annuel. Le duc de Devonshire en a presqu'autant que lui; et il est plus riche, parce qu'il est garçon, tandis que le duc de Bedford a une famille nombreuse.

Ces deux seigneurs donnent de temps en temps des repas qui rappellent aux érudits le luxe gastronomique de Lucullus, et des soirées qui auraient paru splendides même dans le palais de Crésus. Pendant la saison des plaisirs, le duc de Devonshire fait souvent venir dans ses salons l'opéra italien et le ballet français du théâtre du roi.

Trois ou quatre fois la semaine, les environs de son hôtel sont encombrés, pendant toute la nuit, de plus de voitures qu'il y en ait jamais eu sur le quai Malaquais dans le meilleur temps de M. de Cazes.

Hommes et femmes, maîtres et valets, tout le monde trouve à boire et à manger dans les antichambres et dans les cuisines du noble lord. Les princes de la famille royale, des princes et des souverains étrangers voyageant incognito en Angleterre, ont assisté plus d'une fois à ces brillantes réunions. L'on ne dit pas si l'Amphitrion millionnaire a trouvé le moyen d'amuser tous ses visiteurs, et de leur faire passer les nuits sans bailler...... Immédiatement au-dessous de ces deux fortunes colossales, il y en a un très-grand nombre qui, quoique un peu moins considérables, peuvent passer pour assez honnêtes, en prenant cette expression dans le sens qu'y attachait certain archevêque de Strasbourg, qui prétendait qu'avec quinze cent mille francs de revenu, un *honnête* homme ne pouvait pas vivre.

Plusieurs pairs d'Angleterre font plus de *train* que maint et maint prince de l'Allemagne; ils ont des équipages de chasse plus dispendieux, des galeries de tableaux plus riches, des domestiques plus nombreux et plus brillans que les margraves et les plus grands ducs n'aient jamais osé s'en donner.

Lorsque le duc de Northumberland est à sa maison de campagne dans le comté septentrional qui porte son nom, il a un nombre de domestiques hors de livrée, suffisant pour que chacun des membres de la famille du duc résidant dans le château en même temps que lui, et chaque jour en très-grand nombre, puisse en avoir un qui se tienne debout derrière lui lorsqu'il est à table, et prendre ses ordres partout ailleurs. Ces domestiques hors de livrée sont presque comme les domestiques des princes ; il prennent le titre de *gentleman*, et ont à leurs ordres une multitude de domestiques à livrée.

Le nombre total des uns et des autres se montait l'année dernière à soixante-dix. Outre ceux-là, il y en avait au moins autant qui étaient répandus dans les différentes propriétés que le duc possède dans d'autres comtés, dans Londres, ou dans les environs.

D'après l'immense étendue du commerce britannique, on peut bien se figurer qu'il y a dans l'Angleterre beaucoup de fortunes commerciales rivales de celles de la noblesse. Mais l'influence de l'aristocratie est telle, que les négocians enrichis n'osent jamais afficher le luxe des pairs. S'il ont un peu d'ambition de briller, il faut qu'ils commencent par se faire nommer membres du parlement. Le titre de *commoner* est une savonette à vilain, qui nettoie parfaitement la crasse commerciale. *Whithbread*, qui était brasseur, *Sheridan*, qui avait été comédien, furent appelés *esquires* aussitôt qu'ils furent nommés membres de la chambre des communes.

Le plaisir de siéger au parlement et les avantages qu'en tire la vanité, ne s'acquièrent pas à peu de frais. Les nobles qui veulent pousser les cadets de leur famille dans la carrière de l'ambition, le savent aussi bien que les marchands qui aspirent à se faire honneur de la fortune acquise dans le commerce..... A moins qu'on n'ait un caractère déjà connu par des écrits ou par des actes de libéralisme ou de radicalisme, autrement dit, quand on est obligé de payer les voix qui vous envoient à la représentation nationale, et c'est le cas le plus ordinaire

pour les députés ministériels, il n'y a pas une
élection qui ne fasse débourser au candidat ou à
ses amis cinq ou six cent mille francs.

Nobles ou roturiers, les enfans des familles
riches s'entendent mieux que leurs pères à dépenser l'argent. Cette disposition naturelle à la
jeunesse s'observe en Angleterre, comme dans
tous les autres pays.

Il est évident que les parens qui comptent
leurs revenus par millions, ne peuvent se dispenser d'allouer, par an, une assez forte somme
pour les *épingles* de leurs demoiselles, et pour
les *menus plaisirs* de leurs enfans mâles.

Plusieurs de ces derniers servent en qualité
d'officiers dans les régimens de la garde, et particulièrement dans la cavalerie. Le régiment
des lanciers est le plus renommé de tous pour les
folles dépenses des officiers qui le composent;
il leur arrive souvent de faire des déjeûners à
vingt-cinq livres sterling par tête. On ne sera
pas surpris d'après cela d'apprendre qu'un jeune
homme, qui était entré dans ce corps, avant d'a-
voir suffisamment calculé ses moyens, fut obligé
de demander une mutation dans un autre, attendu qu'il n'avait que quatorze cents livres

sterling de revenu; c'est-à-dire, trente-cinq mille francs par an, outre l'énorme paie que reçoivent les officiers de cavalerie anglaise!

C'est sans doute par les sémestriers de ce régiment de lanciers que sont fréquentés *Clarendon hotel* et plusieurs autres hôtels garnis de *Bond-Street*. On peut le supposer d'après les habitudes des domestiques ; ceux-ci s'estimeraient offensés et jeteraient l'argent avec indignation, si chacun des locataires ne leur donnait pas au moins une livre sterling de pourboire pour chaque semaine qu'il aurait passé dans l'hôtel!

Au mois d'avril dernier, époque où certainement il n'y a en Angleterre aucune espèce de fruit, excepté ceux que l'on fait venir artificiellement dans les serres chaudes, et la précieuse groseille à maquereau que l'on conserve en confiture pour en faire des tartes, le docteur, poussé par une libéralité extraordinaire, nous avait menés chez un pâtissier *d'Oxford-Street*, pour nous faire goûter les pâtisseries et les glaces anglaises. Amirau trouva les unes et les autres au-dessous de leur réputation; le docteur piqué voulut l'obliger à convenir qu'il y avait en Angleterre des choses qu'on ne voyait pas en France, et il lui présenta un petit panier rempli de fraises ananas.

Elles étaient d'une grosseur monstrueuse, et leur couleur était vraiment appétissante. Ces deux qualités, ainsi que l'étonnement de voir de ce fruit mûr dans une saison encore si peu avancée, nous engagèrent à y goûter. Chacun de nous prit une fraise, et le docteur, en nous imitant, se tourna vers le pâtissier pour lui demander le prix du panier. Je crus que la foudre l'avait frappé lorsqu'il l'entendit prononcer : *three guineas, sir. Trois guinées,*! répéta-t-il d'une voix sépulcrale, et il déposa le panier à l'endroit d'où il l'avait pris d'abord.

Une voiture s'était arrêtée à la porte ; une dame, qui en descendit, entra chez le pâtissier, accompagnée d'un jeune élégant à moustaches et à éperons. Le panier de fraises fut la première chose qui frappa ses yeux, lorsqu'ils commencèrent l'inspection des friandises étalées dans la boutique. Loin d'être effarouchée par le prix qu'on en demanda, elle se récria sur l'extrême bon marché d'une primeur si belle et si précoce, et ordonna que les fraises fussent accommodées avec de la crème.

LES BANQUIERS.

> On peut s'enrichir dans quelque
> art ou quelque commerce que ce
> soit, par l'ostentation d'une cer-
> taine probité.
>
> LA BRUYÈRE.

Il n'y a pas de ville au monde où l'on dépense plus d'argent qu'à Londres; les besoins
et les fantaisies s'y multiplient à l'infini, et les
marchands s'y disputent les acheteurs par toutes les séductions de l'étalage et les ressources
du charlatanisme. A ces moyens de dépense,
vient se joindre une cause singulière de prodi-
galité, c'est la rareté de l'argent; ceci paraîtra
sans doute un paradoxe, et pourtant rien n'est
plus véritable. Comme, dans cette capitale, on
ne se sert, pour les usages les plus ordinaires
de la vie, que de papier, on s'habitue à le dépenser avec une grande facilité. Les *bank-no-
tes*, ces *bills* d'une et de cinq livres sterling,

qui sont les plus répandus, et qu'on appelle
des *pounds*, disparaissent de vos poches avec
une merveilleuse. rapidité , ce qui doit vous
faire présumer que si, dans un pays où l'on a
introduit le commerce dans la diplomatie , les
banquiers jouent un grand rôle dans la politique , ils ne peuvent manquer de fournir un
épisode obligé dans un voyage en Angleterre.

Il est peu d'étrangers qui n'arrivent à Londres avec une lettre de crédit sur une maison
de banque ; s'ils veulent se procurer une réception agréable , ils doivent joindre à cette précaution utile une lettre de recommandation. En
France, on confond assez ordinairement la valeur de ces deux objets ; la lettre de crédit suffit pour vous recommander au banquier à qui
elle est adressée, et la lettre de recommandation devient à son tour une pièce de crédit pour
le porteur. Il n'en est pas de même en Angleterre, où il existe entre toutes les deux une
distinction fort importante. Avec une lettre de
crédit seulement, vous n'obtiendrez pas même
l'invitation de vous asseoir ; avec une simple
lettre de recommandation, le banquier ne vous
offrira pas ses services pour une demi-couronne.

C'est ici le pays de la ponctualité et de l'exactitude. On n'y fait ni plus ni moins que ce qu'on doit.

Ces jours derniers, un jeune Français, fils d'un négociant, arriva à Londres, et me fut adressé ; quoiqu'il fût muni de lettres de recommandation, je pensai m'acquitter faiblement en offrant de l'accompagner dans plusieurs maisons où il avait affaire, et entre autres chez un des principaux banquiers de *Lombard-Street*.

Il était neuf heures du matin lorsque nous nous acheminâmes vers le *Strand*, le quartier le plus marchand de Londres. Les boutiques n'étaient pas encore entièrement ouvertes. Surpris de cette paresse chez des gens qui connaissent aussi bien la valeur du temps que celle de l'argent, mon compagnon m'en fit l'observation. « Monsieur, lui dis-je, tout est calculé. La vente ne commençant jamais avant neuf heures, la paresse est ici le résultat de l'expérience ; chaque genre de marchandise a ses heures de débit ; le bonnetier ouvre tous les jours deux grandes heures avant le bijoutier placé à côté de lui. Le pauvre peut avoir besoin d'une paire de bas de grand matin, et le riche ne se dérange pas de son sommeil pour ache-ter des bijoux ; en revanche, à sept heures du soir, le bonnetier aura fermé sa boutique, tandis qu'à minuit celle du jouaillier brillera de tout son éclat. » Nous continuâmes notre chemin.

Le *Strand* et la cité qui y est contigue, sont les quartiers les plus intéressants de Londres. Cette longue suite de grandes rues qui commence à *Charing-Cross* et se termine à *Royal-Exchange* (la bourse), offre l'aspect le plus brillant et le plus varié. L'industrie du monde entier semble s'y être donné rendez-vous. L'uniformité des boutiques est rompue par de beaux édifices ; l'hôtel d'un lord touche au magasin d'un mer-cier, et souvent les propriétaires de l'un et de l'autre appartiennent à la même famille. En Angleterre, les personnes de la plus illustre nais-sance bornent quelquefois leur ambition à lais-ser un grand nom dans le commerce. Pour ac-quérir plus de crédit parmi le peuple, on voit des seigneurs anglais adopter un corps de mé-tier et s'y faire inscrire. Il y a à Londres des comtes épiciers, des baronnets charpentiers, des marquis perruquiers, et des comtes bonnetiers. C'est un hommage rendu au commerce et à l'industrie.

Nous arrivâmes enfin dans *Lombard-Street*. C'est une petite rue assez étroite, située dans les environs de la Bourse, où l'on trouverait facilement de quoi payer Londres s'il était en vente ; les plus riches banquiers de Londres y sont logés. Le nom de M. Adamson était placé, selon l'usage, sur une plaque de cuivre clouée sur sa porte. Son hôtel est une maison fort modeste qui ne ressemble en rien à celles des banquiers de Paris, dont les hôtels à grandes cours, à longues avenues de maronniers, à perron et péristyle, passeraient à Londres pour des palais. Les Anglais font peu de cas d'un faste inutile.

Je frappai quatre coups très-forts, afin de donner une bonne opinion de nos personnes ; un domestique en petite veste nous ouvrit. Je fis remarquer au jeune Français qu'aux deux côtés de la porte étaient les boutons de deux sonnettes. Au-dessous de l'une étaient écrits les mots *countinghouse-bell*, et sous l'autre *house-bell*. Le mouvement de ces sonnettes indique si l'on a affaire au comptoir ou à la maison.

Rien de plus simple et de plus joli que l'intérieur de celle de M. Adamson ; un tapis de toile
vernie garnissait le vestibule , et se prolongeait
tout le long de l'escalier. A droite et à gauche,
deux immenses bureaux étaient remplis de commis debout, placés devant de grands pupitres à
la Tronchin. On n'entendait que le bruissement
des plumes sur le papier. Des millions se re-
muaient dans cet atelier de banque, et l'on n'y
entendait pas le son d'une couronne. Les billets
de banque sortant d'un portefeuille pour passer dans un autre faisaient seuls honneur aux
signatures des négocians des quatre parties du
monde.

Les banquiers de Londres habitent presque
tous la campagne ; ils ne viennent à la ville que
pour surveiller leurs opérations, assister à la
Bourse, signer leurs bordereaux et lire leur
correspondance ; la Bourse finie, ils vont retrouver leur famille réunie dans leur *country-
house*. M. Adamson n'étant point encore arrivé , nous l'attendîmes quelques instans dans
le salon. Bientôt un cabriolet s'arrêta devant la
porte , et nous vîmes paraître le maître de la
maison.

Il vint d'abord d'un air froid , en nous demandant ce qui nous amenait chez lui. Le jeune L.... lui remit sa lettre de recommandation, à laquelle j'ajoutai quelques mots, et M. Adamson reprit en souriant : « Mon âge et ma goutte m'empêchent de vous faire les honneurs de mon pays ; mais un de mes neveux, jeune-homme très-répandu, me remplacera auprès de vous, et vous aidera à passer agréablement le temps que vous devez rester parmi nous. »

Il nous pria d'entrer dans son cabinet. Cette pièce, assez vaste pour recevoir un autre nom, n'était point richement décorée ; l'or, le bronze, les cristaux , ne se disputaient pas l'avantage d'éblouir les yeux ; mais une élégante simplicité, relevée par autant de goût que de propreté , y charmait la vue. Deux fauteuils en maroquin noir , quelques chaises et un lit de repos en acajou, garni de toile des Indes , composaient une partie de l'ameublement. Un large bureau, tout couvert de lettres et de papiers serrés par des pinces d'acier ; une petite pendule en marbre noir, qui avait de la peine à tenir sur une cheminée dont les côtés étaient garnis de branches de corail brut et de deux vases du Japon, une niche remplie de colibris et de papillons étrangers; un cartonnier qui supportait le buste en marbre de la princesse Charlotte ; les portraits de Pitt, de Nelson, de Fox, remplissaient les espaces laissés par de grandes cartes de géographie collées sur toile et vernies d'Arrowsmith; enfin un buste de vieille femme reposant sur une console en bois d'ébène, achevaient d'orner ce cabinet.

M. Adamson est un homme d'une soixantaine d'années, fort riche et fort estimé. Sa tête chauve a quelque chose de noble, quand elle n'est plus couverte d'un chapeau gris à longs bords. Il se mit à son aise, et devant nous, son vieux valet de chambre lui apporta ses pantoufles de maroquin rouge, son petit bonnet de soie noire et sa robe de chambre de piqué blanc. Il fit demander son déjeûner, et, en attendant, il donna audience à ses commis. Le caissier lui présenta un bordereau de billets à escompter: il les classa sur-le-champ avec une facilité étonnante, et en fit deux lots, dont l'un passa dans la caisse, tandis que l'autre retourna aux signataires véreux. Un commis lui donna à signer les bons sur la banque, un autre lui remit sa correspon-

8.

dance ; M. Adamson l'examina avec beaucoup
d'attention, en mettant au crayon quelques no-
tes en marge de chaque lettre. Il nous présenta
un de ses commis ; c'était le fils de lord Al...,
que sa grâce avait mis en apprentissage chez
M. Adamson.

Le vieux valet de chambre revint apportant
un guéridon chargé de tout l'attirail du thé,
des *toasts*, des *rolls*, et des *sandwich*, espèces de tartines de pain avec du beurre, qui en-
veloppent des tranches de jambon. M. Adamson
nous avait offert de partager son déjeûner ; nous
acceptâmes dans l'intention d'avoir l'occasion
d'estimer encore davantage un homme que ses
confrères regardent comme le modèle du commerce de Londres.

Le jeune Français lui témoigna son étonnement de le voir travailler avec tant d'activité,
lorsqu'il pouvait se procurer les agrémens d'une
vie douce et oisive. « Monsieur, lui répondit-il
en posant son petit bonnet de soie noire sur son
genou, le travail, dont j'ai une longue habitude, est devenu pour moi un besoin depuis
qu'il n'est plus une obligation. J'aime beaucoup
la campagne, mais elle me paraîtrait bien moins

agréable si je n'étais pas forcé de la quitter chaque matin pour venir passer quelques heures à
Londres. Je me suis condamné pendant long-
tems au travail le plus assidu pour me procurer
une indépendance que je suis parvenu à atteindre, et à laquelle je me soustrais maintenant
par habitude. » Mon compagnon se hasarda à
parler à M. Adamson de quelques-uns des plus
fameux banquiers de Paris; il les connaissait
mieux que lui, et me parut n'en estimer qu'un
certain nombre. Les plus riches, à ce que je crus
entendre, n'étaient pas ceux qui étaient placés
le plus haut dans sa considération, chose assez
singulière à Londres, où le premier respect est
pour l'or. « Votre position financière, à vous autres Français, dit-il, a attiré chez vous, depuis
quelques années, une foule de *casse-cous* qui
sont venus en poste s'enrichir de vos dépouilles. J'ai toujours pensé qu'il était impossible de
gagner des millions en peu de tems sans être
un fripon ou un fou. Or, ces deux titres ne sont
pas très-recommandables dans le commerce. La
banque , telle que je l'ai faite toute ma vie, et
telle que la font encore quelques banquiers es-
timables de ce pays , que je ne vous citerai pas,

est un moyen de fortune assuré dans un long espace de temps. Tous les bénéfices en sont sagement prévus et irrévocablement calculés. L'imprudent qui veut accélérer sa marche pour aller plus vite, court les risques de trébucher en route : s'il réussit, tout le monde crie au bonheur, et retire ses fonds de chez lui. Le commerce demande un grand sens et une longue patience. Les opérations hasardeuses, qui compromettent une grande fortune, ne donnent pas, même lorsqu'elles sont couronnées du succès, une haute opinion de l'organisation morale de celui qui les a entreprises. Ceci, ajouta-t-il en secouant ironiquement sa tête chauve, est un peu l'histoire de quelques uns de vos riches financiers qui, par un bonheur inoui, ont trouvé le secret de rendre leur signature meilleure que leur tête. Ce n'était pas ainsi, dit-il en élevant la voix, que les Barnett, les Samson, les Lloyd, les Ramson, et tant d'autres, ont fait fortune. »

En parlant ainsi, M. Adamson humait son thé avec délices. Notre déjeûner fut un peu long ; il me parut que le banquier anglais aimait beaucoup ce repas, qui lui permettait de

traiter encore ses affaires. Le jeune L.... était
émerveillé de la simplicité, de la franchise de
ses manières, et de l'ordre qui régnait dans sa
tête. La situation de toutes les places de l'Europe y était classée avec une lucidité admirable. M. Adamson avait établi dans chaque ville
importante un atelier de renseignemens qui
éclairaient sa confiance et la préservaient des
fausses spéculations et des emprunts dangereux.

Ses affaires se succédaient avec une telle rapidité, que nous craignîmes de devenir impor-
tuns. Nous saluâmes M. Adamson, qui demanda
au jeune homme s'il désirait emporter la somme
pour laquelle il était crédité chez lui, ou s'il
voulait, selon l'usage le plus habituel, retirer ses fonds au fur et à mesure qu'il en aurait
besoin. Il accepta cette dernière proposition,
et le caissier lui remit une certaine quantité de
draughts, espèce de petits mandats imprimés dont
on remplit la somme, et qu'on donne en paiement au premier venu; rien n'est plus commun
et de meilleur ton en Angleterre. A l'aide de
ces mandats, on se donne les airs d'avoir un
banquier. C'est un moyen d'inspirer la confiance, dont les marchands ont souvent été la

dupe. Les gens comme il faut ne paient rien à Londres que par l'entremise de leur banquier, chez lequel ils sont censés avoir placé tout leur argent.

Nous prîmes congé de M. Adamson, qui nous fit promettre de le revoir, et d'aller dîner à *Hackney*, joli petit village aux environs de Londres. Ce jour-là, nous dit-il, nous laisserons de côté les affaires, et je cacherai le banquier pour ne vous montrer que le bon convive.

LES MENDIANS.

> Grâce à leurs demandes auda-
> cieuses et à la faiblesse des dis-
> tributeurs de charité, ils trouvent
> plus de secours que ceux qui lut-
> tent pour sortir de l'indigence.
>
> MERCIER.

Du moment où la répartition est assez iné-
galement faite pour produire à quelques-uns
beaucoup de superflu, plusieurs membres des
classes inférieures doivent manquer du nécessaire. L'on me dira qu'en Angleterre ces derniers ont la ressource des richesses fictives, c'est-
à-dire, de l'industrie; je répondrai que, malgré
sa prodigieuse extension, l'industrie britannique est loin d'occuper tous les bras prolétaires,
soit que la population commence réellement à
être hors de proportion avec la surface du sol,
ainsi que quelques économistes le pensent, soit

que l'aristocratie règne dans le commerce comme dans toutes les autres institutions de la Grande-Bretagne.

Quoiqu'il en soit, le nombre des pauvres y est énorme, et si énorme en vérité, que les législateurs se sont vus obligés de faire écouler sur eux le *trop plein* de la bourse des propriétaires, en établissant un impôt qui assure à chaque indigent de la nourriture, des vêtemens et un logement pour toute l'année.

La qualité de pauvre constitue donc pour un très-grand nombre d'individus une profession véritable. Ils sont inscrits sur les registres de la paroisse, assujétis à certaines formalités, et même à quelque chose qui ressemble à une patente; car on leur donne quelquefois du travail à faire sur le paiement duquel on exerce certaines retenues.

Les registres de l'état civil sont aussi exactement tenus pour eux que pour les autres habitans. Il est aussi essentiel de savoir s'il y a sur le sol de la paroisse un contribuable de moins ou un parasite de plus. Un enfant, qui ne serait pas enregistré au bout d'un certain nombre de jours après sa naissance, n'aurait pas droit à sa part de la taxe des pauvres; et, enfant ou adolescent, homme fait ou vieillard, un pauvre n'a jamais le droit de s'établir sur le terrain d'une paroisse où il n'est pas né, attendu que chaque paroisse ayant les fonds nécessaires pour nourrir les siens, mais n'ayant pas au-delà, doit mettre au moins autant de soin à empêcher l'introduction des étrangers qu'à conserver les indigènes.

Au revenu légal que les pauvres reçoivent du gouvernement se joignent les dons provenant des contributions volontaires des associations philantropiques. Outre les grandes sociétés établies dans Londres et dans plusieurs autres grandes villes pour la destruction de la mendicité, pour le·soulagement des pauvres, etc., il n'y a presque pas de paroisse qui n'ait une société de charité, dont les jeunes prudes et les vieilles dévotes sont des membres obligés.

Mais une manière encore plus expéditive de soulager les pauvres, un procédé qui, comme le dirait un partisan de la loi agraire, restitue plus promptement et plus directement le superflu du riche au pauvre auquel il appartient, c'est l'aumône qui se fait dans les rues. L'on

ne saurait croire quelles sommes d'argent se
distribuent journellement aux mendians de Londres; et, ce qui est plus extraordinaire dans
un pays où il y a des lois répressives de la
mendicité, quelle quantité de mendians on voit
errer dans les rues!

A la vérité, on n'est pas moins habile en
Angleterre à éluder les lois qu'à les faire. Les
dernières classes de la société, comme froissées
plus directement par ces lois, ont dû faire une
étude plus particulière des moyens par lesquels
on peut se soustraire à leur effet.

En passant un jour sur les trottoirs *d'Oxford-street*, au moment où les élégantes de
Londres viennent faire leurs achats dans les
brillans magasins de cette rue célèbre, j'aperçus un *coin de rue ambulant*, (car je ne sais
quel autre nom donner à ces gens qui se promènent, en portant au haut d'une longue per-
che, ou sur une cuirasse de carton qui couvre
leur dos et leur poitrine, des avis détaillés et
imprimés en grosses lettres)....

Le coin de rue ambulant était un agent de
la paroisse de *Mary-le-Bone*, et portait sur sa
carapace et sur son plastron un avis bien ca-

pable d'effrayer les mendians qui le pouvaient lire.

A quelques pas derrière lui, un nègre, à jambe de bois, saluait tous les passants, et recevait une ample recette de *pennys*, de *six pences* et même des *schellings*.

A quoi donc penses-tu, malheureux! lui dis-je en m'approchant de lui pour lui donner un conseil que je croyais meilleur dans ce moment qu'une aumône? Ne sais-tu pas à quoi tu t'exposes en venant mendier ici? Regarde plutôt l'avis qui est écrit sur la poitrine de cet homme qui s'avance vers toi : *Tout mendiant surpris en flagrant délit dans la paroisse de Mary-le-Bone, sera arrêté, et, selon l'occurrence, emprisonné, fouetté ou déporté.*

Bah! me répondit le nègre en ricanant, je n'ai rien à craindre le porteur et moi, nous sommes une paire d'amis, et je lui donne plus d'une prise de tabac par jour. Vous ne faites pas attention que l'avis en question ne me regarde pas du tout; moi je ne mendie pas, continua-t-il en me montrant un paquet d'allumettes qu'il tenait à la main : j'exerce une industrie, et toutes sont libres et protégées en

Angleterre. J'offre ma marchandise aux passans; et, à la différence de tous les autres marchands, les chalans qui m'en consomment le
moins sont ceux sur lesquels je fais les plus
gros bénéfices.

C'est presque toujours d'allumettes, de rubans de fil, ou d'amadou, que se munissent les
mendians les plus paresseux, pour se mettre
en règle avec la loi qui défend la mendicité.
Ceux qui sont plus actifs, ou un peu plus in-
gambes, s'arment d'un balai, et, postés au coin
des rues, ils lèvent la petite contribution volontaire sur les passans pour la commodité desquels ils ont nettoyé l'intervalle compris entre
les deux trottoirs.

Ceux qui ont quelques talens capables d'a-
muser ou d'intéresser le public, n'ont besoin
ni d'allumettes, ni de balai; un chanteur, un
musicien, un grimacier peuvent exercer leur
art dans les rues de Londres, aussi bien que
sur un théâtre. A l'œil impartial de la loi, les
virtuoses sont également protégés, soit qu'ils
lèvent des contributions en paraissant sur les
planches, soit qu'ils en reçoivent en figurant
sur le pavé.

Parmi les artistes mendians qu'on voit dans la capitale, il en est quelques uns qui jouissent d'une célébrité qui ferait envie à beaucoup d'artistes plus honorables, et qui meurent de faim dans leurs greniers. Un manchot, qui se tient ordinairement en face de *White-Hall*, est toujours entouré d'une foule de badauds qui admirent les éventails à jour et autres objets qu'il travaille avec une adresse prodigieuse.

De quelque manière que la mendicité soit exercée, il faut que ses profits soient bien grands, puisqu'ils engagent tant d'individus à renoncer à des moyens moins ignominieux de pourvoir à leur existence. On cite dans les annales des carrefours et des coins de rues quelques pauvres qui ont accumulé assez d'argent pour devenir propriétaires des maisons devant lesquelles ils avaient long-temps *gueusé*.

Plusieurs balayeurs de rues qui, par suite d'une occupation de quelques années consécutives, avaient acquis une sorte de propriété sur le pavé qu'ils avaient nettoyé, ont vendu assez cher et leur balai et le droit de percevoir le péage volontaire.

Les mendians de Londres ont, comme ceux

8..

de toutes les autres capitales, et poussent encore plus loin peut-être, tous les vices inhé-
rens à leur profession. Il y a un quartier, dans
la cité, où se trouve le logement du plus grand
nombre, et les lieux où tous viennent se livrer à leurs habitudes crapuleuses. Malgré le
dégout qu'ils devraient inspirer, ces lieux ont
attiré la curiosité de quelques moralistes ;
et plusieurs petits-maîtres n'ont pas dédaigné
de les visiter. L'auteur de *Life in London*, en
a donné une description détaillée et piquante,
de laquelle tous les théâtres ont tiré un très-
grand parti pour égayer le public anglais, lorsqu'on a mis en scène les aventures des trois
héros de cet ouvrage.

DE QUELQUES COUTUMES.

Coutume, opinion, reines de notre sort',
Vous réglez des mortels et la vie et la mort.

En lisant les papiers publics, un étranger pourrait croire que les Anglais sont le peuple le plus lunatique qu'il y ait au monde! Il ne se passe pas de jour où l'on n'apprenne que le procureur du roi (*coroner*), a procédé à une enquête relativement au cadavre d'un suicide, et déclaré, dans le verdict, qu'il s'était donné la mort dans un accès d'aliénation mentale. Il faut que le public sache que ce n'est pas sur l'état mental du défunt que l'on fait une enquête, mais bien sur l'état de ses biens et sur la qualité de sa famille. La loi veut que le suicide volontaire et prémédité soit traité comme une brute et privé des honneurs de la sépulture. Cependant sur plus de cents individus qui ont mis fin à leurs jours, je n'ai jamais vu cette loi mise en pratique que sur le cadavre d'un malheureux savetier qui s'était pendu dans son échoppe. Un misérable qui n'a pas laissé de quoi payer ses funérailles, sera peut-être exclu du cimetière, tandis qu'un suicide effectué avec un pistolet richement monté, ou avec un poignard dont le manche a été travaillé à Paris, donne au propriétaire de ces bijoux le privilège d'être censé mort dans un accès d'aliénation mentale, et lui assure en outre un *superbe mausolée dans l'abbaye de Westminster, avec une longue inscription qui fera le détail de ses titres et de ses vertus.*

Si la raison des gens éclairés détruit peu à peu dans ses applications ce que l'instinct du peuple anglais aime à conserver dans son principe, il n'en est pas de même d'une foule d'autres coutumes qui ne faisant que rappeler au souvenir certains faits remarquables de l'histoire du pays, ne peuvent pas être en contradiction avec l'état présent de la civilisation.

Le goût des anniversaires est poussé si loin par les Anglais de toutes les classes, que si ce n'était d'autres goûts qu'ils ont concurremment

et qui sont un peu exclusifs du premier, tel
que le zèle commercial, l'agriculture, etc., il
n'y aurait pas de raison pour que bientôt les
trois cent soixante-cinq jours de l'année ne fussent occupés à fêter des souvenirs historiques.
A la vérité, les fêtes générales ne sont pas
très-nombreuses; chaque corporation en a de
particulières, pendant lesquelles les travaux des
autres corporations ne sont pas interrompus.
Et l'on peut dire, qu'excepté les quarante-
neuf dimanches, qui sont des jours de repos
pour tout le monde, il n'y a, dans l'année,
aucun autre jour pendant lequel toutes les occupations mercantiles de l'Angleterre cessent
complètement.

D'ailleurs, on s'arrange pour tout faire marcher de front; les anniversaires des naissances,
des mariages, etc., qui sont très-exactement
fêtés dans toutes les familles, n'empêchent pas
le négociant d'aller à son comptoir, le marchand d'ouvrir sa boutique. Ce n'est qu'à l'heure
du dîner qu'on pense à fêter l'anniversaire :
on se fait des cadeaux, on parle de ses projets
pour l'avenir, on rappelle les souvenirs du
passé. La bière forte circule, le vin n'est pas

épargné; le *plumpudding* le plus cher et le plus compliqué est placé avec pompe au milieu de la table; et enfin, lorsque les vins de dessert sont arrivés, on fait des révérences très-graves à ses parens quand ils sont présens; on boit à leur santé, à leur bonheur, lorsqu'ils sont trop éloignés pour être venus prendre leur part du repas.

La Noël, ayant le double caractère de fête religieuse et de fête de famille, est encore plus solennellement fériée. Elle tient, en Angleterre, de notre jour de l'an et de l'ancienne Épiphanie. C'est à Noël que l'on réunit le plus grand nombre possible de membres de sa famille; c'est le jour des cadeaux pour les enfans, des étrennes pour les domestiques; c'est pour tout le monde le jour des complimens et des félicitations; ce jour-là, il serait de mauvais ton de s'aborder en parlant de la pluie et du beau temps, ainsi que les Anglais le font à tous les autres jours de l'année.

Je ne sais si la coutume des *Valentines* et du poisson d'avril doit son institution à la religion ou à quelque événement célèbre dans les annales de l'Angleterre. Toujours est-il vrai que l'une et l'autre y sont très-exactement observées. Elles ont cela de commun, qu'on les férie en intriguant ses amis et ses connaissances. Mais, à la première, on s'industrie à procurer les surprises les plus agréables, tandis qu'à la seconde, on cherche à la causer par les désappointemens les plus malins. Le jour des Valentines, toutes les demoiselles reçoivent des lettres par centaines; et dans chacune de ces lettres se trouvent des complimens, des éloges, des déclarations d'amour, des demandes en mariage, le tout écrit sur du papier auquel tout le luxe de la peinture, de la découpure, de la dorure ont été prodigués. L'auteur de chaque lettre a le soin de déguiser son écriture, et par conséquent de ne jamais signer son nom.

Une coutume rationnelle nous surprit bien plus que celle dont je viens de parler. Elle s'exerce au profit du collége d'*Eaton*. *Eaton* est une petite ville sur la route de Londres à *Windsor*. A un certain jour de l'année, les élèves de son collége ont le droit d'arrêter toutes les voitures qui passent, et de se faire payer une contribution par les personnes qui sont dedans. Il ne faut pas croire que ce soit comme un

turnpike (barrière), qu'on établit momentanément en ce lieu, et dont les receveurs sont les
enfans du collége; on n'est pas quitte envers
eux à aussi bon marché qu'envers les receveurs
de *turnpike* ordinaires. Il faut leur donner une
somme assez forte; sans cela, ils ont, je crois,
le droit de prendre ce qui est le plus à leur
convenance dans la voiture ou dans l'équipement des voyageurs. Ce singulier privilége dure
depuis le matin jusqu'au soir, et fournit ordinairement des sommes considérables qui sont
employées à l'entretien du collége. Il doit être
curieux d'entendre les régens de cette institution
prêcher le respect de la propriété à des élèves
qu'ils mènent une fois l'an détrousser les voyageurs sur un grand chemin.

Il n'est pas de contrée sur le globe où le
serment se reçoive, où il soit exigé plus fré-
quemment qu'en Angleterre. L'on ne peut paraître en aucun cas devant un magistrat, soit
en matière civile, soit en matière criminelle,
sans qu'il n'exige le serment. On ne peut recou-
vrer une dette, obtenir un *writ* contre son débiteur, qu'on ne jure devant un magistrat, que
la dette est légitime. Aucun compte d'adminis-

tration publique ne peut être assuré, que l'ad-
ministrateur ne jure que son compte est juste.

Il s'en suit de cette coutume, qu'il n'y a pas
de pays au monde où les faux sermens soient
plus fréquens qu'en Angleterre.

SWEET - HEART,

ou

AMANT, AMANTE.

> Amour! Pourquoi fais-tu l'état
> heureux de tous les êtres, et le
> malheur de l'homme?
>
> BUFFON.

La jeunesse des deux sexes jouit en Angleterre d'une grande liberté. Les demoiselles vont
à de longues distances seules, ou avec une ou
deux amies, soit dans une chaise de poste, soit
dans une de ces voitures publiques dont la mul-
tiplication est infinie sur toutes les routes et
dans tous les sens. Dans ces visites, qui durent
quelquefois des mois entiers, elles ne manquent
jamais de se faire des *sweet-heart* (expression
qui signifie littéralement *doux cœur, tendre en-*

gagement), ou de donner des rendez-vous à celui qu'elles ont déjà. Elles se montrent ou se cachent, comme il leur plaît, avec ce *sweetheart*, dans les promenades les plus écartées, sans que personne ne s'en inquiète.

La crainte d'une indiscrète fécondité n'a plus d'empire sur la plupart des demoiselles; cet accident est devenu infiniment rare dans la haute classe, et déjà la science qui le prévient, ou qui en garantit, se propage d'une manière effrayante. Il n'est plus une jeune *miss* qui n'ait appris le nom, l'usage, la dose de ces plantes médicales.

SUR LES PARIS

ET

LES COURSES DE CHEVAUX.

Quand pourrai-je, au travers d'une noble poussière,
Suivre de l'œil un char fuyant dans la carrière.

La manie de parier sur tout, est un trait que l'on a remarqué depuis longtemps dans le caractère des Anglais. Il est assez singulier qu'une nation qui se pique de raisonner sur tout, et qui, il faut en convenir, a produit un grand nombre de bons raisonneurs, soit si apte à couper court à toutes les discussions, en appelant le hasard au secours de la dialectique !

Quelle qu'en soit la cause, le fait est constant. La canaille parie des schellings sur le résultat d'un combat à coups de poings entre deux portefaix. Les oisifs qui se promènent sur les ports, et qui, comme on le voit parfois à Paris, s'amusent à regarder nager les chiens ou les hommes qui sont tombés dans la rivière, parient qu'ils se noieront ou qu'ils se sauveront.

Les spéculateurs de la bourse, qui deviennent politiques à force d'observer l'influence des menées diplomatiques sur le cours de la rente, font des paris pour la paix ou la guerre.

Pour satisfaire leur goût favori, il a fallu que les Anglais s'industriassent à trouver des événemens dont la chance douteuse pût offrir un appât égal à la cupidité des deux partenaires. Si ce n'est pas à cela que sont dues les courses de chevaux, la manie de parier a du moins trouvé, dans cette institution, un de ses principaux alimens.

Comme les idées mères, sur lesquelles repose une mode, sont bientôt décomposées dans toutes les nuances dont elles sont susceptibles, il en est résulté qu'après avoir fait des paris sur les courses des chevaux, on a imaginé de faire courir pour le même objet des hommes, des chiens et d'autres animaux. Après avoir fait lutter ceux-là en vitesse, on en a fait lutter

8...

certains autres en force, afin d'avoir occasion de
parier sur le résultat du combat. De là viennent les combats à coups de poings entre les
boxeurs, à coups de bec et de griffes entre
les coqs.

Les princes, les pairs, les négocians retirés
des affaires, les enfans de famille, les petits
maîtres, et, en général, toute la classe des
oisifs, tels sont en Angleterre les champions
du pari. Quelques individus tirés de ces diverses
classes se sont fait une réputation qui pourrait
bien les empêcher un jour de poursuivre leurs
goûts. Personne n'osera plus parier contre eux,
si l'on aperçoit une fois que le sort les favorise
sans cesse.

Avant d'être un des plus heureux parieurs,
le capitaine Barclay était un des plus intrépides.
Non seulement il était habile à prévoir les
chances du sort, mais encore il était ingénieux
à créer des bases du pari. C'est lui qui eut l'idée
originale de mettre aux prises la vitesse d'un
cheval avec la lenteur d'un limaçon. Il paria
qu'un de ses palfreniers parcourrait à cheval
vingt-quatre milles en moins de temps qu'un
limaçon n'en mettrait à parcourir le même

nombre de pouces sur un pavé saupoudré de sucre.

Dernièrement toute l'Angleterre a été tenue en éveil à l'occasion d'un pari dont il était inventeur et acteur; il s'était engagé à parcourir à pied 1000 milles dans un égal nombre d'heures, en ne faisant jamais plus d'un mille par heure.

Comme l'exécution de cette entreprise dura plus d'un mois, tous les amateurs du pari eurent le temps de prendre parti pour ou contre le capitaine Barclay.

Rien n'est plus aisé que de parcourir un mille en une heure; mais si l'on réfléchit que le héros ne pouvait jamais prendre un repos suffisant, puisque la nuit comme le jour, un mille devait être parcouru à chaque heure, on ne sera pas étonné d'apprendre que, durant les deux dernières semaines, il eut les jambes extrêmement enflées, ensuite une fièvre très-forte, et qu'une maladie grave l'obligea à garder le lit plusieurs mois après qu'il eût gagné son pari.

De toutes les bases dont les Anglais se sont servis pour établir des paris, les courses de chevaux ont toujours été le plus en honneur. Ce sont elles qui ruinent ou enrichissent annuellement le plus grand nombre de parieurs, et les parieurs les plus illustres.

Outre l'avantage qu'elles ont de faire ainsi circuler les fortunes, elles ont celui d'améliorer les races de chevaux.

Un livre très-répandu, et qui se réimprime tous les ans, renferme l'histoire et la généalogie des chevaux célèbres des trois royaumes. On y voit le nom, la taille, la couleur et les signes particuliers de chacun, le nom de ses aïeux, et la désignation de toute sa progéniture, les courses dans lesquelles il s'est distingué, le nombre de pieds de terrain qu'il franchissait à chaque enjambée de son galop, les sommes d'argent qu'il fit gagner, etc.

Le livre en question donne encore, comme les autres annuaires nobiliaires, l'état exact des révolutions qui se sont opérées dans le personnel de la *race*.

Pour compléter ce que j'avais à dire sur les chevaux et les paris, je dois raconter de quelle manière se font les courses.

Epsom, lieu favori pour les courses, est situé

près la grande route de Londres à Portsmouth ; c'est une grande plaine légèrement bombée vers le milieu. Le coup-d'œil qu'elle offrit quand nous y arrivâmes était enchanteur. Assurément nous n'avions jamais vu en France une pareille collection de beaux équipages et de beaux chevaux. Les hommes et les femmes, dans les plus élégantes toilettes de matin, étaient réunis au nombre de plus de cinquante mille.

Il était temps d'arriver; il était près de midi : quelques minutes plus tard la course allait commencer sans nous.

Nous nous portâmes sur une éminence d'où nous pouvions tout voir autour de nous comme dans un panorama.

Le mouvement le plus actif, la gaîté la plus bruyante régnait autour de nous. Des groupes de cavaliers faisaient des évolutions dans tous les sens; quelques-uns s'étaient serrés auprès de la place que nous occupions, et paraissaient prendre un intérêt très-vif au spectale qui allait commencer. Je fis remarquer au baron que c'étaient les parieurs les plus renommés de Londres qui étaient venus pour se livrer à leur goût favori.

Presque tous avaient à côté d'eux des jokeis ou des palefreniers qui, par leur longue habitude des courses et du maniement des chevaux, pouvaient les conseiller avantageusement pour les chances des paris.

A l'instant où la première course commença, toute la plaine parut agitée par l'élan d'une vive allégresse : les hommes élevaient en l'air leurs chapeaux; les dames agitaient leurs mouchoirs; c'étaient des cris de joie, des murmures de curiosité! Les cavaliers qui avaient fait des paris s'empressaient de tourner autour de l'éminence, afin de suivre de l'œil les progrès des chevaux qu'on avait lancés dans la lice. Les rubans, les étoffes de diverses couleurs et les autres ornemens qui composaient la toilette des dames, faisaient ressembler toutes les voitures à d'immenses vases de fleurs légèrement agitées par le vent.

Le baron admira avec quelle adresse on gouverne les chevaux qui disputent les prix. Au lieu de les fatiguer de prime abord, en les laissant courir de toutes leurs forces, on les retient, et on ne les abandonne enfin à leur ardeur que lorsqu'ils sont à plus de la moitié du chemin qu'ils ont à parcourir. L'espace total peut avoir une longueur de deux *milles* ; ce fût à la dernière moitié du second, que les jokeis mirent en œuvre tous les secrets de leur art, pour tirer le plus grand parti possible de la vigueur des coursiers qu'ils montaient. Comment l'homme et la bête peuvent-ils respirer ? C'est ce que j'ai peine à comprendre ! Certes, les *vents* sont des *rosses* pour la vitesse, en comparaison des chevaux anglais ! Que dirais-je, si j'avais à les mettre en parallèle avec les chevaux des autres pays ?

Non seulement ils sont impétueux, mais encore ils sont dociles et s'arrêtent aussitôt que le cavalier le juge convenable. Une fois le but atteint, ils se laissent enfermer sans opposer la moindre résistance.

Il ne faut pas moins que cette extrême habileté des jokeis pour éviter les accidens au milieu d'une foule si compacte et si nombreuse ! La lice n'étant pas bordée de barrières, tous les spectateurs l'encombrent, et ne pensent à se ranger, que quand les chevaux arrivent près d'eux. La meilleure police ne parviendrait pas à changer cette habitude : le peuple souverain aime la liberté jusqu'à la licence.

Je reportai mes regards vers l'arène où de nouvelles courses avaient lieu dans ce moment. Un cheval appartenant au duc d'York, avait déjà fait gagner à son maître une vingtaine de mille livres sterling ; le prince en gagna presque autant, ou le même jour, ou les jours suivans, en faisant de nouveaux paris. Quand on eut cessé de faire courir des chevaux, on termina la fête, comme cela se pratique presque toujours, en faisant lutter des boxeurs.

Ce n'étaient pas des boxeurs de la première force ; ceux-là sont réservés pour de plus grandes occasions ; des hommes qui ont une grande célébrité ne consentiraient pas à être employés comme accessoires dans une fête. Lorsqu'un combat doit avoir lieu entre deux athlètes vraiment supérieurs, on dresse une arène tout exprès pour eux ; et la foule s'y porte en aussi grande abondance, et les paris s'y font à des taux aussi élevés qu'aux courses d'*Epsom* et de *Newmarket*.

Le chemin était si poudreux, quand nous voulûmes partir, que je fus obligé de consentir à monter sur un des premiers *stages* que nous rencontrâmes ; mais comme j'aime encore plus l'air que je ne crains la poussière, je me plaçai *outside*, et je fis asseoir le baron à côté de moi. Je crois que la route eût été un peu périlleuse pour des piétons. Les voitures y roulaient en si grand nombre, et avec une telle vitesse, qu'on était exposé à être écrasé avant d'avoir entendu le *gare*.

Amirau ne pouvait comprendre comment tous ces équipages pouvaient voyager sans encombre; il en passait quelquefois trois de front sur une route fort étroite, et cependant aucun n'était *accroché*. Mais les cochers anglais sont si habiles qu'ils connaissent, à l'épaisseur d'un cheveu près, comme ils le disent, la portée de leur essieu.

On pouvait remarquer de grandes disparates dans les nombreux équipages qui couvraient cette route. Un membre de la famille royale n'avait qu'une voiture à deux chevaux; un duc d'une famille française avait un équipage à quatre; et un danseur de l'opéra se pavanait dans un landau élégant traîné par six superbes chevaux.

La poussière du grand chemin eut bientôt nivelé toutes ces inégalités : les voitures, les chevaux, les hommes et les dames, tout fut couvert d'une couche grise uniforme, sous laquelle

disparurent toutes les différences de condition;
et quand, en approchant de Londres, nous traversâmes quelques villages, les gens qui se met-
taient aux fenêtres pour nous voir passer, regar-
daient avec autant d'intérêt les honnêtes gens
qui remplissaient les *stages*, que les grands seigneurs ou les histrions qui passaient en équipages plus somptueux.

Chaque comté en Angleterre à ses courses de
chevaux; mais celles d'*Epsom*, de *Newmarket*,
d'*Ascot*, d'*Egham*, de *Duncaster*, d'*York*, et
de quelques autres pays, sont regardées comme
les plus célèbres, tant à cause des chevaux qu'on
y voit lutter, que par rapport à la foule de *gens
à la mode* qu'elles attirent.

LES RADICAUX.

> Malheureux ! toi qui serais le
> premier à te sauver des coups, tu
> conduis les autres au désordre où
> tu penses trouver du profit.
>
> SHAKESPEARE.

Je venais de terminer une partie d'échecs,
quand le docteur me dit en se levant : « Mon
cher, n'as-tu pas encore été dîner dans les ca-
ves ? — Jamais. — Ni souper à un club du *Coq
et de la Poule ?* — Pas davantage. — Ni assisté
à une assemblée de radicaux de la rue Saint-
Gilles : — Encore moins. — En ce cas, me dit-
il, tu es encore novice, et je vois que tu as
bien des choses à connaître. Celui qui, comme
toi, n'a examiné l'homme que dans les salons
et les réunions distinguées, n'a vu qu'un côté
de la médaille, et si le revers est moins brillant, je te jure qu'il a aussi son aspect curieux.
Allons, je me charge d'être ton *cicerone.* » Je

m'inclinai devant mon précepteur, et je lui dis que j'étais prêt à le suivre sur cette arène de la *liberté des débats*.

Nous montons en voiture, et nous avons grand soin de la laisser à l'écart avant d'arriver au club, car il n'eût pas été décent de nous y présenter dans un équipage aussi *aristocratique*. Pour nous mettre à la hauteur de la scène à laquelle nous allions assister, je m'étais couvert d'un habit noir avec un chapeau blanc, et le docteur était costumé en vrai réformateur.

Nous entrâmes dans la halle où se tenait l'assemblée : après avoir salué le président, qui n'était là, à ce qu'on me dit, que *par interim*, en attendant l'arrivée d'un fameux orateur, et l'un des martyrs de la cause de la liberté, j'examinai avec attention cette réunion si nouvelle pour moi; et j'aperçus plusieurs femmes dont les regards hardis et la tenue immodeste indiquaient assez la profession plus que libérale. « Assurément, dis-je au docteur, ce ne sont point là des *réformatrices*. -- Au contraire, répondit-il, vous voyez les républicaines les plus ardentes; ces femmes sont d'*honorables déléguées* envoyées ici par les sociétés politiques féminines. -- Fort bien ; nous verrons ce qu'elles savent faire. » Ici la scène commença : le vice-président lut les noms des membres présens.

Un tumulte effroyable s'éleva de toutes les parties de la salle.

« Qui voudrait abandonner son poste quand la patrie est en danger ? s'écrie un vendeur de soupe pour les chiens. -- J'ai une motion à faire contre ces coquins de ministres, répond d'une voix de tonnerre un marchand de mort-aux-rats. — Vous n'êtes pas à l'ordre, Monsieur, crie l'homme au fauteuil ; *Héléna King*, chef de la délégation des réformatrices, a la parole. » Alors la citoyenne toussa, cracha, et d'une voix rauque et dure commença en ces termes : « Je porte le nom de la royauté (*King*, roi) ; mon prénom est celui d'une reine célèbre dans l'antiquité ; mais je jure que c'est là mon seul rapport avec elle et les rois ; je hais tous les entourages de la majesté. Franche républicaine, jamais aucun homme n'eut sur moi d'empire, pas même mon mari (applaudissemens). Les droits des rois, leur légitimité, sont de ridicules chimères que je méprise. La liberté, voilà l'étendard sous lequel je veux combattre ; les droits du peuple, voilà les seuls droits que je reconnais. » Pendant que des applaudissemens prolongés interrompent cette *philippique*, je ferai à mes lecteurs quelques observations sur la dame Héléna. Depuis près d'un an, elle avait quitté son mari, et elle s'était consacrée à la cause publique avec un dévouement si complet, que sa taille avait acquis une extension visible de circonférence, en même tems que ses idées de libéralisme s'étaient développées. Quand les transports du club furent un peu apaisés, elle continua par une tirade virulente contre le clergé et la religion.

Suivant elle, la Bible était un recueil de contes, les prêtres des loups revêtus de peaux d'agneaux ; les évêchés devaient être vendus pour en distribuer le prix au peuple ; et le clergé ne devait avoir d'autre dîme que le dixième des enfans des pauvres à nourrir et à élever. Des éclats de rire et des applaudissemens s'élevèrent spontanément ; l'orateur femelle lança des traits mordans contre les magistrats de Manchester ; et, par un serment assaisonné des juremens les plus effroyables, elle protesta qu'elle était le champion de l'indépendance ; elle montra des con-

tusions qu'elle avait reçues en écorchant le visage d'un *watchmann*, et elle conclut en pro-
posant de lever, aux frais du public, un corps
d'*amazones* armées, qui aideraient les enfans
de la liberté à reconquérir leurs droits. Le président prit la parole, et dit qu'il était *transporté....* « Monsieur, reprit vivement Héléna,
mon mari a été déporté, et n'en valait pas moins
pour cela. Je pense que vous n'avez pas voulu
m'adresser une personnalité. » Le président s'expliqua : « J'ai voulu dire *ravi* (fort bien, dit
Mme King), du discours de la déléguée : tous
ses principes sont *purs*, et je voudrais qu'ils
eussent été prononcés en présence du parlement, je ne craindrais rien : quoique si je savais qu'il y eût un espion parmi nous, je l'im-
molerais sur la châsse des reliques des martyrs
de Manchester. »

Le président observa ensuite que la nation
était sans ressource, que la dette de l'État avait
passé toutes les bornes, et qu'il était impossible
de l'acquitter. Il pensait en conséquence qu'il
était plus court d'effacer les anciens comptes
(faire banqueroute), et d'en recommencer de
nouveaux. Mais le maître de la maison s'opposa,

de toutes ses forces, à cette mesure, en disant qu'il vaudrait autant que ses débiteurs, à lui, vinssent lacérer ses registres. Le président rappela à l'ordre notre cabaretier, et finit par proposer un vote de remercîmens à Mme King, et un autre de censure pour le lord-maire, ainsi qu'une souscription d'un sou par tête pour l'érection d'un pilier patriotique, sur lequel seraient inscrits, en lettres d'or, les noms de Hunt et autres réformateurs célèbres.

Alors un étranger se leva en disant qu'il arrivait de l'exil (Botany-Bay), où il avait été envoyé pour avoir mis trop d'ardeur à propager la communauté des biens (en faisant passer dans ses poches le superflu qui se trouvait dans celles de ses voisins). Il prit la parole, et annonça qu'il voulait se *renfermer* (cette expression parut mal sonner aux oreilles de ses auditeurs), se renfermer dans quelques remarques au sujet de la constitution. Il soutint que tous les genres d'industrie étaient permis, et que la patrie devait être reconnaissante envers ceux qui, par quelque moyen que ce fût, punissaient les riches de leur avarice, et rétablissaient l'égalité parmi les diverses classes de la société. Les ap-

plaudissemens devinrent si violens, que les cris
enroués de l'orateur ne purent plus se faire
entendre; il descendit du tonneau sur lequel
il était monté, et la républicaine Héléna King
accourut l'embrasser avec effusion de cœur pour
la noble cause de l'égalité.

Il était question de souper : on se mit à
table, et on porta de si fréquens toasts à la liberté, au suffrage annuel et universel, au salut
du peuple, aux frères et amis de France, que
les têtes s'échauffèrent, et qu'un vacarme épou-
vantable s'éleva dans la salle. Le président pro-
fita d'un moment de silence pour balbutier quelques mots de tempérance, de sagesse, de dignité à garder, et, en achevant, il roula de
son fauteuil sous la table, et y resta tout étendu, sans pouvoir se relever. Un réformateur se
leva, et monta sur la table, en brisant quelques
bouteilles et deux ou trois assiettes.. Selon lui,
il ne fallait rien moins que mettre le peuple
entier sous les armes, et faire exécuter de force
la loi agraire, ouvrir les ports à tous les com-
merçans, sans droits et sans impôts. Cependant
le jour allait paraître; l'orateur le fit remarquer
à l'assemblée, et termina son discours en ces

termes : « Honorables collègues, retirez-vous sans bruit et sans désordre; ne cassez rien que les lanternes et les vitres des juges et constables; tâchez surtout de vous conduire d'une manière digne de la noble cause que vous soutenez, et de la majesté de la grande nation dont vous êtes les représentans. « En achevant ces paroles, le digne orateur voulut faire un salut à la députation; il mit le pied dans un plat, glissa, tomba sur la table et ensuite sur Mme Héléna, qui, dans sa chute, entraîna *l'exilé*, la table, les assiettes et trois ou quatre des plus honorables membres de l'assemblée. Les cris, les éclats de rire, le tumulte, le bruit de la vaisselle cassée, devinrent si assourdissans que, bouchant mes oreilles, je me sauvai au plus vîte, entraînant avec moi le cher docteur, qui riait à gorge déployée. « Vraiment, lui dis-je, vous m'avez fait voir là quelque chose de fort utile, et voilà du tems bien employé! -- Mieux que vous ne le pensez, me répondit-il avec un grand sérieux; et si vous vous donnez la peine de comparer, vous verrez que c'est exactement l'image des prédicateurs de réforme dans les classes élevées. Harangues verbeuses, déclama-

tions immodérées, haine à ceux qui ont le pouvoir, voilà les traits frappans qui vous indiquent
assez l'affinité de sentimens qui unit tous les
gens de cette espèce.

LES CHEVALIERS

D'INSDUSTRIE.

Paresseux, désœuvrés, qu'on cherche vainement
A la cour, à l'église, ou dans le parlement.

POPE.

Je faisais un jour mes observations lunaires
chez Long (car le soleil cache ses rayons à
l'heure des dîners à la mode), quand deux merveilleux vinrent se placer à une table en face
de la mienne. J'achevais mon dîner, consistant
en une soupe, un morceau de poisson et une
côtelette, et je trempais mon biscuit dans mon
troisième verre de vin, une demi-bouteille étant
ma ration ordinaire. Il pouvait être alors huit
heures. Ils firent en entrant beaucoup d'embarras, comme disent les Français ; secouèrent
les pieds avec bruit, parlèrent très-haut, ap-
pelèrent le garçon avec fracas, et allèrent ar-

ranger, devant une glace, leur chevelure et le nœud de leur cravate.

Le premier, fat dans toutes les règles, venait de descendre de son tilbury; l'autre, demi-dandy, demi-roué, logeait dans l'hôtel. Un domestique apporta au dernier trois tabatières, l'une en or guilloché, l'autre ornée du portrait de Napoléon, pour prouver que celui à qui elle appartenait avait voyagé; sur la troisième était une miniature qui n'était remarquable ni par la correction du dessin, ni par la décence du sujet qu'elle représentait.

Le domestique étala ces trois boîtes sur la table d'un air de cérémonie, et demanda à son maître en mauvais anglais, s'il avait besoin de lui; à quoi celui-ci répondit, en français encore plus mauvais, qu'il pouvait se retirer : le tout pour prouver qu'il parlait cette langue.

Le fat tira de sa poche, d'abord un mouchoir de batiste dont il s'essuya le front, puis un mouchoir de Barcelonne, et prit une prise de tabac. Il était vêtu à la dernière mode; le collet de son habit, roide comme le collier d'un limonier, laissait voir un cou de cicogne entouré d'une cravate assez ample pour qu'on eût pu en faire une nappe, et sa taille était serrée comme le milieu d'une horloge de sable.

« Mangerons-nous de la tortue, John? demanda-t-il à son compagnon. -- Au diable la tortue, Jack! répondit celui-ci; cela sent la cité; nous aurions l'air d'être des aldermans ou de misérables planteurs des Indes-Occidentales. C'en est assez pour mettre la tortue hors de vogue. -- Mais informez-vous donc si Long a eu soin de mettre le vin dans la glace. »

Le garçon vint alors lui demander s'il fallait que son tilbury l'attendît à la porte. « Non, lui dit-il, dites à mon domestique qu'il aille mettre mes chevaux à l'écurie; ils doivent être diablement fatigués, ils ont besoin de repos; et qu'il vienne me prendre à onze heures avec ma calèche et mes chevaux bais, pour me conduire à l'Opéra, et de là au club. »

« Quatre chevaux! me dis-je à moi-même; il faut qu'il soit riche. »

« Servez-nous sur-le-champ, s'écria Jack, c'est-à-dire celui qui logeait dans la maison. »

Il avait à sa suite un chien favori que je ne remarquai que parce qu'il ordonna qu'on lui donnât une livre de côtelettes de mouton et un ris de veau.

. « Voilà un trio qui fera de la dépense, pensai-je. »

« Vous nous donnerez pour dessert, dit Jack, un bel ananas, du raisin (à 7 schellings la livre, pensai-je), des glaces, des noix, et ce que vous voudrez. -- Brûlez une pastille parfumée, dit John au garçon, et donnez-nous deux autres bougies. A propos, n'oubliez pas de mettre de l'eau de rose dans les verres à main, et commandez-nous des champignons au vin de Champagne. Songez aussi à recommander les beignets d'ananas; qu'ils soient légers comme l'amour et chauds comme le feu. -- On y veillera, dit le garçon. -- Quel vin boirons-nous? demanda Jack. -- Mais... voyons. - Du Madère, une bouteille de Champagne à la glace, une autre de l'Hermitage, quelques verres de vin de Chypre, telle liqueur que vous voudrez dans les entr'actes, et du Bourgogne après le dîner. -- Le choix est bon, me dis-je à moi-même, mais il coûtera de l'argent. -- Étiez-vous au spectacle hier soir? demanda John à son ami. -- Au spectacle? Fi donc! Qui diable peut aller là? Je me suis montré un instant dans Argyle-Rooms, j'y ai vu un acte du *Bourgeois-Gentil-*

homme, et j'y ai serré la main de ma petite favorite. J'ai été de là au bal ; en sortant j'ai eu une querelle avec je ne sais quel drôle, et j'ai rossé un *watchman* qui voulait s'en mêler. -- Moi, j'ai dîné hier avec lord B***, à 5 guinées par tête, et je me suis amusé à persiffler un peu le vieux réprouvé de pair. Je suis entré ensuite dans cette maison que vous connaissez, dans *Bennet-Street ;* ma curiosité m'a coûté 300 guinées, mais cela ne vaut pas la peine d'y penser. »

« Quelle fortune doivent avoir ces jeunes écervelés ! pensai je. »

Un petit turbot, un dindonneau, six ragoûts à la française, une crême et une tourte aux abricots, ne firent qu'une partie de leur dîner : ils burent de six liqueurs différentes, et ne furent satisfaits d'aucune. Ils parlèrent long-temps de lord B***, de connaisseurs en pipes et en tabatières, de gaillards qui savent vivre ; traitèrent avec mépris tout ce qui leur était étranger, et firent une longue dissertation sur les gances dont on couvre les coutures des pantalons, sur la manière de mettre une cravate, et sur les moyens à employer au jeu pour fixer la fortune. Je me lassai de les écouter, et quand je les vis entamer la quatrième bouteille, et demander des olives pour donner au vin, dirent-ils, une nouvelle saveur, je me levai de table et je me retirai.

Je fis signe au garçon de me suivre, et lui demandai qui étaient ces jeunes gens, qui ne se nommaient que Jack et John. Je m'attendais à entendre des noms précédés de quelque titre. Quelle fut ma surprise d'apprendre que c'étaient deux chevaliers d'industrie qui n'avaient d'autres moyens d'existence que ceux qu'ils trouvaient autour d'une table de jeu, Dieu sait de quelle manière ! Celui qui était venu en tilbury payait fort bien. C'était un jeune homme qui avait eu de la fortune, mais qui l'avait mangée avec l'aide de son ami. Quant à celui qui logeait dans l'hôtel, c'était le fils naturel d'un lord ruiné qui s'était expatrié, une fort mauvaise pratique ; mais on n'osait ni le congédier, dans l'espoir qu'une heureuse veine le mettrait en état de payer, ni le faire arrêter, de crainte qu'il ne se déclarât insolvable, et qu'il ne se moquât ensuite de ses créanciers. Quel siècle !

DE L'ARCHITECTURE.

Un bourgeois de Paris dit très-sé-
rieusement à un Anglais : «Qu'est-ce
que votre roi ? il est si mal logé !
cela fait pitié. Voyez le nôtre : il
habite Versailles..... Est-ce là un
château superbe? En avez-vous un
pareil à citer?»

MERCIER.

Commodité, netteté, solidité, telle est la devise que semblent avoir prise la plupart des
architectes anglais. Cette devise a bien son mérite lorsqu'il ne s'agit que de bâtir et d'ap-
partenancer des maisons particulières. Mais on
est convenu d'exiger davantage quand il s'agit
d'un édifice monumental. Les artistes de la
Grande-Bretagne seraient en fonds pour répondre à cette demande; le génie leur manque
moins que l'occasion de le développer convenablement. Jusqu'au commencement du XVe siè-

cle, Londres n'avait eu de grands édifices remarquables que l'église gothique de *Westminster*.
Depuis la construction de *Saint-Paul* et de
Sommerset-House, on n'a vu s'élever aucun
autre monument digne de l'opulence de la capitale de l'Angleterre, tandis que dans tous les
autres pays, ces belles inutilités se multiplient
à l'infini autour de la demeure des rois.

Il est bien malheureux pour les progrès de
l'architecture en Angleterre, que les deux rois
qui, par leur manie de bâtir, étaient les plus
capables de l'encourager, aient dépensé tout
leur argent en édifices de mauvais goût. Si,
au lieu d'élever un temple siamois et de petits
châteaux mesquins et gothiques, Georges III eût
commencé un palais vaste et régulier; si, au
lieu de dépenser annuellement des millions à
élever des *cottages* couverts de chaume, ou des
pavillons chinois, son successeur les eût employés à continuer le monument commencé sous
le règne précédent, Londres posséderait enfin
un édifice digne de la puissance de l'Angleterre,
et de l'opulence de ses rois.

On rencontre par-ci par-là, dans les rues,
quelques maisons particulières bâties dans le

style baroque pour lequel les deux Georges ont eu une si grande affection. Il y en a une dans *Park-lane* et une autre à côté de l'hôtel de lord Spencer, dans l'allée qui borde *Green-park*. Elles sont toutes deux enrichies de tout le luxe gothique, turc et chinois; elles sont badigeonnées en bistre clair, et leurs fenêtres sont garnies de verres de mille couleurs.

Les maisons des riches particuliers sont en général bâties avec assez de simplicité, et ne manquent pas d'élégance. Elles ne sont pourtant pas d'un goût très-pur, car la plupart ont, au milieu de la façade, ou sur les deux côtés, un bombement qui forme corps moyen de logis, ou deux ailes symétriques. Ces rotondes détruisent complètement l'effet que l'architecte attend des lignes, et gâtent l'aspect de la façade, soit qu'on la voie en face, soit qu'on la regarde de côté. Dans l'intérieur, elles donnent des appartemens plus spacieux, mais d'une forme irrégulière.

L'ameublement des maisons se ressent du goût qui domine dans leur architecture. Il est en général simple et élégant, mais il n'est pas ce que nous appelons aujourd'hui classique. Les formes grecques n'ont encore été adoptées que pour les lampes astrales et pour quelques uns des *feux* des salons. J'imagine que cette circonstance tient au nombre prodigieux de lampes antiques, que l'on a rassemblées depuis peu dans le musée britannique.

Les commodes et les secrétaires à colonnes, les fauteuils massifs, les tables à un seul pied, en un mot tous meubles que nous avons modelés d'après l'antique, sont encore inconnus à Londres. Pour les rapporter à une des époques des beaux-arts français, les meubles, qui sont aujourd'hui de mode en Angleterre, ressemblent assez à ceux dont nous nous servions à Paris à la fin du règne de Louis XV.

Comme les étrangers ne sont jamais admis dans les chambres à coucher, et que les dames n'ont pas le droit d'y recevoir société, le lit est un meuble encore plus arriéré que tous les autres : dans tous les pays du monde, la vanité s'occupe principalement de ce qui se voit.

Le luxe des glaces est bien moins commun en Angleterre qu'en France. Cela tient aux impôts énormes dont ces objets sont frappés. Bien entendu que, malgré leur prix exorbitant, les gens riches en garnissent leurs appartemens de parade et de toilette ; mais la petite propriété est obligée de ne se mirer que dans des miroirs à barbe ou dans les quatre ou cinq petits morceaux de vitre étamés et assemblés dans un cadre, qui figurent avec pompe au-dessus de la cheminée du salon.

Est-il surprenant d'après cela , que tant de *cockneys* viennent tout exprès en France pour aller se mirer à leur aise dans les glaces du café Montansier ou du café des Mille-Colonnes!

DES PROMENADES

ET

DES JARDINS PUBLICS.

Pour donner aux jardins une forme plus pure,
Observez, connaissez, imitez la nature.

DELILLE.

Il n'y a, à proprement parler, que trois promenades ou jardins publics dans Londres. On
trouvera que c'est bien peu pour une cité si
étendue et si populeuse! Cette observation paraîtra d'autant plus fondée, que ces trois promenades sont réellement situées hors de la ville,
et toutes à la plus grande distance possible du
quartier habité par la classe qui a le plus besoin d'avoir le bon air à sa portée, par la raison
qu'elle a moins le temps et la facilité d'aller le
chercher.

Je n'ai pas donné le nom de promenade ou de jardin public à ces superbes *squares*, desquels les Anglais sont si fiers. Quoique ces lieux aient pour les maisons et les rues qu'ils avoisinent, tout le bénéfice des promenades publiques, il n'y a de véritablement publics que les *parcs*. Ils sont au nombre de trois : *Saint-Jame' s-park*, dans lequel nous pouvons comprendre *Green-park*, *Hyde-park* dont *Kensington-gardens* forme une dépendance, et *Regent' s-park*.

L'étendue de tous ces lieux compense leur petit nombre : les deux derniers ont plus d'une lieue carrée de surface, et quoique le premier soit réellement enclavé dans la ville, on peut s'y promener bien longtemps sans s'en apercevoir.

Hyde-park et *Regent' s-park* sont le beau idéal d'un jardin anglais ; car ils ressemblent plutôt à une vaste portion d'une campagne pittoresque qu'à une œuvre péniblement composée par l'homme ; la main de l'ouvrier ne s'y fait sentir nulle part.

Il est certain qu'un amateur des scènes de la campagne peut les rencontrer presque toutes dans les deux parcs dont il s'agit ici. Le terrain de *Hyde-park* est tour-à-tour plat et montueux,

aride et couvert de gazon, découvert et bordé.
Il y a une suite de pièces d'eau qui méritent
réellement le nom de rivière dont on les a décorées : la première est entourée de massifs de
verdure et se trouve dans *Kensington-gardens;*
la seconde est plus découverte et plus vaste; la
troisième devient un canal, passe d'abord sous
un pont, et ensuite se perd dans un aqueduc
souterrain. Comme leur niveau descend toujours
en allant de la première vers la troisième, elles
communiquent ensemble par de petites cascades.

Les eaux de *Regent' s-park* sont encore plns
belles que celles de *Hyde-park;* elles sont formées
par un canal qui traverse le parc dans sa plus
grande longueur, et qui serpente en s'élargis-
sant pour former des lacs, pour embrasser des
îlots couverts de verdure; en se rétrécissant pour
passer sous des ponts fort élégans. Les eaux de
ce canal ainsi que celles de *Serpentine-river,* sont
animées par une très-grande quantité de cygnes.

Celles de *Green-park* et de *Saint-Jame's-
park* ne sont pas aussi belles. Elles sont même
assez peu abondantes; car, pendant les étés
secs, leur niveau baisse, et elles deviennent un
peu bourbeuses; ce qui faisait dire à Amirau, un

jour qu'il traversait *Green-park* avec un Anglais qui en vantait la beauté : Osez - vous bien
me donner cette flaque d'eau sale pour une chose
admirable? Les grenouilles françaises vous sont
bien connues sans doute : eh bien, malgré le
mépris que vous affectez pour elles, elles ne
voudraient pas une pareille résidence !

Saint-Jame' s-park est moins beau que les deux
autres parcs, et un peu moins jardin à l'anglaise. Il ne se compose que de deux allées immenses séparées par un long canal et des prai-
ries. Mais la profusion d'animaux qu'on y voit
lui rend le naturel que l'alignement de ses arbres lui fait perdre. Au haut du parc du côté
d'*Horse-Guards*, il y a une espèce de marché
perpétuel pour le laitage, et par conséquent, on
y voit toujours un certain nombre de vaches.
Ces animaux errent par troupes dans la prairie
et sur les bords du canal. Dans *Green-park* on les
voit également par centaines.

Comme le ciel brumeux de l'Angleterre est
très - favorable aux fourrages, on a trouvé le
moyen de rendre le sol des promenades publiques très-productif, en convertissant en prai-
ries, toutes les parties non occupées par les

sentiers et les grandes routes qui les traversent en divers sens.

Ce fut, dit-on, la reine Charlotte, épouse de Georges III, qui eut la première cette idée d'économie domestique. Elle dut en tirer des bénéfices immenses, car les parcs étant des biens de la couronne et ayant une grande étendue, le lait fourni par les animaux qui y trouvent leur nourriture fut bientôt en assez grande abondance pour fournir aux besoins de presque toute la capitale. L'argent qu'il produisait était versé, chaque jour, dans le trésor particulier de la reine.

Ce goût pour le naturel, cette sollicitude à reproduire dans tous les jardins publics toutes les scènes de la campagne, amène plus d'une fois des accidens assez singuliers. Les parcs de Londres ont offert souvent des scènes dignes d'une arène espagnole; des vaches ombrageuses foulent aux pieds les chiens qui les importunent par leurs aboiemens, ou attaquent avec leurs cornes les chevaux qui ne se tiennent pas à assez grande distance. Dieu sait ce qui peut advenir au maître du chien ou au cavalier. Un animal aussi volumineux qu'une vache, et surtout qu'une vache anglaise, acquiert en courant une force capable de renverser tout ce qu'il rencontre.

Hyde-park est le lieu où se font de temps en temps les grandes manœuvres des troupes, et presque tous les jours l'exercice à feu.

Le spectacle d'une petite guerre est en harmonie parfaite avec le naturel des jardins à l'anglaise; il le serait encore davantage si c'était d'une bataille réelle qu'ils devinssent le théâtre! Depuis que le monde est créé, il a toujours été dans la nature de l'homme de guerroyer avec son semblable, et, par conséquent, de faire une répétition des manœuvres homicides, pour en acquérir une plus grande habitude... Mais je m'enfonce dans la philosophie, hâtons-nous de revenir à nos animaux!

Quel doit être l'effroi des vaches, quel doit être celui des chevreuils et des cerfs lorsqu'ils entendent le feu roulant des mousquets, et que le vent leur porte au nez l'odeur de la poudre? Serait-il surprenant que, en vertu de cette maxime:

La terreur à la fin produit l'indépendance,

les vaches se ruassent sur les soldats; et qu'une fois le premier pas fait, se sentant animées par la vue des habits rouges, couleur pour laquelle on sait qu'elles ont une antipathie très-prononcée, elles missent dans les rangs un désordre pareil à celui qui y fut introduit plus d'une fois par les cuirassiers français?

Dans *Regent' s-park* et dans *Saint-James-park*, les animaux, de quelque espèce qu'ils soient, trouvent beaucoup plus de repos. On ne fait aucune manœuvre.

La gent volatile profite de cet avantage aussi bien que les quadrupèdes. Les moineaux francs de *Regent' s-park* sont presque aussi familiers que ceux de notre Palais-Royal; les corneilles et les corbeaux obscurcissent quelquefois le ciel en volant entre les arbres de *Saint-James-park*. Ils se sont multipliés à un tel point que tous les ormeaux qui bordent le jardin de *Carlton-house* sont couverts de leur nids. A quelque heure du jour ou de la nuit qu'on y passe, on est étourdi par leur croassemens.

Je ne conçois pas comment le propriétaire d'un palais, auprès duquel il se fait toujours un vacarme si désagréable, ne prend par des mesures

9...

pour le faire cesser! Il faut nécessairement que le premier Anglais soit passionné par excellence pour la nature, et qu'admirant son sublime jusque dans les plus petits détails, il reste des heures entières assis au pied d'un arbre, pour écouter le dialogue des corbeaux, comme ce bon Dupont de Nemours, qui voulait en publier une traduction française avec le texte en regard.

DE LA PEINTURE

ET DES EXPOSITIÒNS;

DE LA GRAVURE ET DES ESTAMPES.

Il n'est point de serpent, ni de monstre odieux
Qui par l'art imité ne puisse plaire aux yeux.

BOILEAU.

J'ai dit qu'il y avait quelques tableaux dans
le *British-Museum ;* mais ils ne doivent être ni
beaux ni nombreux, car la salle qui les contient
n'est jamais ouverte au public. Les seules peintures que j'ai vues dans cet établissement, sont
celles qui décorent les plafonds de l'escalier et
de quelques salles. Elles sont assez bien composées et d'une exécution assez belle. Amirau,
à qui j'en fis l'observation, tira de sa poche le
Guide de l'étranger dans Londres, pour me

faire lire un passage où il est dit qu'elles sont l'ouvrage d'un peintre français.

Il est dommage qu'on n'ait pas formé, dans le Musée britannique, une collection de tableaux, digne de celle des statues antiques qu'on voit dans le même local. Je m'étonne même qu'on n'y ait pas transporté un commencement de galerie qui existe depuis quelque temps dans la rue de *Pall-Mall*, sous le nom de *British-gallery*.

Sans doute que, dans le Musée complet, on aurait laissé voir *gratis* les tableaux, comme les collections d'antiques et d'histoire naturelle! Un gouvernement, qui crée un établissement de ce genre, doit désirer qu'il soit visité par le plus grand nombre possible d'amateurs. Outre qu'il serait mesquin de lever un tribut fiscal sur une curiosité qui doit tourner à la gloire des beaux-arts et de la nation, on serait sûr d'arrêter à la porte les jeunes artistes qu'on obligerait à montrer le rameau d'or pour entrer.

Cette considération n'a pourtant pas arrêté les administrateurs de *British-gallery*. Le Musée est le seul endroit public où l'on soit admis sans payer. Partout ailleurs, on a pensé que la dignité du gouvernement était une chimère qu'il fallait négliger pour les solides habitudes d'un pays commercial.

C'est fort ennuyeux de débourser toujours des shellings, me disait le docteur ensuivant de l'œil les quatre que j'échangeais à la porte de la galerie de *Pall-Mall* contre un égal nom· bre de billets d'entrée; fort ennuyeux assuré- ment, mais il faut se conformer aux usages du pays qu'on habite. Ici, du moins, notre ar·· gent sera parfaitement employé; car l'exposi·· tion que nous allons voir est presque aussi nom- breuse, et bien plus variée que celle de *Som- merset - house*, et incomparablement mieux fournie que toutes les autres expositions *privées*.

Cela prouve peu pour elle, dit Amirau, qui, plus prompt que nous et plus pressé d'as- seoir une opinion, avait déjà parcouru de l'œil les deux salles qui composent le *British-gallery*.

De quoi peuvent-elles êtres composées? con· tinua-t-il après y avoir fait quelques tours? Est-il possible qu'elles soient plus pauvres que la collection nationale? Une bataille de Wa- terloo, deux ou trois paysages, et quelques au- tres tableaux de genre; en fait de peinture historique, une scène de *Shakespeare* exécutée par un des plus mauvais peintres de l'Angleterre, et quelques œuvres des artistes les plus médiocres des trois écoles du continent, voilà l'analyse de votre galerie britannique!

Vous décimez les tableaux qui nous entourent, répondit le docteur un peu confus, et pourtant il y a du vrai dans votre reproche. Les établissemens spécialement destinés au public, par le gouvernement, sont malheureusement un peu négligés; mais gardez-vous de juger sur l'échantillon que vous voyez ici, et des richesses que l'Angleterre possède en tableaux étrangers, et surtout du talent de ses artistes vivans. Je voudrais que vous puissiez voir quelques unes des galeries que possèdent presque tous les grands seigneurs qui ont des maisons à Londres. On pourrait, sans les diminuer beaucoup, en retirer aisément de quoi composer un musée presque aussi vaste et aussi précieux que celui du Louvre. Lord Grosvenor qui possède la presque totalité des paysages de Claude Lorrain, pourrait en fournir un bon contingent; le marquis de Strafford pourrait donner quelques chefs-d'œuvre des peintres de

toutes les écoles; les galeries les moins riches
paieraient un contingent assez beau, en donnant des portraits de famille, faits par des artistes anglais, anciens et modernes; enfin, le
roi lui-même (car sans doute il ne refuserait
pas de contribuer, pour sa part, à la formation
d'une galerie digne de sa capitale), n'aurait
qu'à retirer de ses châteaux, de ses palais et
de ses *cottages*, quelques uns des tableaux qui
sont entassés dans les appartemens, et notamment des peintures flamandes et des *Rembrandt*,
dont le nombre s'est accru si prodigieusement
depuis 1815 ».

C'est un projet superbe, dit Amirau; il ne
manque plus, pour son exécution, que l'audace
nécessaire pour le proposer aux parties inté-
ressées, l'argent pour acheter les tableaux aux
personnes qui consentiraient à s'en dessaisir, et
les moyens capables de décider à cela les pos-
sesseurs qui sont trop riches pour être tentés
par le gain, et qui ont trop de vanité pour dé-
précier leurs galeries, même au nom sacré du
patriotisme!

En attendant qu'il s'accomplisse, allons voir
à la maison égyptienne dans la rue *Piccadilly*,

les deux salles où vous nous avez dit qu'on voit toute l'année des ouvrages des peintres vivans.

Elles étaient occupées, quand nous y arrivâmes, l'une par des aquarelles de divers auteurs, l'autre par les tableaux d'un maître célèbre à Londres, sous le nom de Martin.

Les dessins au lavis sont, en général, faits d'une manière très-large, et par conséquent peu finis; ce qui est peut-être un défaut pour des ouvrages de petite dimension, et destinés à être vus de très-près. Cependant, leur effet est presque toujours satisfaisant. On verra dans la suite de ce chapitre, que cette observation est ce qu'on peut dire de plus généralement vrai sur l'état présent de la peinture en Angleterre.

Nous allâmes ensuite visiter *Sommerset-house.* L'exhibition de *Sommerset-house* a cela de commun avec notre salon, qu'elle offre aux artistes une enseigne pour faire connaître leurs noms, leurs talens et les progrès qu'ils font annuellement. C'est un bazar qui doit profiter à la gloire du pays qui le protège, comme à celle des peintres qui le fournissent. Sous presque tous les autres rapports, l'exposition de Londres diffère de celle de Paris.

Ici, l'on est admis gratis; là, on paie pour entrer. Les deux ou trois salles, où l'on étale les tableaux, à *Sommerset-house*, ont si peu d'étendue, qu'on est obligé de renvoyer tous les ans, trois fois plus de tableaux qu'on n'en reçoit. Au Louvre, on a plus d'espace qu'on n'en peut couvrir; cependant on refuse aussi des tableaux; mais on en refuse de bons; tandis qu'à Londres on fait du mieux possible pour n'écarter que les croûtes. Le nombre en est assez considérable, malgré cette précaution.

Le goût des peintres anglais pour le *portrait*, est merveilleusement servi par un autre goût qui est très-commun partout où les généalogies sont en vénération. C'est le goût des tableaux de famille. Qu'on soit noble, c'est-à-dire pair, titré, c'est-à-dire chevalier ou baronnet; *esquire*, c'est-à dire rien, n'importe; pourvu qu'on soit riche, il faut léguer son image à ses descendans ou à ses héritiers; et comme dans un pays où l'équitation et la chasse sont en si grand honneur, les chevaux et les chiens doivent singulièrement ajouter à l'importance des maîtres, il y a des peintres de portraits pour les chiens et les chevaux, comme il y en a pour les *esquires*, les *sirs* et les *lords*.

« Eh bien, nous dit Amirau, en souriant avec confiance, comment trouvez-vous la peinture anglaise? Pensez-vous que l'école de David ait de sitôt à craindre de se voir détrônée par sa rivale d'outre-manche! Si les compositions qui ont illustré le maître et les élèves, ont été égalées ou surpassées par celles des artistes de Londres, on cache soigneusement des chefs-d'œuvre qu'on devrait étaler avec tant de fierté; j'ai eu beau chercher dans tous les recoins, je ne les ai dénichés nulle part. »

En sortant de *Sommerset-house* et suivant le Strand, je fis remarquer au docteur que le musée en plein vent était encore plus mal fourni dans Londres que tous les autres musées. Il me répondit que si les marchands donnaient peu de travail aux peintres pour leur composer des enseignes, en revanche ils en donnaient beaucoup à certains sculpteurs; et il nous fit arrêter devant la boutique de tous les marchands de tabac que nous rencontrâmes, pour nous montrer avec complaisance, des statues de bois grossièrement ciselées et badigeonnées comme des saints du village. Elles représentent uniformément ou un nègre fumant sa pipe, ou un écossais, le bonnet de cacique en tête, la claymore au côté, et prêt à savourer une prise de tabac.

Le dernier genre de peinture dont j'ai à m'occuper, la peinture en décors, est bien loin de la perfection à laquelle on a porté les panoramas en Angleterre. Il est surprenant que, dans un pays où l'on fait un si grand usage de changemens à vue, on se soit occupé si peu de rendre l'illusion vraisemblable à l'œil. Sur la douzaine de décorations obligées que j'ai vues chaque fois que je suis allé à un théâtre, j'en ai rencontré à peine une qui fût égale à celles du théâtre des funambules; toutes les autres étaient pitoyables : la perspective était entièrement oubliée, le coloris faux, et le travail si honteusement négligé, que, du milieu du parterre, on apercevait sur les coulisses des coups de pinceau tels qu'on en ferait avec un balai.

La litographie n'est pas, à beaucoup près, au niveau de la gravure. Jusqu'ici, il n'y a guère que des élèves qui se soient essayés dans ce genre. On a litographié les collections de chevaux des deux Vernet, quelques paysages, quelques figures; mais toutes ces épreuves ont été malheureuses.

DE LA MUSIQUE.

Tout annonce dans ce pays la dureté de l'organe musical : les voix y sont rudes et sans douceur, les inflexions âpres et fortes, les sons forcés et traînans ; nulle cadence, nul accent mélodieux dans les airs du peuple. Les instrumens militaires, les fifres de l'infanterie, les trompettes de la cavalerie, tous les cors, tous les hautbois, les chanteurs des rues, les violons de guinguettes, tout cela est d'un faux à choquer l'oreille la moins délicate.

J.-J. ROUSSEAU.

« Vous vous croyez musicien, parce que vous avez trouvé un motif de chant un peu agréable, disait un symphoniste à accent germanique, en s'adressant à un de ses élèves ; mais ce n'est pas là ce qui constitue l'art que vous étudiez. Un pâtre en gardant son troupeau, une fileuse en tournant son rouet, composent tous les jours des motifs neufs…. ne fut-ce qu'en estropiant les airs qu'ils essaient de chanter….. Faire un accompagnement dans les règles, composer une partition, arranger un *duo*, un *trio*, un chœur, voilà en quoi consiste véritablement la musique. »

Sans adopter l'opinion du musicien tudesque, la division qu'elle établit dans la musique entre *l'invention* et la *science*, me fournira, ce me semble, un cadre commode pour examiner l'état présent de cet art en Angleterre.

Il y a dans les îles britanniques, comme dans tous les autres pays, un assez grand nombre de ces airs qu'on appelle nationaux. Comme partout ailleurs, ces airs ont une physionomie particulière et entièrement locale. Cependant, je crois que leur originalité est le seul genre de beauté qu'ils aient pour l'oreille des étrangers. Il n'en est qu'un bien petit nombre qui soient empreints de ce caractère auquel on reconnaît toujours l'expression d'une passion ; les autres sont insignifians et se ressemblent presque tous, parce qu'ils sont uniformément composés d'un motif triste sur un mouvement précipité.

10.

Comme les Anglais font un grand usage de toutes leurs productions indigènes, leurs musiciens arrangent souvent ces airs nationaux pour les rendre supportables à la scène, dans les concerts, ou dans les symphonies militaires. Nous verrons un peu plus loin en quoi consistent les perfections qu'on leur ajoute.

Cependant cette ressource est bornée; et dans l'impossibilité de composer un nombre suffisant de nouveaux airs pour les opéras nouveaux, on met à contribution les productions exotiques, en taillant en plein drap dans les opéras italiens ou français.

La première fois que je vis jouer l'opéra de Montrose, à *Covent-garden*, je crus reconnaître le motif et la partition d'un duo qui fut applaudi à tout rompre. Effectivement je l'avais entendu avant; c'était l'air : *Partant pour la Syrie.*

Dans le même opéra, je reconnus plusieurs autres airs français : l'emploi de quelques uns était assez plaisant pour une oreille qui les avait depuis longtemps classés parmi les *Pont-Neuf.* A un certain moment où toute une population est en émoi, le chœur vient exprimer

ses craintes sur l'air : *Il pleut, il pleut ber-*
gère.

Voilà pour l'invention, passons maintenant
à la science.

Si les musiciens anglais ne possèdent pas cette
dernière à fond, on n'a négligé du moins
aucune des précautions capables de leur en assurer les apparences. Il existe à Londres une
faculté de musique, chargée d'initier à ses secrets un certain nombre d'adeptes et de leur
conférer tous les grades académiques, jusques
et y compris celui de docteur! Sans doute que
les universités d'Oxford et de Cambridge s'em-
presseront d'ajouter une faculté de musique à
celles qu'elles possèdent déjà, et que bientôt il
en sortira autant de docteurs en fugue et en
contrepoint, que de docteurs en droit et en
théologie.

Pour encourager les progrès de la musique,
ou peut-être pour prouver qu'elle n'a pas besoin
d'encouragement, et qu'elle est aussi avancée
que les autres beaux-arts, le gouvernement con-
fère aux musiciens les plus célèbres les titres
dont nous avons déjà vu que certains peintres
avaient été décorés. Ainsi, il est plus d'un doc-

teur en musique qui s'appelle chevalier, et dont la femme est qualifiée de milady comme une duchesse.

Cette circonstance tient peut-être au goût particulier que le roi actuel a pour la musique. On assure qu'il joue de la basse en perfection, et qu'il est amateur de la première force pour le piano. Dans sa chapelle, il a toujours devant les yeux une copie des morceaux que l'on exécute. Les musiciens doivent bien se tenir sur leurs gardes ; la moindre note oubliée ou mal rendue serait impitoyablement signalée, et le coupable serait sans doute cassé aux gages.

Le goût pour les beaux-arts est presque toujours une preuve de philosophie. Voilà un roi qui non seulement supporte auprès de lui des hommes qui l'égalent dans un talent où il excelle, mais qui fait encore son possible pour se procurer des sujets capables de l'y surpasser !

Tout docteurs et chevaliers qu'ils sont, les favoris du roi ne sont pas encore parvenus à se faire une réputation hors de leur pays. C'est un point sur lequel ils sont au moins obligés de s'avouer inférieurs aux compositeurs étran-

gers dont ils exploitent quelquefois les ouvrages.
Ils reconnaîtront encore mieux leur infériorité,
s'ils sont assez impartiaux pour juger les morceaux qu'ils empruntent, par comparaison avec
ceux qu'ils fabriquent eux-mêmes.

Un Italien, qui assisterait à la représentation d'un opéra tout-à-fait anglais, pourrait
se demander à quoi servent dans ce pays les
facultés de musique. Des airs qui commencent
par des *trilles* ou des roulades, comme ceux de
Lully et de Rameau; peu de trios; des chœurs
écrits à l'unisson; un orchestre qui n'exécute
guère que deux ou trois parties à la fois, encore
en est-il une qui écrase constamment les autres,
puisqu'elle se compose de la grosse caisse, des
tymballes, cymbales et autres instrumens aussi
harmonieux; voilà en quoi consiste un opéra
tel qu'on en exécute souvent à *Drury-Lane* et
à *Covent-Garden*, qui sont les premiers théâtres
de Londres, non seulement pour la tragédie et
la comédie, mais encore pour la musique et la
danse anglaise.

Les exécutans sont dignes de la partition; on
entend jouer des *solo* de violon sur un instrument qui résonne comme le sabot d'un aveu-

gle, et il arrive plus d'une fois au milieu d'un morceau d'harmonie des plus éclatans, que la flûte siffle, et que la clarinette ou le haut-bois *canardent* de manière à provoquer le mécontentement des spectateurs, qui ont entendu autre chose que de la musique anglaise.

Le commun des chanteurs est digne de l'orchestre qui les accompagne. Cependant il est quelques sujets qui pourraient figurer avec honneur sur une scène véritablement lyrique; ils ont été formés dans les concerts d'*Argyl-rooms* : on les y entend toujours avec plaisir servir d'interprètes aux plus grands musiciens de l'Allemagne et de l'Italie.

Sur les deux théâtres royaux ils triomphent souvent des airs ingrats qu'ils ont à rendre. Le premier chanteur dont j'aie à parler, est attaché à *Drury-Lane*, et est célèbre en Angleterre sous le nom de Braham. Les Anglais qui ont été à Paris, prétendent que sa voix est aussi belle et aussi étendue que celle de *Martin*; dans le bas, elle est sonore et mordante; dans le medium, elle est pleine et fraîche; dans le fausset, elle est souple, douce et retentissante.

Lorsque Braham prête son organe aux compositions de Cimarosa, de Paësiello, de Mozart, et même quand il a le bonheur de rencontrer dans un opéra anglais quelque air qui lui permet de faire valoir tous ses avantages, il charme les auditeurs qui auraient le plus de droits pour se montrer difficiles.

L'administration de *Drury-lane* compte tellement sur Braham pour remplir la salle et la caisse, que Kean ne joue que bien rarement les jours où ce chanteur doit paraître. Il serait mieux placé à *Covent-garden*, parce qu'il trouverait d'autres voix dignes d'accompagner la sienne. Le directeur de ce théâtre lui a fait plus d'une fois des propositions avantageuses; mais son rival a toujours renchéri sur ces offres, et *Drury-lane* s'est attaché définitivement Braham, en lui donnant un traitement égal à celui du tragédien Kean.

Miss Stephens et Durusset, tous deux acteurs de *Covent-Garden*, sont les deux chanteurs que l'opinion publique place immédiatement après Braham.

Miss Stephens a une voix très-étendue; et, dans toutes ses cordes, elle est fraîche, comme on dit à Paris; c'est-à-dire, qu'elle est toujours suave, pleine et retentissante. Il est dommage que son jeu soit un peu froid. Ce défaut lui est commun avec beaucoup d'autres chanteurs et chanteuses célèbres des autres pays. La nature accorde rarement tous les dons à la fois.

Durusset est presque aussi froid acteur que miss Stephens, mais son chant est aussi agréable; il est à Braham ce que Ponchard est à Martin, c'est-à-dire, qu'il a un moins grand volume de voix, et qu'il est obligé d'y suppléer en la conduisant avec une méthode plus scrupuleuse. Tel qu'est son organe, Durusset lui fait exécuter des difficultés auxquelles nos chanteurs ne se hasardent jamais, soit qu'ils craignent de ne pas les vaincre avec leur supériorité accoutumée, ou, ce qui est plus probable, que les difficultés soient de mauvais goût, et rappellent les habitudes de la vieille école.

Je lui ai entendu chanter un *solo* qui est écrit assez haut pour ne pas pouvoir être exécuté avec la voix naturelle. L'orchestre se tait chez nous pendant que le gosier d'un chanteur fait des tours de force, ou du moins il n'y a d'agissans que les instrumens sourds, et qui n'ont pour champ d'action que les octaves les plus basses. A Londres, il n'en est pas ainsi : le *solo* dura près d'un quart-d'heure; et, pendant tout ce temps, une clarinette impitoyable suivit à la tierce le fausset du chanteur.

Peut-être pourrais-je nommer quelques autres sujets dont la voix mérite d'être citée, mais les trois dont je viens de parler prouvent suffisamment que les Anglais pourraient devenir musiciens si leur éducation était convenablement dirigée. On a déjà fait le pas le plus essentiel pour parvenir à ce résultat. Londres possède un théâtre italien qui, pour le chant aussi bien que pour la partie instrumentale, est toujours composé des sujets les plus distingués de la terre classique des beaux-arts.

DE LA LITTÉRATURE

ET

DES THÉÂTRES.

> Ses disciples poussent le respect
> jusqu'à l'hommage, et l'admira-
> tion jusqu'au fanatisme.
> BARTHÉLEMY, *voy. d'Anacharsis.*

Les théâtres sont presque aussi nombreux à Londres qu'à Paris.

Les deux théâtres royaux, *Covent-Garden* et *Drury-Lane*, sont spécialement voués à la tragédie et à la comédie; mais, depuis quelque temps, les Anglais les négligent un peu pour les genres secondaires de la littérature dramatique. Si les prix des places étaient un peu moins élevés, nul doute que *Covent-Garden* et *Drury-Lane* obligeraient bientôt tous les petits théâtres à fermer boutique. Ils sont déjà pour eux des rivaux extrêmement dangereux : leurs acteurs sont incomparablement meilleurs ; et les genres les plus aimés des peuples y sont joués bien plus souvent que la tragédie et la comédie.

Le vaudeville y usurpe la place de la comédie de mœurs ; le mélodrame y est en si grand honneur que chacun des romans de Walter-Scott a fourni au moins une ou deux pièces de ce genre. Outre cela, toutes les productions un peu saillantes de nos boulevards sont immédiatement traduites et arrangées par les fournisseurs habituels des théâtres royaux.

Comme c'est à l'instar de certains *opéra sérieux* de Feydeau, que le mélodrame anglais est disposé, les chanteurs y ont des rôles propres à faire briller leurs voix, tandis que les acteurs qui ont peu de goût pour le chant en ont d'autres qui sont entièrement *parlés*.

Les premiers acteurs de la comédie et de la tragédie figurent souvent dans le mélodrame ; heureusement qu'on n'a pas encore poussé le mauvais goût jusqu'à les employer dans les pantomimes et les arlequinades qui font également partie des domaines de *Covent-Garden* et de *Drury-Lane*.

D'après ce que nous venons de voir, chacun des deux premiers théâtres de Londres, renferme dans ses attributions ce qui nous formerait celles des deux Théâtres-Français, du grand Opéra, de l'Opéra-Comique, du Vaudeville, de l'Ambigu, et même des Acrobates, car ce n'est que chez madame Sacqui que l'on peut trouver l'analogue des farces et des parades de Londres. Il y a à *Covent-Garden* un *paillasse* appelé *Grimaldi* (sans doute qu'il est d'origine italienne), qui a acquis une grande célébrité en faisant des grimaces avec sa figure tatouée, et en débitant des quolibets et des calembourgs.

Malgré la mode qui fait préférer ces farces aux bonnes pièces de l'ancien répertoire, celles-ci ont encore des interprètes capables de les représenter dignement. Les chefs-d'œuvre de Shakespeare peuvent encore être joués avec un ensemble satisfaisant.

Lorsque *Jules César* est représenté à *Covent-Garden*, les trois rôles principaux sont remplis par trois acteurs qui ont des talens transcendans chacun dans un genre particulier.

Charles Kemble est inégal dans son jeu, son débit est saccadé., mais il a des élans sublimes qui rappellent souvent le grand acteur dont il porte le nom. On espère que, dans quelques années, il l'aura surpassé, car son talent se forme chaque jour, et il a des avantages physiques desquels le premier Kemble n'a jamais approché! Le talent de Young est plus goûté par la masse des spectateurs; il monte plus haut que Kemble, mais il ne descend jamais aussi bas. Son jeu est plus égal, son débit est plus uniformément correct et noble; Young possède au suprême degré, ce qu'on appelle l'intelligence théâtrale, et cependant il ne manque ni d'énergie ni de sensibilité!

Macready tient le milieu entre les deux acteurs que je viens de nommer; la souplesse de ses moyens lui permet de jouer tous les rôles avec distinction.

Drury-Lane ne peut guère opposer à ces trois premiers sujets que Kean. La réputation de ce comédien est beaucoup plus étendue que celle de ses rivaux, et réellement il mérite la réputation dont il jouit. Ce n'est pas qu'il n'ait un grand nombre de défauts; Kean est, pour

ainsi dire, la tragédie anglaise personnifiée.
Il est extrêmement inégal. Exagéré dans les
momens d'éclat, il descend ensuite à une simplicité triviale ; mais lorsqu'il s'agit d'exprimer
des idées sombres, quand il faut menacer, défier, en un mot, dans tous les momens passion-
nés, on oublie le timbre rauque de sa voix, on
ne s'aperçoit plus que sa physionomie est vul-
gaire ; on tremble, on frémit, on s'identifie à
la situation, tant est grande la puissance du
débit et de la pantomime de Kean !

Les acteurs dont je viens de parler ne se
bornent pas à jouer la tragédie, ils remplissent
également des rôles dans la comédie, et quelquefois avec autant de supériorité. On les voit
aussi dans le mélodrame, et pour le coup, ce
ce genre est joué avec une distinction à laquelle
nous sommes peu accoutumés sur nos théâtres
des boulevards.

Covent-Garden et *Drury-Lane*, sont plus mal
montés en femmes qu'en hommes ; la plupart
des actrices qu'on y voit dans ce moment n'ont
guère pour elles que des avantages physiques,
de la sensibilité ou de la gentillesse : aucune
n'a cet ensemble de qualités qui constitue un ta-

lent transcendant. Ni miss O'neil ni mistris Siddons ne sont encore remplacées.

Liston n'a qu'à paraître sur la scène pour faire pouffer tous les spectateurs de *Covent-Garden;* Farren est inimitable dans les caricatures; il excelle surtout à représenter les vieux militaires. Il fait rire aux larmes dans le rôle d'un gouverneur russe de Tobolsk, que l'on a introduit dans un mélodrame imité de *la Fille de l'Exilé.* Knight, acteur de *Drury-Lane,* est également un comique du meilleur aloi.

Il serait superflu de passer en revue tous les théâtres secondaires, parce que dans tous on donne le même genre de spectacle, c'est-à-dire le mélodrame, le vaudeville et les arlequinades. Au cirque de Davis, on y ajoute des exercices d'équitation; à *Saddlers Wells* des naumachies, par le moyen d'un grand bassin d'eau qui se trouve enfermé dans le théâtre. Ce dernier n'a point d'analogue à Paris.

Avant d'arriver à la littérature, je dois dire quelques mots sur l'architecture théâtrale, autrement dit sur la manière dont les salles de spectacle de Londres sont disposées et décorées.

Elles brillent peu par le luxe des façades :

l'opéra italien, qui est l'édifice le moins négligé
sous ce rapport, n'est remarquable que par une
galerie portée par des colonnes de fer qui règne
sur trois côtés seulement, car, par le quatrième,
il tient aux maisons voisines. Chose assez étrange!
les ornemens ont encore été plus épargnés à l'intérieur qu'à l'extérieur.

Lorsqu'on arrive à l'opéra d'assez bonne heure
pour voir la salle vide, on est choqué de l'aspect ignoble qu'elle présente. Elle ne rappelle
à l'esprit ni les temples anciens, car il n'y a
point de colonnades, ni les amphithéâtres, car
on n'y voit aucune galerie saillante. C'est une
tour creuse, garnie du haut en bas de fenêtres
oblongues qui sont l'ouverture des loges.

L'architecte paraît n'avoir eu qu'une chose en
vue, c'est de faire briller les parures des dames;
et certes il y a réussi complètement, car il n'est
pas à craindre que leurs diamans ou les autres
parties de leur toilette soient effacés par l'éclat
des ornemens de la salle. Cependant comme le
vaisseau est vaste et assez bien coupé, l'ensemble en est assez beau quand il est bien garni de
spectateurs.

Drury-Lane n'a pour toute façade qu'un petit portique soutenu par des colonnes, et sur lequel est placée une statue de Shakespeare.

Covent - Garden, n'a rien du tout qui l'annonce ; il faut deviner sa porte d'entrée sous les arcades du marché qui porte le même nom que le théâtre. Mais, en revanche, l'intérieur de la salle est parfaitement enrichi d'ornemens du meilleur goût. Le ciel est peut-être un peu nu. Dans le voisinage d'un lustre qui donne une si vive lumière, l'élégance ne s'obtient pas toujours avec la simplicité.

Ce lustre, dont je viens de parler, est éclairé par le gaz hydrogène ainsi que toutes les lampes du théâtre ; mais il est une partie de la salle où l'on a péché contre les lois du bon goût et de la perspective, en la garnissant de lustres à bougies.

Il paraît qu'ici le décorateur a été encore une fois obligé d'obtempérer à la tyrannie féminine. Dans le temps où les dames à la mode allaient encore autre part qu'à l'opéra, elles s'aperçurent, sans doute, que leurs toilettes étaient à trop grande distance du lustre et de la *rampe*, pour être convenablement éclairées, ou bien que, dans les galeries ouvertes, elles n'étaient pas

relevées par le fond terne sur lequel elles sont toujours encadrées dans les petites loges de l'opéra.
Elles jetèrent les hauts cris aussitôt après avoir
fait cette découverte, et menacèrent la direction
de *Drury-Lane* et de *Covent-Garden* de les abandonner irrévocablement si on ne remédiait pas
à cet inconvénient. Il aurait fallu reconstruire
entièrement la salle pour faire les *cages à pou-
lets* de l'opéra. On trouve plus simple de garnir
de lustres tout le pourtour des premières loges,
au hasard d'échaubouler les crânes chauves ou
les faux toupets des habitués du parterre, ou de
brûler, avec les étincelles, les plumes, les fal-
balas et les papillottes des dames, qui ne dédaignent pas cette place; car, en Angleterre, tous
les spectateurs sont indistinctement admis au parterre, soit qu'ils portent des culottes ou des jupons.

Quant aux costumes antiques, les acteurs de
Londres en sont encore au point où ceux du
théâtre français étaient avant la réforme de
Talma, c'est-à-dire, que les empereurs, les con-
suls et les dictateurs de Rome, sont vêtus de
robes de soie et de manteaux de velours; on
n'a pas poussé la sévérité historique jusqu'à y
substituer les étoffes de laine ou de fil.

Quelquefois on ajoute à la pompe du spectacle, un luxe qu'on employait autrefois dans
certaines représentations de notre grand opéra :
c'est celui des chevaux. Dans presque tous les
mélodrames qui sont joués à *Covent-Garden*,
on voit figurer des escadrons de cavalerie. Les
acteurs quadrupèdes font leur devoir aussi bien
que les bipèdes qui les montent; leur éducation
théâtrale est parfaite : c'est toujours au cirque
d'équitation de Davis (le Franconi de Londres),
que l'on emprunte les chevaux qui figurent sur
le théâtre. Ils ont tous des noms particuliers,
qui sont très-connus des spectateurs. Il en est
un surtout qui excite des applaudissemens d'enthousiasme chaque fois qu'il paraît. Il est, on
ne peut pas plus habile à se cabrer, à ruer, à
danser, à faire le mort, selon qu'il en est besoin; il inspire aux Anglais un intérêt particulier depuis qu'il a eu l'honneur de porter le
champion du roi pendant le couronnement.

Je serai court en parlant de la littérature anglaise.

Que les Anglais vantent Shakespaere; qu'ils
professent une sorte de culte pour tout ce qui
est sorti de sa plume, rien n'est plus simple,

Même indépendamment des préjugés nationaux, leur admiration est rationnelle ; ils trouvent dans ses œuvres des pensées profondes, une grande connaissance du cœur humain, des situations fortes, une hardiesse de style qui fait pardonner aujourd'hui à sa vétusté.

Ils peuvent même regarder comme prodigieux ce que Shakespeare a fait dans un temps où le théâtre était encore dans toute sa barbarie. Mais ce que les Anglais n'admirent certainement pas, ce qu'ils ne peuvent pas admirer, c'est la conduite de ses pièces.

Sans vouloir ramener ici l'interminable question des trois unités d'Aristote, on peut remarquer que les auteurs qui ont succédé à Shakespeare, et qui ont connu les règles de la poétique grecque, ont au moins respecté l'unité d'action contre laquelle Shakespeare a commis les plus grandes et les plus nombreuses infractions. Il était excusable : il ne cherchait pas à composer un ensemble régulier et dans lequel l'intérêt allât toujours croissant en s'attachant au même personnage, et à une action principale. Il se bornait à mettre en scène les actes les plus remarquables qui avaient signalé un règne, quoique ces actes n'eussent entre eux aucune liaison. Ainsi, par exemple, la pièce intitulée *Henri VIII*, dont il était si aisé de faire une tragédie régulièrement belle, en se bornant à peindre la disgrâce de Wolsey, cette pièce, dis-je, commence au moment où Wolsey est dans la plus grande faveur, se continue par le divorce du roi avec Catherine d'Arragon, par son mariage avec Anne de Boulen, par la disgrâce de Wolsey, et la fin n'a aucun rapport avec le commencement; car, excepté le roi, tous les personnages sont changés durant le conseil des ministres et le baptême d'Élisabeth.

Mais le génie de Shakespeare avait pressenti les perfectionnemens dont ses ébauches étaient susceptibles. Tout en suivant les coutumes de son siècle, il était loin d'en être satisfait. Que ses admirateurs exclusifs lisent les conseils qu'il a mis dans la bouche d'Hamlet, et que celui-ci adresse aux comédiens qui vont donner une représentation devant lui. Ils verront là qu'ils sont clairement condamnés par Shakespeare lui-même.

La *conduite* n'est pas la seule partie des tragédies de ce poète qui eût besoin de réforme;

si l'on veut respecter les convenances sociales dues aux spectateurs et surtout aux personnages élevés qu'on met en scène, ne faut-il pas faire le sacrifice de toutes les *trivialités* de paroles et d'actions par lesquelles on donne ce qu'on appelle du naturel à la pièce. Dans la même tragédie que j'ai déjà citée, deux évêques se disputent et se battent à coup de poings en plein conseil de ministres, présidé par le roi en personne.

Si l'Angleterre n'a produit aucun auteur dramatique égal en génie à Shakespeare ; en revanche, elle en a produit beaucoup d'autres qui ont surpassé ce poète dans l'art de conduire les pièces.

Sans être aussi fécond que le théâtre allemand, sans avoir la sévérité régulière du nôtre, le théâtre anglais est, à bien peu de choses près, égal à ces deux-là. Malheureusement la tragédie et la haute comédie n'y sont plus encouragées maintenant ; et depuis que la haute société a abandonné les grands théâtres de Londres, le mélodrame et la farce fournissent presque exclusivement leur répertoire. Les auteurs, qui se sentent assez de talent pour travailler dans les genres supérieurs, n'osent plus se livrer à leur inspiration, dans la crainte de manquer de spectateurs capables de les apprécier dignement, ou, ce qui pis est, de ne pouvoir obtenir la représentation de leurs ouvrages.

L'épopée, l'histoire, les discours, la poésie légère, le roman et tous les autres genres littéraires en général continuent d'être en honneur, comme par le passé. Southey vient de composer un poème héroïque, dans lequel toutes les *reviews* se sont accordées à admirer de grandes beautés; les David Hume et les Robertson ont trouvé de dignes rivaux dans plusieurs historiens modernes. Enfin, le roman qui avait déjà été porté à un si haut degré de perfection par les Richardson, les Smollet et les Fielding, vient d'acquérir une nouvelle supériorité sous la plume féconde de l'auteur de Waverley.

Malgré la précipitation avec laquelle Walter-Scott a composé; autrement dit, malgré l'ardeur avec laquelle il a exploité sa réputation au profit de sa fortune, on ne peut nier que la plupart de ses romans ne soient remplis de beautés du premier ordre, et qu'outre le mérite d'un intérêt très-vif et d'une conduite habilement ménagée, ils n'aient de plus que les ouvrages du même genre qui avaient paru avant les siens, l'avantage de peindre les mœurs avec une fidélité qu'on chercherait vainement dans les historiens eux-mêmes.

DU LANGAGE.

> Toutes les langues ont plus ou
> moins de défauts : ce sont des ter-
> reins tous irréguliers, dont la main
> d'un habile artiste sait tirer avan-
> tage.
>
> VOLTAIRE.

Qu'on ne s'effarouche pas de ce titre! Qu'on
ne craigne pas l'aridité inséparable des matières
grammaticales! Si je prends le rôle de gram-
mairien, je le quitterai souvent pour prendre
celui de moraliste et de conteur d'anecdotes.
Mais la littérature anglaise est tant à la mode
aujourd'hui, qu'après avoir parlé de l'art lui-
même, je ne puis m'empêcher de consacrer
quelques lignes à examiner l'instrument qu'il
emploie.

La langue anglaise est certainement une des
plus faciles à apprendre, car ses règles sont on
ne peut pas plus simples et plus fixes. Sa syn-

10...

taxe est encore moins compliquée que celle de
la langue latine. Si ses verbes ne peuvent exprimer toutes les nuances subtiles des temps que
nous avons dans les verbes français, ils offrent
en compensation une simplicité de conjugaison
dont on ne trouve l'analogue dans aucune autre
langue.

Avec tous ces avantages, l'anglais est essen-
tiellement propre à l'expression logique du discours. Sous la plume des historiens et des idéo-
logues, il a un laconisme, une clarté et une
précision extraordinaires. En même temps il se
prête aux tournures hardies, aux inversions et
aux images de la poésie. On sait quel nombre
de bons poëtes l'Angleterre possède! On aurait
tort de croire que c'est seulement à l'expression
des sentimens énergiques ou des passions sombres que leur langue est propre; peut-être l'est-
elle plus particulièrement à celles-là; mais les
sentimens tendres, les émotions douces ont
trouvé parmi les poëtes anglais des interprètes
aussi habiles; et souvent les mêmes écrivains
ont excellé dans les deux genres.

En général, on juge trop exclusivement les
qualités d'une langue. On ne se persuade pas

assez qu'elles peuvent toutes répondre assez
parfaitement aux besoins des auteurs qui les
emploient. Pour un ouvrier aussi intelligent
que l'ame, il ne peut pas exister de mauvais
instrument. Pourvu qu'un homme ait élevé ses
idées à un certain degré de perfection logique
ou métaphysique, en pratiquant sa langue maternelle, il fera toujours monter cette langue à
une élévation correspondante. Un peuple qui
a produit les Locke, les Bacon, les Pope, les
Hobbes, les Bolingbroke, peut certainement se
vanter d'avoir une des langues les plus par-
faites.

Les langues orientales ne sont pas plus abondantes en images, et la langue italienne n'est
pas plus exagérée. La conversation des Anglais,
lorsqu'ils vantent les choses de leur pays, ou
détractent celles de la France, les affiches
que l'on distribue par milliers à tous les coins
des rues, ou que l'on colporte au haut des per-
ches ambulantes, offrent à l'étranger la collection la plus complète d'épithètes anglaises. Je
doute même qu'en Italie on pousse plus loin
le charlatanisme du langage. Assurément, en
France, nous ne sommes encore que des éco-

liers en ce genre. Nous avons la simplicité de
n'employer jamais qu'au positif les adjectifs qui
expriment des idées superlatives. Il n'en est
pas de même en Angleterre. On ne se contente pas de dire que Saint-Paul est superbe :
on l'appelle *la plus superbe* église du monde ;
on dit que le roi donne *les plus splendides* repas ; que le *rost-beef* est la chose *la plus excellente* ; que l'odeur du savon de Windsor est le
parfum *le plus délicieux*, etc.

La rédaction des affiches, des avis et des
écriteaux offre une exagération tout aussi ridicule. Les marchands de *cire anglaise* représentent, sur la carte où se trouve leur adresse, un
chat qui attaque une botte, parce qu'il croit y
voir un autre chat qui le menace et un élégant
qui fait sa barbe en se servant de sa botte cirée
en guise de miroir.

Nos écriteaux sont à deux siècles en arrière
des écriteaux de l'Angleterre. Nous en confions
le plus souvent la rédaction à nos portiers, ou
bien nous nous bornons à reproduire cette bonne
et vieille locution de *maison à louer*, qui faisait croire à certains étrangers que M. *Lover*
était le plus riche propriétaire de France. Au-

delà de la Manche, le nom de la propriété qui
est à vendre ou à louer, ne va jamais sans une
ou plusieurs épithètes. Quand c'est une masure
qui tombe en ruines, dont on veut se défaire,
on dit *neat*, *nice*, nette, gentille ; si c'est une
maison ordinaire, on l'appelle belle ; si elle est
jolie, on la qualifie de superbe : enfin, lorsqu'elle a une apparence tant soit peu distin-
guée, quand c'est un jardin où il y a des pru-
niers, des pommiers, des groseillers à maque-
reaux, on prodigue les épithètes d'*handsome*,
qui veut dire d'une beauté classique ; de *de-
lightful*, qui veut dire délicieux ; de *désirable*,
qui correspond à notre *appétissant*, et qui,
comme cet adjectif français, est employé ordinairement par les hommes sensuels qui veulent
décrire d'un seul mot une jolie femme. Enfin
le mot de *comfortable* que les Anglais regardent
comme intraduisible, tant il renferme un sens
profond pour exprimer dans certains cas qu'il
ne manque rien à ce que l'on peut désirer.

Il est un mot pour lequel les Anglais ont
une affection toute particulière, et dont ils font
un usage très-commun : c'est celui de *genius*,
génie. On comprend bien que ce n'est qu'à

propos des hommes ou des productions nationa-
les qu'on prodigue ce mot. Il figure dans l'inscription du tombeau des ministres qui ont été
en faveur, et des généraux qui avaient acheté
leur grade; au bas du portrait des poètes à la
mode, et au bas de celui du duc de Wellington.

Malgré la célébrité du nom auquel le mot
genius est acollé ici, on peut croire que les
Anglais n'y attachent pas la même signification
que nous lui donnons en France.

Ce n'est qu'en habitant longtemps dans un
pays étranger, que l'on peut remarquer toutes
ces singularités du langage, et reconnaître surtout, combien la langue la plus aisée en apparence est difficile à connaître à fond.

Quand on n'est jamais sorti de sa terre natale, on s'imagine qu'il suffit de respirer l'air
d'un pays étranger, pour être initié à tous les
mystères de la langue qu'on y parle. On se croit
même d'une intelligence bien supérieure à celle
des étrangers, par qui l'on entend estropier la
syntaxe et la prononciation. Il suffit d'étudier
un peu et surtout d'essayer de parler une langue
étrangère, pour rabattre cette bonne opinion

de soi-même; et il n'est pas étonnant, que dans le premier mouvement d'humilité qu'on éprouve en arrivant dans un lieu où l'on ne peut pas se faire entendre et où l'on ne comprend pas un mot, on se dise, comme certain ambassadeur qui avait été en mission à Paris : non; ce n'est ni le Louvre, ni les Tuileries, ni le Panthéon, qui m'ont le plus frappé dans cette capitale; ce qui m'a le plus frappé, c'est d'y rencontrer des petits enfans de quatre ou cinq ans, qui parlaient français plus couramment et mieux que moi, qui l'ai si longtemps étudié.

D'après la difficulté qu'il y a à bien posséder une langue moderne, malgré les avantages qu'on a pour se la rendre familière, on peut juger combien il doit être difficile d'écrire une langue morte, avec le véritable génie qui lui est propre. Il n'existe point de juge compétent pour prononcer sur la question; toutefois il me semble qu'on peut suffissamment la résoudre par analogie. Excepté les langues que l'on apprend de pratique et pendant sa jeunesse, il est impossible de s'en rendre quelqu'autre aussi familière que sa langue maternelle. Le travail le plus obstiné, loin de parvenir à ce résultat, peut au contraire gâter ce que l'on sait déjà. Guillaume III, roi d'Angleterre, savait toutes les langues européennes ; mais il les estropiait toutes en les parlant, il faisait même des fautes dans le hollandais. Cela est d'autant plus pardonnable à un roi, que des hommes, qui avaient beaucoup plus de temps à donner à l'étude, n'ont pas mieux réussi à s'approprier parfaitement les langues étrangères. Je pourrais citer en preuve des exemples tirés de toutes les nations ; mais je me bornerai, à cause de la nature de mon livre, à un nombre qui me seront fournis par des écrivains anglais.

Tout le monde peut lire dans les traductions de Shakespeare les scènes de la tragédie *de Henri V*, où le poète a introduit des personnages français, entre autres la fille du roi Charles VI, et sa suivante. Mais il faut pouvoir lire le texte pour voir jusqu'à quel point l'auteur poussait l'ignorance de la langue française, et l'abus des convenances théâtrales. Dans une scène fameuse où la princesse égaie tant le public, en prenant une leçon d'anglais, et témoignant du scrupule à prononcer certains mots qui ont une signification obscène dans sa langue maternelle, elle parle un français qui n'est ni plus correct, ni plus intelligible que son anglais (1). Letourneur et Guizot ont eu sûrement plus de peine à traduire ces passages, que tous les autres morceaux de la scène.

La même chose est arrivée sans doute aux traducteurs d'un romancier, qui, s'il n'a pas encore égalé la renommée de Shakespeare, l'a déjà surpassé en vogue. Walter-Scott, toutes les fois qu'il a mis en scène des personnages français, a aisément réussi à les rendre ridicules en leur faisant parler un mauvais anglais ; mais le ridicule ne tombe-t-il pas sur lui-même toutes les fois, que leur laissant reprendre leur langue maternelle, il leur fait commettre dans cette

---

(1) La langue anglaise pousse bien loin la pudeur des termes. Malheur au Français qui prononcerait le mot *chemise, culotte*. Le convive indélicat qui demanderait à table une *cuisse* de poulet, qui ferait l'éloge d'un *gigot* de mouton, courrait le risque de n'être jamais admis dans la maison où ce scandale aurait eu lieu : il faut demander une *jambe* de poulet. L'on peut s'extasier, si l'on veut, sur l'excellent goût d'une *jambe* de mouton ; alors vous êtes entendu avec complaisance.

langue des fautes plus grossières qu'ils n'en commettaient dans l'anglais ? Pour un savant dont on vante l'érudition, pour un homme qui a à sa disposition une épouse dont il ne dédaigne pas les conseils, et, qui, dit-on, à été élevée en France, pour un Écossais minutieux et prétendant à une perfection universelle, voilà ce me semble une faute bien grossière et d'autant plus impardonnable qu'elle était plus aisée à éviter.

L'AUTOMNE A LONDRES.

Ces lieux qui vous paraissent so-
litaires, inhabités, sont pour moi
pleins d'intérêt et de vie.

HORACE.

Depuis longtemps j'ai pris pour devise qu'on
n'est jamais moins seul que lorsqu'on est seul.
N'importe où je porte mes pas, pourvu que ce
soit dans Londres, je suis sûr d'y trouver des
objets qui seront pour moi pleins d'intérêt..

Peu contens de faire de la nuit le jour, les
gens à la mode font encore de l'hiver l'été, en
restant dans la capitale pendant le mois de
mai et de juin, en dépit de la chaleur et de
la poussière, et en passant, par ton, le plus fort
de l'hiver à la campagne, où le froid et la pluie
mettent un embargo sur leurs demeures, et les
privent souvent de toute communication avec
leurs voisins. Aussi pendant l'été, les rues sont
couvertes des plus brillans équipages; *Hyde-*

Park charme les yeux par la réunion de tout
ce que la mode et le luxe ont de plus séduisant:
il n'est pas étonnant que cette saison soit celle
du plaisir.

Mais en septembre et octobre, quand les
gens de qualité sont dans leurs châteaux; que
leurs ombres, leurs copistes, leurs singes, se
réunissent dans quelque rendez-vous à la mode
pour y prendre les eaux ou en faire sem-
blant; que les élégans et les merveilleuses, que
leur campagne de printemps a ruinés, se sont
rendus en France par économie; que les Grecs
modernes font des voyages de découvertes à
Aix-la-Chapelle, à Bruxelles, à Paris, pour tâcher d'y retrouver quelques pigeons qu'ils n'ont
pas encore tout-à-fait plumés, et qui, ne bat-
tant plus que d'une aile, ont cherché un climat
plus favorable pour y laisser repousser leurs
plumes, Londres, par comparaison, n'est plus
qu'un village désert. Alors l'oisif promène partout son ennui sans pouvoir parvenir à le chas-
ser; il paraît plus désœuvré que jamais, et sa
mélancolie semble prendre une couleur jaune
ou verte; le marchand cherche à se distraire
en faisant des parties de campagne dans les en-

virons, en fiacre ou dans son cabriolet; il se montre aux spectacles de second ordre; * quelquefois son commis, mettant des pantalons à la cosaque, et y attachant une paire d'éperons, espère sur le cheval qu'il a loué, se faire passer pour un jeune homme à la mode, pour un hussard en négligé venant des casernes d'*Hownslow* ou de quelque autre endroit; tandis que le garçon apothicaire, voulant prendre l'extérieur d'un lancier, se donne les airs d'une profession beaucoup moins meurtrière que la sienne.

Quant à moi, même dans cette morte-saison comme on l'appelle, je trouve encore à employer mon temps, et je ne manque pas de sujets de réflexions; car je pense bien décidément comme le duc de Queensbury, qui trouvait Londres, même à la fin de l'été, beaucoup moins ennuyeux que la campagne.

Londres présente deux tableaux différens qu'un poète italien ou un artiste pourrait appeler *Londra trionfante*, et *Londra abbando-*

---

(1) Les seuls qui soient ouverts dans une partie de cette saison.

nata. Je parcours souvent ces places désertes;
j'y contemple ces brillantes maisons si gaies,
si bruyantes, si fréquentées peu de temps auparavant, et qui, maintenant hermétiquement
fermées, semblent consacrées au silence et aux
ténèbres; ces palais que les Amours et les Grâ-
ces transformaient en temples où l'on ne connaissait d'autre culte que celui de Vénus; ces
demeures de riches banquiers où le vieux *dix
pour cent* vient encore rendre sa visite hebdo-
madaire, et dont la porte était assiégée par des
gens de qualité, dévots adorateurs de Plutus,
qui quelquefois y vendaient pour quelques guinées leurs titres et leur honneur; l'habitation
déserte de quelque nabab, véritable temple de
Mammon où l'intérêt et la cupidité venaient
se prosterner devant le veau d'or; enfin les
clubs, les tripots, les maisons de jeu, où tant
d'imprudens ont été trompés, pillés, ruinés :
partout je trouve quelque sujet de méditation.

J'étais un jour dans *Saint James-square*, je
vis près de moi un grand Irlandais mal vêtu
qui, la bouche béante, ouvrant de grands yeux,
et les mains derrière le dos, regardait de tous
côtés avec l'air d'un nouveau débarqué. Enfin,

jetant ses regards sur une maison appartenante
à un noble lord, bien connu en Irlande, et
dont tous les volets étaient fermés, « En conscience, s'écria-t-il, voilà une maison semblable
à la tête de son maître, pleine de vide. » Son
observation me fit jeter naturellement les yeux,
d'abord sur la demeure vacante, puis sur l'homme
qui venait de faire cette remarque et qui ne
tarda point à s'éloigner; mais je m'aperçus un
instant après que ma poche était aussi vide que
la maison de sa seigneurie, car je n'y trouvai
ni mon mouchoir des Indes, ni ma tabatière
d'argent. « N'importe, pensai-je, je ne manque
pas de mouchoirs, et j'ai d'autres tabatières; je
suis bien payé de ma curiosité. » D'ailleurs c'é-
tait un tour digne du mois d'août, une affaire
conduite assez vivement pour une morte-saison.
C'est ainsi que chaque moment varie la face
des choses, que chaque jour amène un événement capable de mûrir notre raison et d'augmenter la masse de nos connaissances.

Plus d'une fois je me suis amusé à voir, dans
Grosvenor-square et dans *Berkeley-square*,
les gros concierges de la noblesse, assis à leur
porte, lisant un journal, pesant dans la balance

de leur esprit les intérêts non seulement de
leur patrie, mais de tout le continent, et traitant les têtes couronnées aussi lestement que si
elles ne valaient pas une demi-couronne la douzaine. N'est-il pas plaisant de penser qu'eux et
leurs femmes, ayant une double clef de la cave
de leurs maîtres, ont aussi, en l'absence de
ceux-ci, leurs assemblées et leurs *conversa-
zione*; leurs déjeûners à la fourchette et leurs
bals; leurs dîners ministériels et antiminis-
tériels, où la médisance s'exerce aux dépens
du maître et de la maîtresse de la maison, et
de leurs nobles amis? J'ai souvent vu aussi un
heureux couple se glisser dans la demeure déserte de ces grands seigneurs dont une clef d'or
ou d'argent peut ouvrir la porte, et procurer
des rendez-vous commodes dans ces temples du
goût et de l'élégance. Quelquefois la concierge
est assez jolie pour attirer les amateurs; le plus
souvent elle est obligeante, et elle rend service
à sir John et à lady Jemima, au colonel Spark et
à la jolie ouvrière en modes, quelquefois à la
gouvernante qui vient à la ville sous quelque
prétexte, et qui y trouve Mylord par hasard.

Le parc de *Saint-James*, dans la saison la

plus morte, offre aussi un panorama toujours vivant. C'est là que les braves officiers à demi-paie, la plupart du nord ou de l'ouest de la Grande-Bretagne, passent leur temps à raconter leurs batailles à quelque provincial nouvellement débarqué à Londres, comptant sur un dîner, mais comptant souvent sans leur hôte. C'est là qu'ils dressent leurs plans, soit pour louer un appartement garni dans une maison où il y a une jolie servante, soit pour papillonner autour d'une riche veuve, soit pour captiver le cœur de leur blanchisseuse. Leur conversation est toujours amusante, et je ne les quitte jamais sans regret.

Il n'est pas moins curieux d'observer les ruses des filous qui ont des projets sur vos poches, et des prêtresses de Vénus qui cherchent à vous prendre dans leurs filets. « Est-ce ici *Green-park?* » vous demande un jeune homme qui vient s'asseoir à côté de vous. Il vous fait toute son histoire, vous dit qu'il arrive du Nord, soit pour recueillir un héritage, soit pour suivre un procès, que son père a un beau château, 5oo livres sterling de revenu; et il n'existe pas un officier de police à Londres qui ne connaisse la figure du drôle... Une nymphe charmante vous aborde d'un air timide, vous demande le chemin de la *Cité* où demeure son oncle; elle ne connaît pas Londres, elle voudrait en être bien loin; elle est effrayée de se trouver seule dans les rues. Comme elle serait heureuse de trouver quelqu'un qui voulût bien l'accompagner! Quelque dupe le lui proposera; mais un homme qui a de l'expérience se souviendra d'avoir vu cette figure se promener le soir dans *Oxford-street, Saint-James-street, Pall-Mall, Charing-Cross et Haymarket.*...

Les rues vous présentent aussi une foule de figures qui réclament votre attention : le dissipateur qui cherche de l'argent; l'usurier qui veut se débarrasser du sien; le plaideur qui court chez son avocat; l'homme de loi qui se rend dans les cours de justice; le rentier qui rêve économie; le marchand qui spécule. On écrirait des volumes sur ce sujet. Je laisse donc à mes lecteurs le soin de juger s'il existe jamais une morte-saison à Londres.

CONCLUSION.

C'est ainsi qu'en partant je vous fais mes adieux.

QUINAULT.

« Oublier ses travaux est une chose fort douce, me dit un jour le licencié en entrant chez moi avec le docteur et le baron; c'est une chose fort douce assurément; mais ce n'est pas la vie éternelle... Nous ne sommes pas domiciliés en Angleterre; il est temps que nous en partions. Mes six mois d'interdiction sont expirés depuis longtemps; je sens le désir d'aller reprendre mes occupations au barreau de Paris.

Cette proposition fit sur moi l'effet que le bouclier des chevaliers produisit jadis sur Renaud. Elle dissipa subitement les illusions au milieu desquelles j'avais presqu'oublié la France. Quoique je ne fusse point prisonnier d'une Armide, les douceurs de l'hospitalité

avaient fait de Londres un autre palais enchanté.
Il fut pénible pour mon cœur d'annoncer mon
prochain départ à mes hôtes...plus pénible encore de me séparer d'eux !

Nous étions entrés en Angleterre par Douvres, nous en sortîmes par un autre port. Ce
ne fut pas en cela seulement que le retour dif-
féra de l'arrivée. Tout semblait avoir conspiré
pour nous faire voir du nouveau ; malheureusement ce nouveau là était plus désagréable que
la monotonie.

En allant de Londres à Brighton, nous ne
pûmes jouir que bien imparfaitement du pittoresque et de la variété des sites au travers
desquels serpente la route. Un orage mêlé d'une
pluie d'averse nous accompagna tout le long
du chemin. Le baron et le docteur qui, pour
ne pas déroger aux habitudes anglaises, s'étaient
placés *outside*, furent bientôt trempés, non seulement par la pluie proprement dite, mais encore par les gouttières que le parapluie d'une
vieille fille qui était assise à côté d'eux, forma
sur leurs épaules. Les chevaux, effrayés par les
éclairs, bondissaient presque à chaque pas, de
manière à mettre en danger l'équilibre de la

voiture et la sûreté des voyageurs. Outre cela, le docteur, qui n'avait pas oublié la physique, avait une peur mortelle que les extrémités métalliques du parapluie n'attirassent sur sa tête le météore électrique!

En arrivant à Brighton, le baron et le docteur furent obligés de se deshabiller et de faire sécher leurs vêtemens. A cela près du tonnerre et des éclairs, la traversée en paquebot ne fut guère plus agréable que le voyage en diligence. Elle fut si longue que trente heures s'écoulèrent avant que nous fussions débarqués à Dieppe. Ce ne fut pas tant la faute des vents et des vagues que celle du capitaine. Au milieu de la nuit, un officieux vint charitablement nous avertir que ce marin connaissait si mal la côte de France, qu'il lui était arrivé plus d'une fois d'entrer au Hâvre en croyant aborder à Dieppe.

Le baron était si anéanti par le roulis, qu'il demeura pendant toute la traversée gisant comme un cadavre sur le pont du paquebot. Il ne pensa ni à manger ni à boire; il ne fit pas même attention aux lames qui le couvraient de temps en temps. Cependant, il reprit promptement ses sens en entendant les juremens français des lamaneurs de Dieppe : et lorsque nous fûmes installés à table d'hôte à l'hôtel de Londres, chacun de nous retrouva sa présence d'esprit pour fêter le déjeûner et soutenir son caractère.

Nous sommes en France, dit le docteur : toutes les figures que j'ai rencontrées sont courtes, brunes et ignobles. Nous sommes en France, dit le baron ; j'ai vu des rubans rouges à toutes les boutonnières. Nous sommes en France, dit Amirau, nous avons des serviettes à table, et tout le monde est poli. Nous sommes en France, dis-je, à mon tour, en exploitant, à défaut d'autre chose, le domaine de la pluie et du beau temps ; le ciel s'est éclairci, le soleil brille sans nuages, notre patrie sourit aux enfans qui lui sont rendus !

TABLE

DES CHAPITRES.

www.ingramcontent.com/pod-product-compliance
Lightning Source LLC
Chambersburg PA
CBHW050319030726
47505CB00003B/783